KLARA E O SOL

KAZUO ISHIGURO

Klara e o Sol

Tradução
Ana Guadalupe

3ª *reimpressão*

Copyright © 2021 by Kazuo Ishiguro. Todos os direitos reservados.

Grafia atualizada segundo o Acordo Ortográfico da Língua Portuguesa de 1990, que entrou em vigor no Brasil em 2009.

Título original
Klara and the Sun

Capa
Alceu Chiesorin Nunes

Foto de capa
Artem Kovalenco/ Shutterstock

Preparação
Fábio Fujita

Revisão
Huendel Viana
Carmen T. S. Costa

Os personagens e as situações desta obra são reais apenas no universo da ficção; não se referem a pessoas e fatos concretos, e não emitem opinião sobre eles.

Dados Internacionais de Catalogação na Publicação (CIP)
(Câmara Brasileira do Livro, SP, Brasil)

Ishiguro, Kazuo
   Klara e o Sol / Kazuo Ishiguro ; tradução Ana Guadalupe —
1ª ed. — São Paulo : Companhia das Letras, 2021.

   Título original: Klara and the Sun.
   ISBN 978-65-5921-023-7

   1. Ficção 2. Literatura japonesa (Português) I. Título.

21-55634   CDD-895.63

Índice para catálogo sistemático:
1. Ensaios : Literatura japonesa 895.63
Aline Graziele Benitez — Bibliotecária — CRB-1/3129

Todos os direitos desta edição reservados à
EDITORA SCHWARCZ S.A.
Rua Bandeira Paulista, 702, cj. 32
04532-002 — São Paulo — SP
Telefone: (11) 3707-3500
www.companhiadasletras.com.br
www.blogdacompanhia.com.br
facebook.com/companhiadasletras
instagram.com/companhiadasletras
twitter.com/cialetras

Em memória de minha mãe, Shizuko Ishiguro (1926-2019)

PARTE UM

Quando éramos novas, Rosa e eu ficávamos no meio da loja, do lado em que havia o revisteiro, e conseguíamos ver mais da metade da vitrine. Dessa forma, podíamos observar o lado de fora — os funcionários de escritório passando com pressa, os táxis, os corredores se exercitando, os turistas, o Mendigo e seu cachorro, a parte inferior do Edifício RPO. Logo que nos adaptamos um pouco mais, a Gerente nos deu permissão para ir até a parte da frente e ficar bem perto da vitrine, e então vimos como o Edifício RPO era alto. E se estivéssemos lá na hora certa, víamos o Sol em sua jornada, passando por entre os prédios do nosso lado até chegar ao lado do Edifício RPO.

Quando tinha a sorte de vê-lo assim, eu inclinava o rosto para a frente de forma a absorver o máximo possível de sua nutrição, e se Rosa estivesse comigo, eu lhe dizia para fazer o mesmo. Depois de alguns minutos, precisávamos voltar aos nossos postos. Quando éramos novas, tínhamos medo de ficar cada vez mais fracas, já que era comum não conseguirmos ver o Sol do nosso lugar no meio da loja. O AA Menino Rex, que naquela época ficava no mesmo lado que nós, disse para não nos preocuparmos, pois o Sol sempre encontrava uma forma de nos alcançar onde quer que estivéssemos. Ele apontou para o assoalho e disse: "Olhem o desenho do Sol bem ali. Se vocês estiverem preocupadas, é só tocar nele e vão ficar fortes de novo".

Não havia clientes quando ele disse isso, a Gerente estava organizando alguma coisa nas Prateleiras Vermelhas, e eu não quis incomodá-la pedindo sua permissão. Então olhei rapidamente para Rosa e, como ela me devolveu um olhar indiferente, dei dois passos adiante, me agachei e encostei as duas mãos no desenho que o Sol tinha feito no chão. Mas assim que meus dedos o tocaram, ele desvaneceu; e apesar de eu ter tentado de tudo — dei uns tapinhas no lugar onde ele estivera e, como isso não funcionou, esfreguei as mãos no assoalho —, o Sol não voltou mais. Quando me levantei de novo, o AA Menino Rex disse:

"Klara, quanto egoísmo. Vocês, meninas AA, são sempre muito egoístas."

Embora eu ainda fosse nova, na mesma hora me ocorreu que talvez não tivesse sido culpa minha, que talvez o Sol tivesse retirado seu desenho por acaso no exato momento em que o toquei. Mas a expressão do AA Menino Rex continuou séria.

"Você pegou toda a nutrição para você, Klara. Olha só, está quase escuro."

Era verdade que o ambiente da loja havia ficado bastante sombrio. Até lá fora, na calçada, a placa de SUJEITO A GUINCHO junto ao poste de iluminação parecia cinza e apagada.

"Desculpe", eu disse a Rex, depois me virei para Rosa: "Desculpe. Não era minha intenção pegar tudo para mim".

"Por sua causa", o AA Menino Rex disse, "vou ficar fraco no fim da tarde."

"Você está brincando", eu disse a ele. "Eu sei."

"Não estou brincando. Posso ficar doente agora mesmo. E

aqueles AAs no fundo da loja? Já tem alguma coisa estranha acontecendo com eles, e agora eles vão acabar piorando. Você foi egoísta, Klara."

"Não acredito em você", eu disse, mas já não tinha tanta certeza. Olhei para Rosa, mas ela continuava indiferente.

"Já estou me sentindo doente", o AA Menino Rex disse. E seu corpo pendeu para a frente.

"Mas você mesmo acabou de dizer. O Sol sempre consegue nos alcançar. Você está brincando, sei muito bem."

Por fim, consegui me convencer de que o AA Menino Rex só estava me provocando. Mas naquele dia percebi que, sem querer, eu tinha feito Rex tocar num assunto desagradável, algo que a maioria dos AAs da loja preferia evitar. Não muito depois aconteceu aquilo com o AA Menino Rex, e isso me fez pensar que, mesmo que naquele dia ele estivesse brincando, em parte também falava sério.

Era uma manhã iluminada, e Rex não estava mais ao nosso lado porque a Gerente o transferira para o nicho da frente. A Gerente sempre dizia que cada posição era planejada com muito cuidado, e que em qualquer uma delas tínhamos chances iguais de ser escolhidos. Ainda assim, todos sabíamos que, ao entrar na loja, o olhar de um cliente recaía primeiro sobre o nicho da frente, e Rex sem dúvida ficou satisfeito quando chegou sua vez de ficar lá. Do meio da loja observamos Rex, de pé com a cabeça erguida, coberto pelo desenho do Sol, e em dado momento Rosa se aproximou de mim e disse: "Puxa, ele ficou mesmo maravilhoso ali! Logo vai encontrar um lar!".

No terceiro dia de Rex no nicho da frente, uma menina entrou na loja com sua mãe. Naquela época, eu não era tão boa em adivinhar a idade das pessoas, mas me lembro de ter estimado que a menina tivesse treze anos e meio, e hoje acho que estava correta. A mãe trabalhava num escritório, e pelos sapatos e blazer que usava, sabíamos que era uma mulher de alto nível. A menina foi direto até Rex e ficou parada diante dele, enquanto a mãe veio andando em nossa direção, nos olhou rapidamente e depois seguiu para os fundos da loja, onde dois AAs estavam sentados na Mesa de Vidro, balançando as pernas à vontade, como a Gerente os havia orientado. Em dado momento, a mãe chamou a filha, mas a menina a ignorou e continuou olhando para cima e encarando Rex. Então a criança se aproximou e passou a mão pelo braço dele. Rex não disse nada, é claro, só sorriu para ela e continuou imóvel, exatamente como haviam nos ensinado a fazer quando um cliente demonstrava interesse especial.

"Olha!", Rosa sussurrou. "Ela vai escolhê-lo! Ela adorou Rex. Que sorte a dele!" Dei um cutucão nela para que fizesse silêncio, porque os outros poderiam facilmente nos ouvir.

Dessa vez foi a menina quem chamou a mãe, e logo as duas estavam em pé diante do AA Menino Rex, olhando-o de cima a baixo, a menina às vezes passando a mão nele. As duas deliberavam num tom de voz suave, e em dado momento ouvi a menina dizer: "Mas ele é perfeito, Mãe. Ele é lindo". E logo em seguida a criança disse: "Ah, vai, Mãe…".

A essa altura, a Gerente, sem fazer barulho, tinha se posicionado atrás delas. Depois de um tempo, a mãe se virou para a Gerente e perguntou:

"Qual é o modelo deste aqui?"

"É um B2", a Gerente respondeu. "Série 3. Para a criança certa, Rex será a companhia perfeita. Acredito que ele pode estimular a boa conduta e o gosto pelos estudos, especialmente numa pessoa jovem."

"Bem, isso seria muito útil para essa mocinha aqui."

"Ai, Mãe, ele é perfeito."

De repente, a mãe disse: "B2, série 3. São aqueles com problemas de absorção de luz solar, certo?".

Ela usou exatamente essas palavras, na frente de Rex, o sorriso ainda no rosto. Rex também continuou sorrindo, mas a criança pareceu perplexa e ficou olhando ora para Rex, ora para a mãe.

"É verdade", a Gerente disse, "que a série 3 apresentou pequenos contratempos no início. Mas as notícias a respeito foram bastante exageradas. Em ambientes com níveis normais de luz, não há problema algum."

"Ouvi falar que a má absorção de luz solar pode causar outros problemas", a mãe disse. "Inclusive comportamentais."

"Com todo o respeito, senhora, os modelos da série 3 proporcionaram imensa felicidade a muitas crianças. A não ser que você more no Alasca ou no fundo de uma mina, não precisa se preocupar."

A mãe continuou observando Rex. Por fim, balançou a cabeça. "Sinto muito, Caroline. Entendo por que você gostou dele. Mas ele não é adequado para nós. Vamos achar um perfeito para você."

Rex continuou sorrindo até depois de as clientes terem ido embora, e mesmo depois disso não mostrou nenhum sinal de tristeza. Mas foi nesse momento que me lembrei daquela brincadeira que ele fizera e então tive certeza de que aquelas perguntas sobre o Sol, e sobre quanto de sua nutrição cabia a cada um de nós, vinham passando pela cabeça de Rex havia algum tempo.

Hoje, claro, eu sei que Rex provavelmente não era o único. Mas, oficialmente, aquilo estava longe de ser um problema — cada um de nós, sem exceção, tinha especificações que garantiam que não seríamos afetados por fatores como nossa posição em um cômodo. Ainda assim, um AA ia se sentindo mais e mais letárgico depois de algumas horas longe do Sol, e começava a pensar que havia algo de errado com ele — algum defeito que só ele tinha e que, se as pessoas descobrissem, ele nunca encontraria um lar.

Essa era uma das razões por que sempre pensávamos tanto

em ficar na vitrine. Haviam prometido que cada um de nós teria sua vez, e cada um de nós ansiava por ela. Em parte, isso tinha a ver com o que a Gerente chamava de a "grande honra" de representar a loja para o mundo lá fora. E também porque, é claro, independentemente do que a Gerente dissesse, todos sabíamos que na vitrine a chance de sermos escolhidos era maior. Mas o principal motivo, como todos compreendíamos em silêncio, era o Sol e sua nutrição. Uma vez, Rosa falou sobre isso comigo, num sussurro, um pouco antes de nossa vez chegar.

"Klara, você acha que quando estivermos na vitrine receberemos tanta nutrição que nunca mais ficaremos fracas?"

Eu ainda era bem nova, então não soube como responder, embora a mesma pergunta muitas vezes me passasse pela cabeça.

Então nossa vez enfim chegou e, certa manhã, Rosa e eu nos posicionamos na vitrine, tomando cuidado para não derrubar os mostruários, como a dupla da semana anterior tinha feito. A loja ainda não estava aberta, é claro, e pensei que a porta de metal estaria completamente baixada. Mas assim que nos sentamos no Sofá Listrado, notei que havia uma fresta na parte inferior da porta — a Gerente talvez a tivesse aberto um pouquinho na hora de verificar se estava tudo pronto para nos receber — e que a luz do Sol formava um retângulo iluminado que subia na plataforma e terminava numa linha reta logo à nossa frente. Só precisávamos esticar um pouco os pés para que eles recebessem seu calor. Naquele momento eu soube: qualquer que fosse a resposta para a pergunta de Rosa, estávamos prestes a receber toda a nutrição de que precisaríamos por um bom tempo. Quando a Gerente tocou o interruptor e a porta da vitrine subiu, abrindo-se inteira, uma luz ofuscante nos banhou.

Aqui devo confessar que, para mim, sempre houve outro motivo para querer ficar na vitrine, que nada tinha a ver com a nutrição do Sol ou com ser escolhida. Ao contrário da maior parte dos AAs, mesmo de Rosa, eu sempre quis ver mais do lado de fora — e com todos os detalhes. Por isso, quando a porta da vitrine subiu, a constatação de que agora só havia o vidro entre mim e a calçada, de que eu estava livre para ver, de perto e sem limites, tantas coisas das quais até então eu só havia visto os cantos e as beiradas, me deixou tão animada que, por um instante, quase esqueci o Sol e como ele era generoso conosco.

Pela primeira vez, pude ver que o Edifício RPO era, na verdade, feito de tijolos individuais, e que não era branco, como eu sempre pensara, mas amarelo-claro. Também pude perceber que ele era ainda mais alto do que eu imaginava — vinte e dois andares —, e que cada janela idêntica à outra era sublinhada por um parapeito próprio. Vi que o Sol tinha desenhado uma linha diagonal que atravessava a fachada do Edifício RPO, de forma que em um dos lados havia um triângulo quase branco, enquanto no outro havia um triângulo muito escuro, embora eu já soubesse agora que o prédio todo era daquele tom amarelo-claro. E eu não só conseguia ver todas as janelas até a cobertura como, às vezes, podia enxergar as pessoas lá dentro, em pé, sentadas, andando de um lado para outro. E, mais adiante na rua, eu conseguia ver os transeuntes, seus vários tipos de sapato, seus copos de papel, suas bolsas a tiracolo e seus cachorrinhos. E, se quisesse, podia seguir qualquer um deles com os olhos até a faixa de pedestres e além da segunda placa de SUJEITO A GUINCHO, até onde dois homens da manutenção apontavam para um tubo de esgoto. Eu conseguia ver dentro dos táxis quando paravam para a multidão atravessar a faixa de pedestres — um taxista tamborilando no volante, o boné de um passageiro.

O dia foi passando, o Sol nos manteve aquecidas, e vi que Rosa estava muito feliz. Mas também notei que ela quase não observava as coisas lá de fora, que mantinha os olhos fixos na primeira placa de SUJEITO A GUINCHO bem à nossa frente. Só quando eu comentava sobre alguma coisa ela virava o rosto, mas então logo perdia o interesse e voltava a se fixar na calçada e na placa.

Rosa só olhava para outro lugar por algum tempo quando alguém parava diante da vitrine. Nessas circunstâncias, nós duas fazíamos o que a Gerente tinha nos ensinado: abríamos um sorriso "neutro" e fitávamos o outro lado da rua, concentrando-nos num ponto no meio do Edifício RPO. Era bastante tentador olhar diretamente para um transeunte que se aproximasse, mas a Gerente explicara que era muito grosseiro fazer contato visual nesse momento. Só deveríamos responder se alguém de fato se dirigisse a nós ou falasse conosco através do vidro, mas nunca antes disso.

Algumas das pessoas que paravam diante da vitrine na verdade não estavam nem um pouco interessadas em nós. Só queriam tirar seus calçados esportivos e fazer alguma coisa com eles ou mexer em seus aparelhos oblongos. Outras, no entanto, chegavam muito perto do vidro e olhavam para dentro — a maioria delas eram crianças, de idades para as quais éramos mais adequadas, e pareciam felizes em nos ver. As crianças se aproximavam animadas, sozinhas ou com seus adultos, e em seguida apontavam, riam, faziam caretas, batiam no vidro, acenavam.

De vez em quando — eu logo ganhei experiência em observar as pessoas diante da vitrine enquanto dava a impressão de estar olhando para o Edifício RPO —, uma criança se aproximava para nos ver e havia nela uma tristeza, ou às vezes uma raiva, como se tivéssemos feito alguma coisa de errado. Uma criança assim podia facilmente mudar no momento seguinte, e começar a rir e a acenar como as outras, mas, depois do nosso segundo dia na vitrine, aprendi rápido a notar a diferença.

Tentei falar sobre isso com Rosa, na terceira ou quarta vez em que uma criança assim apareceu, mas ela sorriu e disse: "Klara, você se preocupa demais. Tenho certeza de que aquela

16

criança estava muito feliz. Como ela não estaria, num dia assim? A cidade inteira está tão feliz hoje".

Mas toquei nesse assunto com a Gerente, no fim do nosso terceiro dia. Ela vinha nos elogiando muito, dizendo que estávamos "belas e imponentes" na vitrine. A essa altura, as luzes da loja já tinham diminuído, e estávamos nos fundos da loja, apoiados na parede, alguns de nós folheando revistas interessantes antes de ir dormir. Rosa estava ao meu lado e eu sabia, pela posição de seus ombros, que ela já estava pegando no sono. Então, quando a Gerente perguntou se meu dia tinha sido bom, aproveitei para lhe contar sobre as crianças tristes que haviam se aproximado da vitrine.

"Klara, você é mesmo excepcional", a Gerente disse, em voz baixa para não chamar a atenção de Rosa e dos outros. "Você percebe e absorve tantas coisas." Ela balançou a cabeça como se estivesse admirada. Então, disse: "O que você precisa compreender é que somos uma loja muito especial. Muitas crianças lá fora adorariam poder escolher você, escolher Rosa, qualquer um de vocês. Mas, para elas, isso não é possível. Vocês não são acessíveis para elas. É por isso que elas vêm até a vitrine, para sonhar em ter vocês. Mas aí elas ficam tristes".

"Gerente, uma criança assim... Uma criança assim teria um AA em casa?"

"Talvez não. Não uma AA como você, sem dúvida. Então, se às vezes uma criança olha pra você de um jeito estranho, com amargura ou tristeza, ou diz alguma coisa desagradável pelo vidro, não dê muita atenção a isso. Só lembre de uma coisa: uma criança assim provavelmente está frustrada."

"Uma criança assim, que não tem um AA, deve ser muito solitária."

"Sim, isso também", a Gerente disse baixinho. "Solitária. Pois é."

Ela baixou os olhos e ficou em silêncio, por isso esperei. Até que de repente ela sorriu e, esticando o braço num movimento delicado, pegou a revista interessante que eu vinha observando.

"Boa noite, Klara. Que amanhã você seja tão magnífica quanto foi hoje. E não se esqueça. Você e a Rosa estão representando a nossa loja para a rua toda."

Estávamos quase na metade da nossa quarta manhã na vitrine quando vi o táxi diminuindo a velocidade e o motorista se debruçando para fora para que os outros táxis o deixassem passar pelas faixas de tráfego até chegar ao meio-fio em frente à nossa loja. Josie não tirou os olhos de mim desde que pisou na calçada. Era pálida e magra, e à medida que se aproximava notei que seu modo de andar não era como o dos outros transeuntes. Ela não era exatamente lenta, mas parecia fazer uma pausa depois de cada passo para ter certeza de que estava segura e não iria cair. Estimei que tivesse catorze anos e meio.

Quando se aproximou o suficiente, de forma que todos os outros pedestres começaram a passar atrás dela, ela parou e sorriu para mim.

"Oi", ela disse através do vidro. "Ei, consegue me ouvir?"

Rosa continuou olhando para o Edifício RPO, como havia sido instruída. Mas agora que alguém tinha se dirigido a mim, pude olhar diretamente para a criança, retribuir seu sorriso e assentir de forma a encorajá-la.

"É mesmo?", perguntou Josie — embora, é claro, eu ainda não soubesse que esse era seu nome. "Eu mal consigo *me* ouvir. Você realmente está me ouvindo?"

Assenti mais uma vez, e ela balançou a cabeça como se estivesse muito impressionada.

"Nossa!" Ela olhou por cima do ombro — até esse movimento ela fez com cautela — em direção ao táxi do qual acabara de sair. A porta do carro estava como ela a deixara, escancarada, e havia duas figuras que continuavam no banco de trás, falando e apontando para algo além da faixa de pedestres. Josie pareceu satisfeita que seus adultos não estivessem prestes a sair do táxi, e deu mais um passo adiante, quase encostando o rosto na vitrine.

"Eu te vi ontem", ela disse.

Tentei relembrar o dia anterior, mas não encontrei nenhuma memória de Josie, então olhei para ela com uma expressão de surpresa.

"Ah, mas não se sinta mal, você não tinha como me ver. Tipo, eu estava num táxi, passando por aqui, e nem tão devagar assim. Mas eu te vi na sua vitrine, e foi por isso que fiz a Mamãe parar aqui hoje." Ela olhou para trás, mais uma vez com cautela. "Nossa. Ela *ainda* está falando com a sra. Jeffries. Que jeito caro de conversar, não acha? O taxímetro não para de rodar."

Então percebi que, quando ela ria, seu rosto se enchia de gentileza. Mas, estranhamente, foi nesse mesmo momento que, pela primeira vez, me perguntei se Josie poderia ser uma daquelas crianças solitárias sobre as quais a Gerente e eu tínhamos conversado.

Ela olhou para Rosa — que continuava encarando o Edifício RPO, obediente — e disse: "Sua amiga é bem bonita". Mesmo enquanto ela dizia isso, os olhos de Josie já estavam de novo em mim. Ela continuou me encarando por vários segundos, e tive medo de que seus adultos saíssem do carro antes que ela pudesse falar mais alguma coisa. Então ela disse:

"Quer saber? Sua amiga vai ser uma companheira perfeita pra alguém. Mas ontem a gente passou por aqui e eu vi *você*, e pensei: é ela, a AA que eu estava procurando!" Ela riu de novo. "Desculpe. Talvez isso pareça falta de respeito." Ela se virou mais uma vez para o táxi, mas as figuras no banco de trás não davam nenhum sinal de que iriam sair. "Você é francesa?", ela perguntou. "Você parece meio francesa."

Sorri e balancei a cabeça.

"Tinha essas duas meninas francesas", Josie disse, "elas foram ao nosso último encontro. O cabelo das duas era bem assim, curtinho e arrumado que nem o seu. Era bonito." Ela me encarou em silêncio por mais um momento, e pensei ter visto outro pequeno sinal de tristeza, mas eu ainda era muito nova e não tinha certeza. Em seguida, ela se animou, dizendo:

"Mas me fala, vocês não ficam com calor sentadas aí? Quer alguma coisa pra beber?"

Balancei a cabeça e ergui as mãos com as palmas para cima para mostrar a maravilha que era a nutrição do Sol recaindo sobre nós.

"Ah, é mesmo. Estava esquecendo. Vocês adoram ficar no Sol, né?"

Ela se virou de novo, dessa vez para olhar o topo dos prédios. Naquele momento, o Sol estava bem no vão do céu, e na mesma hora Josie apertou os olhos e voltou a se virar para mim.

"Não sei como vocês conseguem. Digo, ficar olhando direto para o Sol sem ficarem tontos. Não consigo fazer isso nem por um segundo."

Ela levou uma das mãos à testa e se virou de novo, agora mirando não o Sol, mas algum ponto perto do topo do Edifício RPO. Depois de cinco segundos, voltou-se para mim mais uma vez.

"Acho que pra vocês, de onde estão, o Sol deve se pôr atrás daquele prédio grande, né? Ou seja, vocês nunca conseguem ver onde ele *realmente* se põe. Aquele prédio deve ficar na frente toda vez." Ela se virou rápido para conferir se os adultos continuavam dentro do táxi, então prosseguiu: "Lá onde a gente mora, não tem nada na frente. Do meu quarto, dá pra ver certinho onde o Sol se põe. O lugar exato aonde ele vai à noite".

Devo ter parecido surpresa. E de canto de olho pude ver que Rosa, perdendo o autocontrole, agora encarava Josie com perplexidade.

"Só que não dá pra ver onde ele nasce de manhã", Josie disse. "Os montes e as árvores atrapalham. Que nem aqui, acho. Sempre tem alguma coisa no caminho. Mas à tarde é uma coisa de outro mundo. Daquele lado, pra onde dá o meu quarto, tem um espaço enorme e vazio. Se você viesse morar com a gente, você veria."

Um adulto e depois outro saíram do táxi e seguiram pela calçada. Josie não os vira, mas talvez tivesse ouvido alguma coisa, porque começou a falar mais rápido.

"Eu juro. Dá pra ver o lugar exato onde ele se põe."

Os adultos eram duas mulheres, ambas vestidas com trajes de escritório de alto nível. Imaginei que a mais alta fosse a mãe que Josie mencionara, porque ela não parou de observar Josie nem enquanto trocava beijos no rosto com sua colega. Esta foi embora em seguida, misturando-se aos outros transeuntes, e a Mãe veio em nossa direção. E por apenas um segundo, seu olhar penetrante deixou de recair sobre as costas de Josie e se voltou para mim, e eu imediatamente desviei o olhar para o Edifício RPO. Mas Josie voltou a falar através do vidro, com a voz mais baixa, mas ainda audível.

"Agora preciso ir. Mas eu volto logo. Aí a gente conversa mais." Então ela disse num quase sussurro que mal consegui ouvir: "Você não vai embora, né?".

Balancei a cabeça e sorri.

"Que bom. Então tá. Agora eu vou. Mas depois eu volto."

Àquela altura, a Mãe já estava em pé logo atrás de Josie. Tinha cabelos pretos e era magra, mas não tanto quanto Josie ou alguns dos corredores. Quando ela chegou mais perto e pude ver seu rosto melhor, aumentei minha estimativa de idade para quarenta e cinco anos. Como disse antes, nessa época eu ainda não conseguia estimar idades com tanta precisão, mas esse palpite se mostraria mais ou menos correto. À distância, pensei a princípio que fosse uma mulher mais jovem, mas, quando ela se aproximou, pude ver as marcas profundas ao redor da boca, e também uma espécie de exaustão raivosa em seus olhos. Também notei que, quando a Mãe chegou por trás de Josie, o braço estendido titubeou no ar, quase se recolhendo, antes de avançar e se apoiar no ombro da filha.

As duas se juntaram ao fluxo de transeuntes, indo na direção da segunda placa de SUJEITO A GUINCHO, Josie com seu jeito cauteloso de andar, a mãe abraçando-a enquanto seguiam. Antes de perdê-las de vista, Josie olhou para trás e, embora para isso tenha perturbado o ritmo da caminhada, acenou para mim uma última vez.

Foi naquela mesma tarde, um pouco depois, que Rosa disse: "Klara, não é engraçado? Sempre pensei que veríamos muitos AAs lá fora quando viéssemos para a vitrine. Todos os que já encontraram um lar. Mas não são tantos assim. Eu me pergunto onde estão".

Essa era uma das qualidades de Rosa. Ela não percebia muitas coisas e, mesmo quando eu lhe mostrava algo, muitas vezes não notava o que havia de especial ou interessante naquilo. Mas, de quando em quando, fazia um comentário como esse. Assim que ela disse isso, me dei conta de que eu também imaginara que, estando na vitrine, veria bem mais AAs andando alegremente com suas crianças, talvez até fazendo suas coisas sozinhos, e que, mesmo sem ter admitido para mim mesma, eu tinha ficado igualmente surpresa e um pouco decepcionada.

"Você tem razão", eu disse, olhando de um lado para outro. "Mesmo agora, em meio a todos esses transeuntes, não há um único AA."

"Não é um ali? Passando pelo Edifício Saídas de Incêndio?" Ambas olhamos com atenção, depois balançamos a cabeça ao mesmo tempo.

Embora tivesse sido Rosa quem perguntara sobre os AAs lá fora, ela logo perdeu todo o interesse pelo assunto, como sempre. Quando eu enfim avistei um menino adolescente e seu AA passando pelo quiosque de sucos ao lado do Edifício RPO, ela mal olhou para eles.

Mas eu continuei pensando no que Rosa dissera e, sempre que um AA passava pela loja, eu fazia questão de observar atentamente. Não demorou para eu perceber algo curioso: sempre havia mais AAs do lado do Edifício RPO do que no nosso lado da rua. Muitas vezes, se um AA de fato calhasse de estar vindo na nossa direção e andando no nosso lado, passando com uma criança pela segunda placa de SUJEITO A GUINCHO, em seguida ele atravessava a faixa de pedestres e não passava pela nossa loja. Quando os AAs chegavam a passar por nós, quase sempre agiam de modo estranho, acelerando o passo e virando o rosto para o outro lado. Então me perguntei se nós — a loja inteira — causávamos constrangimento a eles, e se Rosa e eu, quando encontrássemos um lar, ficaríamos incomodadas ao lembrar que nem sempre tínhamos vivido com nossas crianças, que antes morávamos numa loja. Mas, por mais que tentasse, não conseguia imaginar Rosa ou eu sentindo algo assim em relação à loja, à Gerente e aos outros AAs.

Então, conforme eu observava o lado de fora, outra possibilidade me ocorreu: talvez os AAs não estivessem constrangidos, e sim com medo. Eles tinham medo porque éramos modelos novos, e temiam que em breve suas crianças decidissem que já era hora de jogá-los fora e substituí-los por AAS como nós. Era por isso que passavam pela gente com um ar tão acanhado e se recusavam a olhar em nossa direção. Era por isso que víamos tão poucos AAS da nossa vitrine. Até onde sabíamos, a próxima rua — aquela que ficava *atrás* do Edifício RPO — vivia lotada de AAS. Até onde sabíamos, os AAS que andavam lá fora se esforçavam para fazer qualquer caminho exceto o que passava por nossa loja, porque a última coisa que queriam era que suas crianças nos vissem e viessem até a vitrine.

Não compartilhei nenhum desses pensamentos com Rosa. Pelo contrário, sempre que víamos um AA lá fora, eu fazia questão de me perguntar em voz alta se ele era feliz com sua criança e com seu lar, e isso sempre deixava Rosa muito contente e animada. Ela encarava quase como uma brincadeira, e apontava e dizia: "Olhe, ali! Viu, Klara? Aquele menino adora o AA dele! Ah, olhe como estão rindo juntos!".

E de fato havia várias duplas que pareciam felizes. Mas Rosa ignorava muitos dos sinais. Não raro ela se encantava com alguma dupla que passava, e eu olhava e me dava conta de que, apesar de estar sorrindo para seu AA, a menina na verdade estava brava com ele, e talvez naquele exato momento estivesse pensando coisas cruéis a seu respeito. Eu sempre percebia coisas assim, mas não dizia nada e deixava que Rosa continuasse acreditando no que acreditava.

Uma vez, na manhã do nosso quinto dia na vitrine, vi dois táxis do lado do Edifício RPO se movendo devagar e tão próximos um do outro que alguém mais novo poderia ter pensado que era um veículo só — uma espécie de táxi duplo. Daí o carro da frente acelerou um pouco e um vão surgiu, e por ele eu vi, na calçada do outro lado da rua, uma menina de catorze anos vestindo uma camiseta de desenho animado, andando na direção da faixa de pedestres. Estava sem adultos e sem AA, mas parecia confiante e um pouco impaciente, e como andava na mesma velocidade dos táxis, consegui observá-la pelo vão por algum tempo. Então o vão entre os táxis ficou ainda maior, e vi que na verdade ela estava com um AA — um AA menino — que a seguia um pouco atrás. Também percebi, mesmo naquele breve instante, que ele não tinha ficado para trás por acaso; a menina é que havia decidido que era assim que eles andariam, sempre — ela na frente e ele alguns passos atrás. O AA menino aceitava a situação, embora os outros pudessem ver aquilo e concluir que a menina não o amava. E também notei a exaustão que havia no jeito de andar do AA menino, e me perguntei como seria encontrar um lar e mesmo assim saber que sua criança não gostava de você. Até me deparar com aquela dupla, nunca havia me ocorrido que um AA pudesse viver com uma criança que o desprezasse e não o quisesse por perto, e que mesmo assim eles fossem capazes de continuar juntos. Então o táxi da frente desacelerou por causa da faixa de pedestres e o de trás parou, e eu os perdi de vista. Continuei olhando para ver se apareceriam na faixa, mas não estavam entre as pessoas que atravessavam a rua, e não foi mais possível observar a calçada do outro lado por conta de todos os outros táxis.

Eu não teria preferido nenhuma outra pessoa ao meu lado naqueles dias, mas o tempo que eu e Rosa passamos na vitrine de fato trouxe à tona nossas diferenças de comportamento. Não é que eu estivesse mais disposta do que ela a aprender sobre o que havia lá fora; à sua maneira, Rosa era entusiasmada e observadora, e queria tanto quanto eu se tornar a AA mais gentil e prestativa possível. Mas quanto mais eu observava, mais queria aprender. E, ao contrário de Rosa, eu comecei a ficar intrigada, e então cada vez mais fascinada pelas emoções mais misteriosas que os transeuntes demonstravam diante de nós. Eu me dei conta de que, se não entendesse ao menos algumas daquelas coisas misteriosas, eu nunca seria capaz de ajudar minha criança como deveria quando a hora chegasse. Então passei a procurar — nas calçadas, dentro dos táxis que passavam, em meio à multidão que esperava diante da faixa de pedestres — os tipos de comportamento sobre os quais eu precisava aprender.

A princípio, quis que Rosa fizesse como eu, mas logo vi que não fazia sentido. Uma vez, em nosso terceiro dia na vitrine, quando o Sol já tinha se posto atrás do Edifício RPO, dois táxis pararam do nosso lado, seus motoristas saíram dos veículos e começaram a brigar. Não era a primeira vez que testemunhávamos uma briga: quando ainda éramos bastante novas, havíamos nos reunido na vitrine para ver da melhor forma possível três policiais brigando com o Mendigo e seu cachorro na frente da porta vazia. Mas não tinha sido uma briga violenta, e depois a Gerente nos explicou que os policiais estavam preocupados com o Mendigo porque ele tinha ficado bêbado, e só queriam ajudá-lo. Mas os dois taxistas não eram como os policiais. Eles brigavam como se o mais importante fosse prejudicar um ao outro o máximo possível. Seus rostos se contorciam, assumindo formas horríveis, tanto que alguém novo talvez nem se desse conta de que eram pessoas, e enquanto se socavam não paravam de gritar palavras cruéis. A princípio, os pedestres ficaram tão estarrecidos que se afastaram, mas depois alguns funcionários de escritório e um corredor os impediram de continuar brigando. E, embora um deles estivesse com o rosto manchado de sangue, os dois retornaram a seus táxis e tudo voltou a ser como antes. Minutos depois, cheguei a ver os dois táxis — cujos motoristas tinham acabado de brigar — um em frente ao outro, na mesma faixa, pacientemente esperando o semáforo abrir.

Mas quando tentei conversar com Rosa sobre o que tínhamos visto, ela pareceu intrigada e disse: "Uma briga? Eu não vi, Klara".

"Rosa, não é possível que você não tenha visto. Acabou de acontecer bem na nossa frente. Aqueles dois motoristas."

"Ah, você está falando dos taxistas! Eu não sabia que você estava falando deles, Klara. Ah, eu os vi, claro. Mas acho que não estavam brigando."

"Rosa, é claro que estavam brigando."

"Ah, não, eles estavam fingindo que brigavam. Era brincadeira."

"Rosa, eles estavam brigando."

"Não seja boba, Klara! Você tem ideias tão estranhas. Eles só estavam brincando. E se divertiram muito, assim como os transeuntes."

No final, só disse: "Talvez você tenha razão, Rosa", e não acho que ela tenha voltado a pensar nesse incidente.

Mas eu não consegui esquecer os taxistas com tanta facilidade. Às vezes, seguia com os olhos um indivíduo específico pela calçada, perguntando-me se ele também poderia ficar tão transtornado quanto aqueles dois. Ou tentava imaginar como ficaria se tivesse o rosto deformado pela fúria. Na maioria das vezes — e isso Rosa nunca entenderia —, eu tentava sentir em minha própria mente aquela fúria experimentada pelos taxistas. Tentava imaginar Rosa e eu ficando tão bravas uma com a outra a ponto de começarmos a brigar daquele jeito, realmente tentando causar danos ao corpo uma da outra. A ideia parecia ridícula, mas eu tinha visto os taxistas, então tentava encontrar as origens de tal sentimento em minha mente. Mas era inútil, e eu sempre me pegava rindo das minhas próprias ideias.

Mas havia outras coisas que víamos da vitrine — outras emoções que a princípio eu não compreendia — das quais de fato encontrei versões em mim mesma depois de algum tempo, mesmo que talvez fossem como as sombras que as luminárias de teto projetavam pelo chão quando a porta de ferro da loja baixava. Por exemplo, o que se deu com a sra. Xícara de Café.

Aconteceu dois dias depois de eu ter visto Josie pela primeira vez. A manhã havia sido muito chuvosa, e os pedestres passavam com os olhos estreitos, sob guarda-chuvas e chapéus encharcados. O Edifício RPO não tinha mudado muito com o aguaceiro, embora muitas de suas janelas estivessem iluminadas como se já fosse noite. O Edifício Saídas de Incêndio, logo ao lado, estava com uma grande área úmida na lateral esquerda da fachada, como se algum suco tivesse vazado de um canto do telhado. Mas então, de repente, o Sol abriu caminho, iluminando a rua molhada e os capôs dos táxis, e os transeuntes começaram a sair em grupos ao verem aquilo, e foi em meio ao burburinho que se seguiu que avistei o homenzinho de casaco impermeável. Ele estava do lado do Edifício RPO, e estimei que tivesse setenta e um anos. Estava acenando e chamando, chegando tão perto do meio-fio que temi que se colocasse na frente dos táxis em movimento. Por acaso, a Gerente estava conosco na vitrine naquele exato momento — arrumando o letreiro que ficava em frente ao nosso sofá — e reparou no homem que acenava no mesmo instante que eu. Ele usava um impermeável marrom e o cinto do casaco estava pendurado de um lado, quase tocando seu tornozelo, mas ele não parecia notar, e continuou acenando e chamando por alguém do nosso lado. Uma aglomeração de transeuntes se formara bem em frente à nossa loja, não para nos ver, mas porque, por um instante, a calçada tinha ficado tão cheia que ninguém conseguia se mexer. Então algo mudou, a aglomeração diminuiu e vi diante de nós uma mulher pequena, de costas, olhando para o homem que acenava do outro lado das quatro faixas de táxis em movimento. Não consegui ver seu rosto, mas estimei que tivesse sessenta e sete anos por causa do formato do corpo e da postura. Em minha mente, batizei-a de sra. Xícara de Café porque, quando vista de costas, com seu casaco de lã pesado, ela parecia pequena e larga, com ombros arredondados, como as xícaras de café que ficavam penduradas de cabeça para baixo nas Prateleiras Vermelhas. Embora o homem continuasse acenando e chamando, e ela sem dúvida o tivesse visto, ela não acenou nem respondeu. Continuou ali parada, mesmo quando dois corredores vieram em sua direção, passaram um de cada lado e depois se juntaram de novo, seus calçados esportivos espirrando água pela calçada.

Até que ela enfim saiu do lugar. Foi em direção à faixa de pedestres — como o homem gesticulava para que fizesse —, a princípio a passos lentos, depois mais rápidos. Ela teve de parar de novo, para esperar o semáforo abrir, como todo mundo, e o homem parou de acenar, mas continuou observando-a com tamanha ansiedade que, mais uma vez, pensei que entraria na frente dos táxis. Mas ele se acalmou e andou até sua extremidade da faixa para esperá-la. Quando os táxis pararam e a sra. Xícara de Café começou a atravessar com o restante das pessoas, vi o homem levar um punho cerrado até um dos olhos, do jeito que eu vira algumas crianças fazerem na loja quando ficavam chateadas. Então a sra. Xícara de Café chegou até o lado do Edifício RPO, e ela e o homem se abraçaram com tanta força que pareciam ser uma única pessoa bem corpulenta, e o Sol, percebendo isso, derramou sua nutrição sobre eles. Eu ainda não conseguia ver o rosto da sra. Xícara de Café, mas o homem estava com os olhos bem fechados, e eu não sabia ao certo se ele estava muito feliz ou muito chateado.

"Aqueles dois parecem tão contentes em se ver", a Gerente disse. Percebi que ela os vinha observando com tanta atenção quanto eu.

"Sim, eles parecem muito felizes", respondi. "Mas é estranho, porque também parecem chateados."

"Ah, Klara", a Gerente disse em voz baixa. "Você nunca deixa passar nada, não é?"

Então a Gerente ficou em silêncio por um bom tempo, segurando o letreiro e olhando para o outro lado da rua, mesmo depois de o casal ter ido embora. Por fim, ela disse:

"Talvez fizesse muito tempo que eles não se encontravam. Muito, muito tempo. Talvez ainda fossem jovens quando se abraçaram daquele jeito pela última vez."

"Mas, Gerente, você quer dizer que eles se perderam um do outro?"

Ela ficou em silêncio por mais um momento. Depois respondeu: "Sim. Deve ter sido isso. Eles se perderam. E talvez só agora, por acaso, tenham se encontrado de novo".

A voz da Gerente estava diferente, e embora seus olhos se voltassem para o lado de fora, ela não olhava para nada em particular. Até comecei a me perguntar o que os transeuntes pensariam ao ver a própria Gerente na vitrine conosco por tanto tempo.

Então ela se virou e passou andando por nós, e naquele momento tocou o meu ombro.

"Às vezes", ela disse, "em momentos especiais como esse, as pessoas sentem uma certa dor junto com a felicidade. Fico feliz que você observe tudo com tanta atenção, Klara."

Depois a Gerente foi embora, e Rosa disse: "Que estranho. O que ela quis dizer com isso?".

"Deixa pra lá, Rosa", respondi. "Ela só estava falando das coisas lá de fora."

Então Rosa começou a falar de outra coisa, mas eu continuei pensando na sra. Xícara de Café e em seu Homem Impermeável, e no que a Gerente tinha dito. Tentei imaginar o que eu sentiria se Rosa e eu, dali a muito tempo, bem depois de termos encontrado nossos lares, nos víssemos de novo por acaso na rua. Será que então eu sentiria, como a Gerente havia sugerido, alguma dor junto da felicidade?

Certa manhã, no começo da nossa segunda semana na vitrine, eu estava falando com Rosa sobre alguma coisa que havia no lado do Edifício RPO, mas parei na hora quando percebi que Josie estava em pé na calçada à nossa frente. A mãe estava ao seu lado. Dessa vez, não havia um táxi parado atrás delas, embora fosse possível que tivessem saído de um e ele já tivesse partido, tudo sem eu perceber, porque havia uma aglomeração de turistas entre a nossa vitrine e o lugar onde elas estavam. Mas agora os transeuntes mais uma vez circulavam tranquilamente, e Josie me olhava com um sorriso radiante. Quando ela sorria, seu rosto — pensei nisso de novo — parecia transbordar de gentileza. Mas ela ainda não podia se aproximar da nossa vitrine porque a Mãe se inclinara para falar com ela, uma mão em seu ombro. A Mãe usava um casaco — desses de alto nível, de tecido leve e escuro — que balançava ao longo de seu corpo com o vento, de forma que, por um instante, me fez lembrar dos pássaros escuros que ficavam empoleirados nos semáforos suspensos, mesmo quando ventava forte. Tanto Josie quanto a Mãe continuaram olhando na minha direção enquanto conversavam, e vi que Josie estava ansiosa para se aproximar de mim, mas a Mãe não queria soltá-la e seguia falando. Eu sabia que deveria continuar olhando para o Edifício RPO, exatamente como Rosa estava fazendo, mas não resisti e olhei para elas algumas vezes, de tanto medo que tive de se perderem na multidão.

Finalmente a Mãe se ergueu e, embora continuasse me encarando, inclinando a cabeça para um lado ou para o outro toda vez que um transeunte bloqueava sua visão, tirou a mão do ombro da filha e Josie se aproximou com seu andar cauteloso. Achei animador que a Mãe tivesse deixado Josie seguir sozinha, mas o olhar da Mãe, que nunca se abrandava ou vacilava, e a própria maneira como se postava ali, os braços cruzados diante do corpo, os dedos agarrados ao material do casaco, me fizeram perceber que havia muitos sinais que eu ainda não aprendera a decifrar. Então Josie estava ali na minha frente, do outro lado do vidro.

"Oi! Tudo bem com você?"

Sorri, assenti e ergui um dos polegares no ar — um gesto que eu vira muitas vezes nas revistas interessantes.

"Desculpe, não consegui voltar antes", ela disse. "Acho que faz… Quanto tempo?"

Mostrei três dedos, depois acrescentei meio dedo da outra mão.

"Muito tempo", ela concluiu. "Desculpe. Sentiu minha falta?"

Assenti, fazendo uma cara triste, mas tomando o cuidado de mostrar que não era sério, e que eu não tinha ficado chateada.

"Também senti sua falta. Eu realmente achei que voltaria antes. Você deve ter pensado que eu tinha sumido. Mil desculpas." Então seu sorriso esmaeceu quando ela disse: "Imagino que várias outras crianças tenham vindo aqui para te ver".

Fiz que não, mas Josie não pareceu estar convencida. Ela voltou a olhar para a Mãe, não para se tranquilizar, mas para ter certeza de que ela não se aproximara. Depois, falando mais baixo, Josie continuou:

"Mamãe parece estranha, eu sei, olhando pra cá desse jeito. É porque falei pra ela que era você que eu queria, que tinha que ser você, então agora ela está te avaliando. Desculpe." Pensei ter visto, como da outra vez, um lampejo de tristeza. "Você vem, né? Se a Mamãe deixar e tal?"

Assenti com ar animado. Mas ainda havia incerteza em sua expressão.

"Porque não quero que você venha contra a sua vontade. Não seria justo. Eu quero muito que você venha, mas se você falasse: Josie, eu não quero, eu diria à Mamãe: Tá, a gente não pode ficar com ela, nem pensar. Mas você quer vir, né?"

Assenti mais uma vez, e Josie agora pareceu mais tranquila.

"Que ótimo." O sorriso voltou ao seu rosto. "Você vai adorar, eu prometo." Ela olhou para trás, dessa vez com ar vitorioso, chamando: "Mãe? Viu, ela disse que quer vir!".

A Mãe concordou com um aceno mínimo, e foi sua única resposta. Ela continuava me encarando, os dedos agarrados ao tecido do casaco. Quando Josie se virou para mim, seu rosto tinha se fechado de novo.

"Olha", ela disse, mas continuou em silêncio pelos próximos segundos. Então retomou: "É ótimo que você queira vir. Mas quero deixar as coisas bem claras desde o início, então é o seguinte. Não se preocupe, a Mamãe não está ouvindo. Olha, eu acho que você vai gostar da nossa casa. Acho que você vai gostar do meu quarto, e é lá que você vai ficar, não em algum armário, nada disso. Vamos fazer um monte de coisa legal juntas enquanto eu estiver crescendo. A única questão é que, às vezes, bom…". Ela deu outra rápida olhada para trás e, em seguida, falando ainda mais baixo, prosseguiu: "Talvez seja porque tem dias em que não estou tão bem. Sei lá. Mas pode ser que esteja acontecendo alguma coisa, não sei bem o quê. Nem sei se é uma coisa ruim. Mas às vezes as coisas ficam, digamos, estranhas. Não me entenda mal, na maioria das vezes você nem sentiria nada. Mas achei melhor ser honesta com você. Porque você sabe como é horrível quando as pessoas falam que as coisas vão ser perfeitas, e não estão falando a verdade. É por isso que estou contando tudo agora. Por favor, diga que ainda quer vir. Você vai adorar o meu quarto, tenho certeza. E verá onde o Sol se põe, como te contei da última vez. Você ainda quer vir, né?".

Fiz que sim pelo vidro, com toda a seriedade que eu sabia exprimir. Também queria dizer a ela que, se houvesse alguma coisa difícil ou assustadora a enfrentar em sua casa, nós faríamos isso juntas. Mas eu não sabia transmitir uma mensagem tão complexa sem palavras pelo vidro, então juntei minhas mãos e as ergui no ar, sacudindo-as de leve, num gesto que eu tinha visto um taxista fazer de dentro do táxi em movimento para alguém que acenara da calçada, mesmo que para isso ele tivesse que tirar as duas mãos do volante. O que quer que Josie tenha entendido daquele gesto pareceu deixá-la contente.

"Obrigada", ela disse. "Não me leve a mal. Talvez não seja nada ruim. Talvez eu só esteja pensando bobagem…"

Bem naquela hora, a Mãe chamou e começou a se aproximar, mas havia turistas em seu caminho, e Josie teve tempo de dizer bem rápido: "Vou voltar logo, logo. Prometo. Amanhã, se der. Tchauzinho, mas só por enquanto".

Josie não voltou no dia seguinte, nem no outro. Então, na metade da nossa segunda semana, nossa vez de ficar na vitrine chegou ao fim.

Ao longo do nosso período lá, a Gerente tinha sido agradável e nos dado apoio. Todas as manhãs, enquanto nos preparávamos no Sofá Listrado e esperávamos pela abertura da porta da vitrine, ela dizia algo como: "Vocês foram ótimas ontem. Tentem fazer o mesmo hoje". E ao fim de cada dia sorria e nos elogiava: "Muito bem. Estou muito orgulhosa de vocês duas". Por isso, nunca me ocorrera que estivéssemos fazendo nada de errado e, quando a porta da vitrine baixou em nosso último dia, eu esperava que a Gerente nos elogiasse de novo. Assim, fiquei muito surpresa quando, depois de trancar a porta de vitrine, ela simplesmente foi embora sem nos esperar. Rosa me olhou com uma expressão confusa, e continuamos por um tempo sentadas no Sofá Listrado. Com a porta fechada, porém, estávamos quase na penumbra, então depois de um tempo nos levantamos e descemos da plataforma.

Nesse momento estávamos de frente para a loja e eu podia enxergar até a Mesa de Vidro nos fundos, mas o espaço tinha sido dividido em dez caixas, de forma que eu não tinha mais uma visão unificada do que havia diante de mim. O nicho da frente estava na caixa à minha extrema direita, como era de esperar, mas o revisteiro, que ficava mais perto do nicho da frente, tinha partes espalhadas entre várias caixas, de modo que uma seção da mesa podia ser vista na caixa à minha esquerda. Àquela altura, as luzes estavam baixas, e vi os outros AAs no cenário de fundo de várias caixas, ladeando as paredes do meio da loja e se preparando para dormir. Mas o que chamou minha atenção foram as três caixas centrais, que naquele momento continham aspectos da Gerente no ato de se voltar para nós. Em uma caixa, só era possível vê-la da cintura até a parte superior do pescoço, enquanto seus olhos ocupavam sozinhos a maior parte da caixa logo ao lado. O olho mais próximo de nós era muito maior que o outro, mas ambos eram cheios de gentileza e tristeza. Havia ainda uma terceira caixa que mostrava parte de seu maxilar e sua boca quase inteira, e nelas detectei raiva e frustração. A essa altura, ela tinha se virado por completo e vinha em nossa direção, e mais uma vez a loja se tornou uma imagem única.

"Agradeço a vocês duas", ela disse e, esticando o braço, nos tocou com gentileza, uma de cada vez. "Muito obrigada."

Ainda assim, tive a impressão de que alguma coisa estava diferente — de que nós a havíamos decepcionado de alguma forma.

* * *

Depois disso, começamos nosso segundo período no meio da loja. Rosa e eu ainda ficávamos juntas na maioria das vezes, mas agora a Gerente passou a mudar nossas posições, e podia acontecer de eu passar um dia ao lado do AA Menino Rex ou da AA Menina Kiku. Na maior parte dos dias, entretanto, eu ainda conseguia ver uma parte da vitrine, e assim continuava aprendendo sobre o que havia lá fora. Quando a Máquina Cootings apareceu, por exemplo, eu estava do lado do revisteiro, bem em frente ao nicho do meio, e tinha uma vista quase tão boa quanto se ainda estivesse na vitrine.

Fazia dias que era óbvio pra gente que a Máquina Cootings seria uma coisa fora do comum. Primeiro, os homens da manutenção vieram preparar tudo para sua chegada, demarcando uma parte especial da rua com barreiras de madeira. Os taxistas não gostaram nem um pouco disso e fizeram muito barulho com suas buzinas. Depois, os homens da manutenção começaram a escavar e quebrar o asfalto, e até partes da calçada, o que assustou os dois AAs que estavam na vitrine. Em um dado momento, quando o barulho se tornou muito desagradável, Rosa levou as mãos aos ouvidos e as manteve ali, mesmo que houvesse clientes na loja. A Gerente pedia desculpas a cada cliente que chegava, apesar de o barulho não ter nada a ver conosco. Certa vez, um cliente começou a falar sobre a Poluição e, apontando para os homens da manutenção lá fora, disse que a Poluição era muito perigosa para todos. Por isso, logo que a Máquina Cootings chegou, pensei que pudesse ser uma máquina para combater a Poluição, mas o AA Menino Rex disse que não, era uma máquina especialmente projetada para produzir mais Poluição. Respondi que não acreditava nisso, e ele: "Tudo bem, Klara, logo você vai ver".

No fim ele estava certo, é claro. A Máquina Cootings — eu

lhe dei esse nome em pensamento porque na lateral se lia "Cootings" em letras graúdas — começou a funcionar com um gemido agudo, nem tão incômodo quanto as escavadeiras tinham sido, nem pior que o aspirador de pó da Gerente. Mas havia três tubos curtos que sobressaíam da parte superior, e eles começaram a soltar fumaça. No começo, a fumaça vinha em pequenas lufadas brancas, depois foi ficando cada vez mais escura, até que já não saía em nuvens separadas, e sim como uma única nuvem densa e contínua.

Quando olhei de novo, a rua lá fora tinha sido dividida em vários painéis verticais — de onde eu estava, conseguia ver três deles com clareza, sem precisar me debruçar. A quantidade de fumaça escura parecia variar de painel para painel, quase como se tipos bem distintos de cinza estivessem à mostra para escolha do público. Mas, mesmo onde a fumaça era mais densa, eu ainda conseguia distinguir muitos detalhes. Em um painel, por exemplo, havia uma parte da barreira de madeira dos homens da manutenção, e aparentemente conectada a ela, a parte dianteira de um táxi. No painel adjacente, atravessando a parte superior na diagonal, havia uma barra de metal que eu reconhecia, porque antes pertencera a um dos semáforos suspensos. De fato, olhando com mais atenção, consegui decifrar o contorno escuro da silhueta de um pássaro empoleirado nela. Em dado momento, vi um corredor passar de um painel a outro, e, enquanto atravessava, sua figura se alterou tanto em termos de tamanho quanto de trajetória. Então a Poluição ficou tão ruim que, mesmo estando do lado do revisteiro, eu não conseguia mais ver o vão de céu, e a própria vitrine, que os homens do vidro limpavam com tanta altivez para a Gerente, ficou coberta de pontinhos de sujeira.

Lamentei muito pelos dois AAs meninos que tinham esperado tanto tempo por sua vez de ficar na vitrine. Eles continuaram lá, sentados com boa postura, mas em determinado momento vi um deles cobrir o rosto com um dos braços, como se a Poluição pudesse entrar pelo vidro. Então a Gerente subiu na plataforma para sussurrar algumas palavras que os tranquilizassem. Quando ela desceu e começou a reorganizar as pulseiras que ficavam dentro do Mostruário de Vidro, percebi que ela também estava chateada. Pensei até que iria lá fora falar com os homens da manutenção, mas então ela nos viu, abriu um sorriso e disse:

"Pessoal, prestem atenção um minuto. Isso é lamentável, mas não precisamos nos preocupar. Vamos suportar esse incômodo por poucos dias, e então isso vai acabar."

Mas no dia seguinte, e no outro também, a Máquina Cootings continuou em atividade, e o dia quase virou em noite. A certa altura, procurei os desenhos do Sol em nosso assoalho, nichos e paredes, mas não estavam mais lá. Eu sabia que o Sol estava se esforçando ao máximo, e, quase no fim da segunda tarde difícil, embora a fumaça estivesse pior do que nunca, seus desenhos apareceram de novo, ainda que mais fracos. Fiquei preocupada e perguntei à Gerente se ainda conseguiríamos absorver nossa nutrição. Ela riu e disse: "Essa coisa horrível já veio aqui várias vezes e nunca prejudicou ninguém na loja, então pode ficar tranquila, Klara".

Mesmo assim, depois de quatro dias seguidos de Poluição, comecei a me sentir fraca. Tentei não demonstrar, principalmente quando havia clientes na loja. Mas, talvez por conta da Máquina Cootings, a loja passou a ter longos períodos sem que nenhum cliente entrasse, e às vezes eu me permitia ficar numa postura tão curvada que o AA Menino Rex precisava me cutucar para que eu me endireitasse.

Então, certa manhã, a porta da vitrine subiu, e não só a Máquina Cootings mas toda a sua divisão especial tinham desaparecido. A Poluição também sumira, o vão de céu havia voltado e tinha um tom de azul brilhante, e o Sol derramava sua nutrição sobre a loja. Os táxis mais uma vez avançavam tranquilamente, e os taxistas estavam contentes. Até os corredores passavam sorrindo. Durante todo o tempo em que a Máquina Cootings estivera lá, temi que Josie talvez tivesse tentado voltar à loja, mas acabara sendo impedida pela Poluição. Mas agora aquilo tinha acabado, e os ânimos se elevaram de tal forma, tanto dentro quanto fora da loja, que senti que, se Josie fosse voltar algum dia, só poderia ser naquele. No meio da tarde, entretanto, me dei conta de que aquilo era uma completa insensatez. Parei de procurar Josie pela rua e, em vez disso, me concentrei em aprender mais sobre o lado de fora.

Dois dias depois de a Máquina Cootings ir embora, a menina de cabelo curto e espetado entrou na loja. Estimei que tivesse doze anos e meio. Naquela manhã, estava vestida como uma corredora, com uma regata verde-clara, e dava para ver seus braços muito magros até a altura dos ombros. Ela entrou com seu pai, que vestia um traje de escritório despojado e de alto nível, e de início os dois observaram a loja quase sem falar nada. Eu percebi na hora que a menina estava interessada em mim, embora ela só tivesse me olhado rapidamente antes de retornar para a frente da loja. Depois de um minuto, porém, ela voltou e fingiu estar muito concentrada nas pulseiras do Mostruário de Vidro, bem em frente ao lugar onde eu estava. Então, olhando ao redor para ver se seu pai ou a Gerente a observavam, tentou se apoiar no carrinho, fazendo-o avançar alguns centímetros sobre as rodas. Ao fazer isso, ela me olhou com um sorriso contido, como se o carrinho em movimento fosse um segredo nosso. Ela devolveu o carrinho à posição inicial, sorriu para mim mais uma vez e chamou: "Papai?". Como o pai não respondeu — estava prestando atenção nos dois AAs sentados na mesa de vidro dos fundos —, a menina me lançou um último olhar e foi se juntar a ele. Os dois começaram a conversar aos sussurros, olhando sem parar na minha direção, de forma que não havia dúvida de que falavam de mim. A Gerente, tomando conhecimento da situação, levantou-se de sua mesa e veio ficar ao meu lado, com as mãos cruzadas diante do tronco.

Por fim, depois de muito sussurrarem, a menina voltou, passando pela Gerente até ficar bem de frente para mim. Encostou nos meus cotovelos, um de cada vez, depois tomou minha mão esquerda em sua mão direita e assim permaneceu, me olhando no rosto. Sua expressão era bastante severa, mas a mão apertava a minha de leve, e entendi que se tratava de mais um segredinho só nosso. Mas não sorri para ela. Continuei sem expressão, lançando meu olhar por cima da cabeça de cabelos espetados da menina e em direção às Prateleiras Vermelhas na parede oposta, focando sobretudo na fileira de xícaras de café de cerâmica que ficavam de cabeça para baixo no terceiro andar. A menina apertou minha mão mais duas vezes, a segunda com menos delicadeza, mas não baixei o olhar ou sorri.

O pai, enquanto isso, tinha chegado mais perto, caminhando devagar para não interromper o que poderia ser um momento especial. A Gerente também havia se aproximado e estava logo atrás do pai. Percebi tudo isso, mas mantive os olhos fixos nas Prateleiras Vermelhas e nas xícaras de cerâmica, e minha mão dentro da dela, amolecida, de forma que, se ela a soltasse, despencaria rente ao meu corpo.

Fiquei cada vez mais ciente de que a Gerente me observava. Então a ouvi dizer:

"A Klara é excelente. É uma das melhores que temos. Mas talvez a mocinha se interesse pelos novos modelos B3 que acabaram de chegar."

"B3s?" O pai pareceu animado. "Vocês já têm esses?"

"Temos uma relação de exclusividade com nossos fornecedores. Eles acabaram de chegar, e ainda não estão calibrados. Mas seria um prazer mostrá-los a vocês."

A menina de cabelo espetado apertou minha mão mais uma vez. "Mas, Papai, eu quero essa aqui. Ela é perfeita."

"Mas eles têm os novos B3s, querida. Não quer dar uma olhada neles? Ninguém que você conhece tem um desses."

Houve uma longa espera, e então a menina soltou minha mão. Deixei meu braço cair e continuei olhando para as Prateleiras Vermelhas.

"Mas o que esses novos B3s têm de tão especial?", a menina perguntou, indo atrás do pai.

Eu não tinha pensado em Rosa enquanto a menina segurava minha mão, mas naquele momento tomei consciência de sua presença, à minha esquerda, e do fato de que me encarava com perplexidade. Eu queria que ela desviasse o olhar, mas decidi continuar fitando as Prateleiras Vermelhas até que a menina, seu pai e a Gerente estivessem todos em segurança nos fundos da loja. Ouvi o pai rindo de alguma coisa que a Gerente falou, e, quando olhei de relance em sua direção, a Gerente estava abrindo a PORTA RESERVADA PARA FUNCIONÁRIOS, bem nos fundos da loja.

"Vocês me perdoem", ela dizia. "As coisas estão um pouco desorganizadas aqui."

E o pai respondeu: "É um privilégio poder entrar aqui. Não é, querida?".

Eles entraram, a porta se fechou atrás deles, e não consegui mais ouvir a conversa, embora em dado momento tenha escutado a risada da menina de cabelo espetado.

O resto da manhã continuou agitado. Mesmo enquanto a Gerente terminava de preencher, com o pai, os formulários de entrega de seu novo B3, mais clientes chegaram à loja. Então foi só à tarde, quando enfim houve algum tempo livre, que a Gerente se aproximou de mim.

"Fiquei surpresa com seu comportamento hoje de manhã, Klara", ela disse. "Logo você…"

"Desculpe, Gerente."

"O que deu em você? Nem parecia a Klara que eu conheço."

"Sinto muito, Gerente. Eu não queria causar nenhum constrangimento. Só pensei que, para aquela criança em particular, talvez eu não fosse a melhor opção."

A Gerente continuou me olhando.

"Talvez você tenha razão", ela reconheceu, por fim. "Acho que a menina vai gostar muito do menino B3. De qualquer forma, fiquei bastante surpresa, Klara."

"Sinto muito, Gerente."

"Eu te apoiei dessa vez. Mas não farei isso de novo. É o cliente que deve escolher o AA, nunca o contrário."

"Eu entendo, Gerente." Em seguida eu disse em voz baixa: "Obrigada, Gerente, pelo que fez hoje".

"Não tem problema, Klara. Mas não esqueça: eu não farei isso de novo."

Ela começou a se afastar, mas logo deu meia-volta.

"Não pode ser isso, né, Klara? Que você acredita ter feito um acordo?"

Pensei que a Gerente fosse me repreender, como tinha feito certa vez com dois AAs meninos que estavam na vitrine e riram do Mendigo. Mas a Gerente apoiou uma mão no meu ombro e disse, numa voz mais baixa que antes:

"Vou te dizer uma coisa, Klara. Crianças fazem promessas o tempo todo. Elas vêm até a vitrine e prometem todo tipo de coisa. Prometem que vão voltar, pedem que não deixe ninguém mais levá-la embora. Acontece o tempo todo. Mas, em geral, a criança nunca volta. Ou pior: a criança volta e ignora o coitado do AA que ficou esperando, e escolhe outro em seu lugar. Crianças são assim mesmo. Você tem observado e aprendido tanto, Klara. Bom, essa é mais uma lição para você. Entendeu?"

"Sim, Gerente."

"Que bom. Então que isso não se repita." Ela tocou meu braço e depois me deu as costas.

Os novos B3s — três AAs meninos — logo foram calibrados e assumiram suas posições. Dois foram direto para a vitrine, com um novo letreiro grande, e o outro ficou com o nicho da frente. Um quarto B3, é claro, já fora comprado pela menina de cabelo espetado e transportado sem que nenhum de nós o conhecesse.

Rosa e eu continuamos no meio da loja, embora tivéssemos sido transferidas para o lado das Prateleiras Vermelhas quando os novos B3s chegaram. Depois de nosso período na vitrine ter acabado, Rosa passou a repetir o que a Gerente nos dissera: que todas as posições na loja eram boas, e que tínhamos as mesmas chances de ser escolhidas tanto no meio da loja quanto na vitrine ou no nicho da frente. Bem, no caso de Rosa, isso acabou se confirmando.

O dia começou sem que nada sugerisse que um evento tão importante estava prestes a acontecer. Não havia nada de diferente a respeito dos táxis ou dos transeuntes, ou na maneira como a porta da vitrine subiu para se abrir, ou de como a Gerente nos cumprimentou. Ao fim daquela tarde, porém, Rosa havia sido comprada e desaparecido, entrando pela PORTA RESERVADA PARA FUNCIONÁRIOS para se preparar para o processo de entrega. Acho que sempre pensei que, antes de uma de nós partir da loja, haveria tempo de sobra para discutir todos os detalhes. Mas aconteceu muito rápido. Mal consegui apreender qualquer informação útil sobre o menino e a mãe que chegaram e a escolheram. Assim que foram embora e a Gerente confirmou que ela tinha sido comprada, Rosa ficou tão animada que se tornou impossível termos uma conversa séria. Eu queria repassar as várias coisas de que ela precisaria se lembrar para ser uma boa AA; lembrá-la das coisas que a Gerente nos ensinara e explicar tudo que eu aprendera sobre o lado de fora. Mas Rosa falava sem parar, mudando de assunto a todo instante. Será que o quarto do menino teria pé-direito alto? De que cor seria o carro da família? Ela teria a oportunidade de ver o mar? Eles lhe pediriam para preparar uma cesta de piquenique? Tentei lembrá-la da nutrição do Sol, de sua importância, e me perguntei em voz alta se seria fácil para o Sol explorar o quarto dela, mas Rosa não estava interessada. Então, antes que nos déssemos conta, chegou a hora de Rosa ir para a sala dos fundos, e eu a vi sorrindo para mim por cima do ombro uma última vez antes de desaparecer atrás da porta.

Nos dias que se seguiram à partida de Rosa, continuei no meio da loja. Os dois B3s da vitrine já tinham sido comprados, com apenas um dia de diferença, e o AA Menino Rex também encontrou um lar na mesma época. Logo chegaram outros três B3s — AAs meninos de novo —, que a Gerente posicionou quase na minha frente, mas do lado do revisteiro, junto aos dois AAs meninos da série mais antiga. O Mostruário de Vidro ficava entre mim e esse grupo, por isso eu não conversava muito com eles. Mas tive tempo de sobra para observá-los, e vi que os AAs meninos mais velhos estavam sendo muito receptivos e dando vários bons conselhos aos novos B3s. Por isso, imaginei que estivessem se dando bem. Mas então comecei a perceber alguma coisa estranha. Entre o início e o fim de uma manhã, digamos, os três B3s se afastavam, pouco a pouco, dos dois AAs mais velhos. Às vezes, davam passos minúsculos para o lado. Ou um B3 ficava interessado em algo do outro lado da vitrine e ia até lá ver, mas depois voltava para uma posição ligeiramente diferente daquela que a Gerente lhe havia atribuído. Depois de quatro dias, não havia mais dúvida: os três novos B3s estavam deliberadamente se afastando dos AAs mais velhos, de forma que, quando os clientes chegassem, os B3s parecessem um grupo separado. No começo eu não quis acreditar nisso — que AAs, ainda mais AAs selecionados a dedo pela Gerente, pudessem se comportar dessa maneira. Senti pena dos AAs meninos mais velhos, mas logo percebi que eles não tinham se dado conta de nada. Assim como não notaram, como eu logo notei, que os B3s trocavam olhares e sinais ardilosos toda vez que um dos AAs meninos mais velhos se dava ao trabalho de lhes explicar alguma coisa. Dizia-se que os novos B3s vinham com todo tipo de melhorias. Mas como poderiam ser bons AAs para suas crianças se suas mentes eram capazes de inventar ideias assim? Se Rosa estivesse comigo, eu teria conversado com ela sobre o que tinha visto, mas é claro que àquela altura ela já havia partido.

Certa tarde, quando o Sol estava iluminando a loja até os fundos, a Gerente foi até onde eu estava e disse:

"Klara, decidi te dar outro turno na vitrine. Dessa vez, você ficará sozinha, mas sei que não vai se importar. Você está sempre tão interessada no lado de fora."

Fiquei tão surpresa que olhei para ela e não disse nada.

"Klara, querida", a Gerente disse. "Sempre pensei que era a Rosa quem precisaria de ajuda. Você não está preocupada, está? Não se preocupe. Vou me empenhar para você encontrar um lar."

"Não estou preocupada, Gerente", respondi. Quase comentei

sobre Josie, mas me detive a tempo, lembrando o que havíamos conversado depois que a menina de cabelo espetado viera à loja.

"A partir de amanhã, então", a Gerente disse. "Só seis dias. Também vou te dar um preço especial. Lembre-se, Klara, de que você estará representando a loja mais uma vez. Então faça o seu melhor."

Meu segundo período na vitrine parecia diferente do primeiro, e não só porque Rosa não estava comigo. A rua lá fora estava tão agitada quanto antes, mas descobri que eu precisava me esforçar mais para me animar com o que via. Às vezes, um táxi desacelerava e um transeunte se abaixava para falar com o taxista, e eu tentava adivinhar se eram amigos ou inimigos. Outras vezes, eu ficava observando as pequenas figuras que passavam pelas janelas do Edifício RPO e tentava entender o que seus movimentos significavam, e imaginar o que cada pessoa estava fazendo antes de aparecer em seu retângulo, e o que elas fariam depois.

A coisa mais importante que observei durante meu segundo período foi o que aconteceu com o Mendigo e seu cachorro. Foi no quarto dia — numa tarde tão cinzenta que alguns táxis chegaram a acender suas luzinhas — que notei que o Mendigo não estava em seu lugar de sempre, na porta vazia que ficava entre os edifícios RPO e Saídas de Incêndio. De início, não dei muita atenção a isso, porque não era incomum que o Mendigo saísse andando por aí, às vezes por longos períodos. Mas então olhei para o lado oposto e percebi que, na verdade, ele estava ali, e seu cachorro também, e que eu não os vira porque estavam deitados no chão. Tinham se apertado bem contra a porta vazia para não ficar no caminho dos transeuntes, de forma que, do nosso lado, era possível confundi-los com os sacos que os trabalhadores da cidade às vezes deixavam para trás. Mas passei a observá-los pelos espaços que havia entre um transeunte e outro, e vi que o Mendigo nunca se mexia, nem o cachorro em seu colo. Às vezes, um transeunte os notava e parava por um instante, mas depois continuava andando. Por fim, o Sol estava quase atrás do Edifício RPO, e o Mendigo e o cachorro continuavam exatamente onde tinham estado o dia todo, e não havia dúvida de que haviam morrido, apesar de os transeuntes não saberem disso. Naquele momento, senti tristeza, embora fosse bom que tivessem morrido juntos, abraçados, tentando ajudar um ao outro. Torci para que alguém os visse e eles fossem levados para algum lugar melhor e mais calmo, e pensei em falar a respeito com a Gerente. Mas quando chegou a hora de eu descer da vitrine no fim do dia, ela me pareceu tão cansada e séria que decidi ficar quieta.

Na manhã seguinte, a porta da vitrine se levantou e o dia estava esplêndido. O Sol derramava sua nutrição sobre a rua e os prédios, e quando olhei para o lugar onde o Mendigo e o cachorro haviam morrido, vi que não estavam mortos de forma alguma — que uma nutrição especial do Sol os salvara. O Mendigo ainda não estava em pé, mas sorria, sentado com as costas apoiadas na porta vazia, com uma perna esticada e a outra dobrada para servir de apoio ao braço. Com a mão livre, fazia carinho no pescoço do cão, que também voltara à vida e olhava de um lado para outro as pessoas passando. Ambos absorviam com avidez a nutrição especial do Sol, ficando mais fortes a cada minuto, e percebi que, em breve, talvez até naquela tarde, o Mendigo estaria novamente de pé, como sempre fazendo comentários alegres na porta vazia.

Logo meu período de seis dias chegou ao fim, e a Gerente me falou que eu havia sido de grande valia para a loja. Segundo ela, o movimento de clientes fora acima da média enquanto eu estivera na vitrine, e fiquei feliz em saber disso. Eu lhe agradeci por ter me oferecido um segundo turno, e ela sorriu e disse que eu com certeza não teria de esperar por muito tempo.

* * *

Dez dias depois, fui transferida para o nicho dos fundos. A Gerente, sabendo o quanto eu gostava de ver o lado de fora, me prometeu que seria só por alguns dias, que depois eu poderia voltar para o meio da loja. De qualquer forma, ela disse, o nicho dos fundos era um ótimo lugar, e de fato não vi nenhum defeito nele. Eu sempre gostei dos dois AAs que haviam sido transferidos para a Mesa de Vidro encostada na parede dos fundos, e estávamos perto o suficiente para ter conversas bastante longas, mesmo àquela distância, contanto que não houvesse clientes na loja. O nicho dos fundos, entretanto, ficava para lá do arco, e não só era impossível enxergar qualquer coisa do lado de fora como era difícil inclusive ver a parte da frente da loja. Se eu quisesse observar os clientes que entravam, precisava me debruçar o máximo que podia para espiar pela lateral do arco, e ainda assim — mesmo que eu desse alguns passos adiante — a visão seria bloqueada pelos vasos prateados que ficavam sobre o revisteiro e pelos B3s que estavam no meio da loja. Por outro lado, talvez porque estivéssemos mais longe da rua — ou pela forma como o teto era mais baixo nos fundos —, eu ouvia melhor os sons. Foi assim que soube, só de ouvir seus passos, muito antes de ela começar a falar, que Josie tinha entrado na loja.

"Por que usavam tanto perfume? Eu quase fiquei sufocada."

"Sabonete, Josie", a voz da Mãe disse. "Não perfume. E sabonete artesanal de excelente qualidade, aliás."

"Só que não era aquela loja. Era esta. Eu te falei, Mãe." Ouvi seus passos cuidadosos avançarem pelo piso. Então ela disse: "Esta é definitivamente a loja certa. Mas ela não está mais aqui".

Dei três passinhos adiante até vislumbrar, entre os vasos prateados e os B3s, a Mãe olhando alguma coisa que estava fora do meu campo de visão. Eu só conseguia ver um lado de seu rosto, mas me ocorreu que sua expressão estava ainda mais cansada que da última vez que eu a vira na calçada parecendo um daqueles pássaros empoleirados lá no alto quando o vento batia. Supus que estava vigiando Josie — e que Josie estava olhando a nova B3 menina no nicho da frente.

Por muito tempo nada aconteceu. Até que a Mãe disse: "O que você achou, Josie?".

Josie não respondeu, e ouvi os passos da Gerente avançarem pelo chão. Agora dava para perceber aquela calmaria especial que domina a loja quando todos os AAs param para escutar, se perguntando se uma venda estaria prestes a acontecer.

"A Sung Yi é uma B3, claro", a Gerente explicou. "Uma das mais impecáveis que vi até agora."

Nesse momento, consegui ver o ombro da Gerente, mas ainda não via Josie. Então ouvi a voz de Josie afirmar:

"Você é incrível mesmo, Sung Yi. Só não me leve a mal, por favor. Mas é que…" Ela se calou, e mais uma vez ouvi seus passos cuidadosos, até que pela primeira vez consegui vê-la. Josie passava os olhos por todo canto da loja.

A Mãe disse: "Ouvi falar que esses novos B3s têm a cognição e a memória muito boas. Mas que às vezes podem ser menos empáticos".

A Gerente emitiu um som que era um suspiro e também uma risada. "Bem no começo, talvez um ou dois B3s tenham se revelado um pouco teimosos. Mas posso garantir a vocês que a nossa Sung Yi aqui não apresentará problemas desse tipo."

"Você se importaria", a Mãe disse à Gerente, "se eu dirigisse a palavra a Sung Yi? Tenho algumas perguntas que gostaria de fazer a ela."

"Mas, Mãe", Josie a interrompeu — saindo mais uma vez

do meu campo de visão —, "de que adianta? A Sung Yi é ótima, eu sei. Mas não é ela que eu quero."

"Não podemos procurar indefinidamente, Josie."

"Mas foi nesta loja, eu tenho certeza, Mãe. Ela estava aqui. Acho que a gente demorou demais, só isso."

Foi uma pena que Josie tivesse voltado justo quando eu estava nos fundos da loja. Mesmo assim, eu estava certa de que logo ela viria até o meu setor e me veria, e esse foi um motivo pelo qual permaneci onde estava, sem fazer barulho. Mas talvez houvesse outra razão. Pois um medo invadira meus pensamentos quase no mesmo instante em que eu sentira alegria ao perceber quem tinha entrado na loja — um medo relacionado ao que a Gerente me dissera naquela ocasião, sobre as crianças que faziam promessas e não voltavam, ou voltavam e ignoravam o AA a quem tinham feito a promessa e escolhiam outro. Talvez por isso eu tenha continuado ali esperando em silêncio.

Então a voz da Gerente ressurgiu, e nela havia um quê de novidade.

"Com licença, senhorita. Pelo que entendi, você estava procurando uma AA específica? Uma que tinha visto aqui antes?"

"Sim, senhora. Ela estava na vitrine um tempo atrás. Era muito bonita, muito inteligente. Parecia meio francesa, sabe? Cabelo curto, bem escuro, e a roupa era tipo meio escura também, e tinha um olhar muito simpático e era tão esperta…"

"Acho que talvez eu saiba quem é", a Gerente disse. "Venha comigo, senhorita, que vamos logo descobrir."

Só então saí do lugar e fui para onde pudessem me ver. Eu tinha passado a manhã inteira fora do alcance dos desenhos do Sol, mas naquele momento pisei sobre dois retângulos muito claros que se cruzavam, bem quando a Gerente, com Josie atrás dela, se aproximou do arco. Quando Josie me viu, seu rosto se encheu de alegria e ela acelerou o passo.

"Você ainda está aqui!"

Ela estava ainda mais magra. Continuou se aproximando com seu andar inseguro, e pensei que estava prestes a me abraçar, mas parou no último segundo e levantou os olhos para me olhar no rosto.

"Nossa! Eu realmente achei que você tivesse ido embora!"

"Por que eu iria embora?", perguntei em voz baixa. "Nós fizemos uma promessa."

"É", Josie disse. "É, acho que fizemos. Acho que eu que pisei na bola. Demorando tanto e tal."

Enquanto eu continuava sorrindo, ela chamou por cima do ombro: "Mãe! É esta aqui! A que eu estava procurando!".

A Mãe se aproximou devagar do arco, então parou. Por um instante, todas as três ficaram me olhando: Josie à frente, com um sorriso radiante; a Gerente logo atrás dela, também sorrindo, mas com uma cautela no olhar que interpretei como um sinal importante que ela estivesse enviando; e, por último, a Mãe, e aqueles olhos estreitos como os das pessoas na calçada quando tentam ver se um táxi está livre ou já ocupado. Assim que eu vi a Mãe e o jeito como me olhava, o medo — aquele que tinha quase desaparecido quando Josie disse: "Você ainda está aqui!" — me voltou à mente.

"Eu não queria ter demorado tanto", Josie dizia. "É que eu fiquei meio doente. Mas agora já melhorei." Então disse: "Mãe, podemos comprar ela já? Antes que alguém venha e a leve?".

Houve um momento de silêncio, e em seguida a Mãe disse em voz baixa: "Essa não é uma B3, pelo que entendi".

"A Klara é uma B2", a Gerente disse. "Da série 4, que, segundo alguns, é a melhor série de todas."

"Mas não é uma B3."

"As inovações da série B3 são de fato fantásticas. Mas alguns clientes acham que, para crianças de determinados perfis, um B2 top de linha ainda pode ser a combinação mais adequada."

"Entendi."

"Mãe. É a Klara que eu quero. Não quero nenhuma outra."

"Só um minuto, Josie." Então ela perguntou à Gerente: "Todo Amigo Artificial tem características únicas, certo?".

"Correto, senhora. Especialmente com a tecnologia destes."

"E o que torna essa aqui única? Essa... Klara?"

"A Klara possui diversas características incomparáveis, passaríamos a manhã inteira falando delas. Mas se eu tivesse que destacar apenas uma, bem, seria seu apetite por observar e aprender. Sua habilidade de captar e contextualizar tudo o que vê à sua volta é francamente excepcional. Por conta disso, hoje ela tem o intelecto mais sofisticado entre os AAs da loja, incluindo os B3s."

"É mesmo?"

A Mãe voltou a me olhar com os olhos estreitos. Então deu alguns passos em minha direção.

"Posso fazer algumas perguntas pra ela?"

"Sim, claro, fique à vontade."

"Mãe, por favor..."

"Me dá um segundo, Josie. Espere ali um momento enquanto eu falo com a Klara."

Então ficamos só a Mãe e eu, e, embora eu tentasse manter o sorriso no rosto, não foi fácil, e talvez até tenha deixado o medo transparecer.

"Klara", a Mãe disse. "Não quero que você olhe para a Josie. Agora me diga, sem olhar. De que cor são os olhos dela?"

"São cinza, senhora."

"Muito bem. Josie, fique completamente em silêncio. Agora me diga, Klara. A voz da minha filha. Você a ouviu falar há poucos instantes. Como descreveria a voz dela?"

"Ao falar, sua voz tem um alcance que vai do lá bemol acima do dó central do piano até o dó uma oitava acima."

"É mesmo?" Houve um novo silêncio, então a Mãe disse: "Última pergunta. Klara. O que você notou no jeito de andar da minha filha?".

"Talvez haja uma fraqueza em seu quadril esquerdo. Além disso, seu ombro direito tende a lhe causar dor, e por isso Josie anda protegendo o ombro de movimentos repentinos ou de impactos desnecessários."

A Mãe parou para pensar nisso. Depois, disse: "Bem, Klara, já que você parece saber tanto... Será que poderia reproduzir o jeito de andar da Josie? Você faria isso para mim? Agora? Andar como a minha filha?".

Atrás do ombro da Mãe, vi a Gerente entreabrir os lábios, como se estivesse prestes a falar. Mas ela não disse nada. Em vez disso, olhando-me nos olhos, ela me deu o menor dos acenos.

Então comecei a andar. Percebi que, assim como a Mãe — e Josie, é claro —, agora a loja inteira estava assistindo e escutando. Passei sob o arco e fui até os desenhos que o Sol espalhara pelo chão. Depois andei na direção dos B3s que estavam no meio da loja, e do Mostruário de Vidro. Fiz o melhor que pude para reproduzir o andar de Josie exatamente como o tinha visto, naquela primeira vez em que ela saíra do táxi, quando Rosa e eu estávamos na vitrine; e então quatro dias depois, quando a Mãe tirara a mão de seu ombro e ela viera até à vitrine; e, por fim, alguns minutos atrás, quando ela correra em minha direção com uma felicidade cheia de alívio no olhar.

Ao chegar ao Mostruário de Vidro, comecei a dar a volta nele, tomando cuidado para não descaracterizar o andar de Josie e, ao mesmo tempo, tentando não encostar no B3 menino de pé ao lado do carrinho.

Mas, quando eu ia começar a voltar, ergui os olhos e me

deparei com a Mãe, e algo no que vi me fez parar. Ela continuava me observando atentamente, mas era como se seu olhar me atravessasse, como se eu fosse o vidro da janela e ela estivesse tentando ver muito além. Fiquei parada ao lado do Mostruário de Vidro, equilibrada em um dos pés, e a loja foi invadida por uma estranha calmaria. Então a Gerente falou:

"Como você pode ver, a Klara tem uma capacidade de observação extraordinária. Eu nunca conheci um AA como ela."

"Mãe..." Dessa vez a voz de Josie saiu abafada. "Mãe, por favor."

"Muito bem. Vamos levá-la."

Josie veio correndo até mim. Abriu os braços e me abraçou. Quando olhei por cima da cabeça da criança, vi a Gerente sorrindo com alegria, e a Mãe, com o rosto tenso e sério, voltado para baixo, vasculhando a bolsa que levava a tiracolo.

PARTE DOIS

Era especialmente difícil navegar pela cozinha, porque muitos dos elementos ali mudavam constantemente as relações que tinham uns com os outros. Agora eu valorizava o fato de a Gerente — sem dúvida em consideração a nós — sempre manter todos os objetos da loja, até os menores, como as caixas de pulseiras ou brincos de prata, em seus devidos lugares. Na casa de Josie, no entanto, e sobretudo na cozinha, Melania Empregada Doméstica sempre mudava os objetos de lugar, o que me obrigava a recomeçar meu aprendizado do zero. Certa manhã, por exemplo, Melania Empregada Doméstica alterou a posição de seu liquidificador quatro vezes em quatro minutos. Mas quando descobri a importância da Ilha, tudo ficou mais fácil.

A Ilha ficava no centro da cozinha e, talvez para enfatizar sua natureza fixa, tinha azulejos marrom-claros que imitavam os tijolos de um edifício. Havia uma pia brilhante acoplada bem no meio e três banquetas altas enfileiradas no lado mais longo, nas quais os moradores da casa podiam se sentar. Naqueles primeiros dias, quando Josie ainda estava bastante forte, ela costumava se sentar à Ilha para fazer a lição de suas aulas particulares ou só para relaxar com o lápis e o caderno de desenho. De início, achei difícil me sentar nas banquetas da Ilha porque meus pés não alcançavam o chão, e, se eu tentasse balançá-los, batiam numa haste que atravessava a estrutura da banqueta. Mas depois copiei o método de Josie, que consistia em apoiar firmemente os cotovelos sobre a superfície da Ilha, e daí em diante me senti mais segura — embora sempre houvesse a possibilidade de Melania Empregada Doméstica aparecer de repente atrás de mim, abrindo as torneiras e fazendo a água sair com força. Quando isso aconteceu pela primeira vez, fiquei tão assustada que quase perdi o equilíbrio, mas Josie, que estava ao meu lado, mal se mexeu, e logo aprendi que não havia motivo para temer algumas partículas de umidade.

A cozinha era um cômodo excelente para o Sol explorar. Havia grandes janelas com vista para o céu aberto e um lado de fora quase sempre vazio, sem carros ou pedestres. Das grandes janelas era possível ver a estrada subindo o morro para além das árvores distantes. A cozinha com frequência se enchia com a melhor nutrição do Sol, e além das grandes janelas havia uma claraboia no teto alto que podia ser revelada ou escondida por controle remoto. No começo fiquei preocupada, porque Melania Empregada Doméstica muitas vezes fazia a cortina cobrir a claraboia bem na hora em que o Sol começava a emanar sua nutrição. Mas então notei que Josie se aquecia demais com facilidade e aprendi a usar eu mesma o controle quando o desenho que o Sol projetava sobre ela ficava muito intenso.

A princípio estranhei não só a falta de trânsito e de transeuntes, mas também a ausência de outros AA. Claro, eu não esperava que houvesse outros AAs na casa, e em muitos sentidos fiquei contente por ser a única, pois assim podia me concentrar apenas em Josie. Mas percebi o quanto eu tinha me acostumado a comparar minhas observações e estimativas às dos outros AAs ao meu redor, e esse foi mais um ajuste que precisei fazer. Naqueles primeiros dias, em momentos aleatórios, eu muitas vezes olhava para a rodovia que subia o morro — ou para os campos que se viam da janela que havia nos fundos do quarto — e buscava com meu olhar a silhueta de um AA distante, para só depois lembrar que seria muito improvável que isso acontecesse ali, tão longe da cidade e de outros edifícios.

Durante os meus primeiros dias na casa, fui ingênua em imaginar que Melania Empregada Doméstica fosse uma pessoa parecida com a Gerente, e isso levou a alguns mal-entendidos. Eu havia pensado, por exemplo, que talvez fosse responsabilidade dela me apresentar aos vários aspectos de minha nova vida, e Melania Empregada Doméstica, com razão, achou minha presença permanente em seu entorno intrigante e incômoda. Quando ela enfim se virou para mim com uma expressão furiosa e gritou: "Para de me seguir AA, dá o fora!", fiquei surpresa, mas logo entendi que seu papel na casa era bastante diferente do da Gerente, e que a culpa havia sido minha.

Mesmo que eu admita esses equívocos de minha parte, ainda é difícil acreditar que Melania Empregada Doméstica não se opusesse à minha presença desde o início. Embora eu sempre me dirigisse a ela de maneira educada e, especialmente nos primeiros dias, tentasse fazer algumas pequenas coisas para lhe agradar, ela nunca retribuía meus sorrisos e só falava comigo para comunicar instruções ou advertências. Hoje, ao reunir essas memórias, me parece óbvio que sua hostilidade estava relacionada a suas preocupações mais amplas a respeito do que parecia estar ocorrendo com Josie. Mas naquela época não havia uma explicação simples para a frieza que ela me reservava. Muitas vezes ela parecia querer limitar o tempo que eu passava com Josie — o que, é claro, ia de encontro ao meu dever —, e, no início, tentou inclusive impedir que eu entrasse na cozinha durante o café rápido da Mãe e o café da manhã de Josie. Só depois de Josie insistir muito — e de a Mãe se mostrar a favor da minha presença — é que ganhei permissão para ficar na cozinha naqueles momentos cruciais de cada manhã. Ainda assim, Melania Empregada Doméstica insistiu para que eu permanecesse de pé junto ao refrigerador enquanto Josie e a Mãe ficavam sentadas diante da Ilha, e só pude me juntar a elas depois que Josie reclamou mais uma vez.

O café rápido da Mãe era, como eu disse, um momento importante da manhã, e uma de minhas tarefas era acordar Josie a tempo para essa refeição. Muitas vezes, a despeito de minhas inúmeras tentativas, Josie só se levantava no último minuto e começava a gritar "Vai logo, Klara, vamos nos atrasar!" de dentro de sua suíte, embora eu já estivesse lá fora, no patamar da escada, esperando ansiosa.

Encontrávamos a Mãe sentada diante da Ilha, olhando fixamente para seu oblongo enquanto bebia o café, e Melania Empregada Doméstica girando em torno dela, pronta para lhe servir mais uma xícara. Em geral, Josie e a Mãe não tinham muito tempo para conversar, mas logo entendi que, ainda assim, era muito importante que Josie se sentasse com a Mãe para o café rápido. Certa vez, quando sua doença a impedira de dormir à noite, deixei que Josie voltasse a pegar no sono depois de tê-la acordado, pensando que descansar um pouco mais seria melhor para ela. Quando despertou, ela gritou palavras irritadas para mim e, mesmo estando tão fraca, se apressou para descer as escadas a tempo. Assim que deixou a suíte, porém, ouvimos o carro da Mãe passando sobre o cascalho lá embaixo, e corremos para a janela a tempo de vê-lo partindo em direção ao morro. Josie não gritou comigo de novo, mas, quando estávamos na cozinha, não sorriu enquanto tomava o café da manhã. Então entendi que, se ela não se juntasse à Mãe para o café rápido, a solidão ameaçava invadir seu dia, mesmo que houvesse outros acontecimentos para preenchê-lo.

De tempos em tempos havia manhãs nas quais a Mãe não precisava sair às pressas; em que, apesar de estar usando suas roupas de alto nível e deixar a bolsa apoiada no refrigerador, ela bebia seu café devagar e até descia da banqueta para andar pela cozinha com a xícara e o pires na mão. Às vezes ela se postava diante das grandes janelas, coberta pelo desenho matinal do Sol, e dizia algo como:

"Sabe, Josie, tenho a impressão de que você desistiu de usar seus lápis coloridos. Adoro aqueles desenhos em preto e branco que você tem feito. Mas sinto falta dos coloridos."

"Eu cheguei à conclusão, Mãe, de que os meus desenhos coloridos eram uma vergonha."

"Vergonha? Como assim?"

"Mãe… Eu fazendo desenho colorido sou igual a você tocando violoncelo. Na verdade, pior."

Quando Josie dizia isso, o rosto da Mãe se abria num sorriso. A Mãe não sorria sempre, mas, quando o fazia, seu sorriso se mostrava tão parecido com o de Josie que chegava a ser surpreendente: seu rosto inteiro parecia transbordar de gentileza, e os mesmos vincos que costumavam criar uma expressão tensa se transformavam em vincos de bom humor e ternura.

"Eu admito. Mesmo no meu auge, eu parecia a avó do Drácula tocando violoncelo. Mas as cores que você usa estão mais para, digamos, um lago numa tarde de verão. Algo assim. Você faz coisas lindas com as cores, Josie. Coisas que nem passam pela cabeça das outras pessoas."

"Mãe… Todos os pais acham isso dos desenhos dos filhos. Tem a ver com o processo evolutivo."

"Quer saber? Eu acho que isso tudo tem a ver com aquela

vez que você levou aquele panfleto ótimo que fez para aquele encontro. O penúltimo. E aquela menina, Richards, fez um comentário levemente irônico. Eu já te falei isso antes, eu sei, mas vou falar de novo. Aquela mocinha estava com inveja do seu talento. Por isso ela disse o que disse."

"Tá. Se isso for verdade, Mãe, talvez eu até volte a fazer desenhos coloridos. Em troca, quem sabe, você não volta a tocar violoncelo?"

"Ah, não. Isso ficou para trás. A não ser que apareça alguém precisando desesperadamente de trilha sonora para um filme amador de zumbi."

Mas havia outras manhãs em que a Mãe não dava sequer um sorriso, mantendo uma expressão tensa, mesmo quando o café rápido não precisava ser apressado. Se Josie falasse sobre seus professores particulares de oblongo, esforçando-se para se referir a eles de forma bem-humorada, a Mãe escutava com uma expressão séria e então a interrompia, dizendo:

"Podemos trocar. Se você não gostou desse, sempre podemos trocar."

"Não, Mãe, por favor. Estou só conversando, tá? Na verdade, esse cara é bem melhor que o anterior. E é engraçado."

"Que bom." A Mãe assentia, ainda com a expressão séria. "Você sempre está disposta a dar uma chance para as pessoas. Essa é uma ótima característica."

Naquela época, quando Josie estava bem de saúde, ela ainda gostava de fazer sua refeição noturna depois que a Mãe voltava do trabalho. Isso significava que costumávamos subir para o quarto de Josie para esperar o retorno da Mãe — e ver o Sol partir para seu lugar de descanso.

Como Josie havia prometido, a janela dos fundos do quarto oferecia uma vista desimpedida através dos campos até o horizonte, o que nos permitia observar o Sol afundar no chão quando seu dia chegava ao fim. Embora Josie sempre falasse sobre "o campo", na verdade eram três campos adjacentes, e qualquer observador cuidadoso notaria as estacas que demarcavam os limites de cada um. A grama era alta em todos os três, e quando o vento soprava ela se mexia como se transeuntes invisíveis a atravessassem com pressa.

O céu visto pela janela dos fundos do quarto era bem mais amplo do que o vão de céu que se via da loja — e capaz de variações surpreendentes. Às vezes, era da cor dos limões na fruteira, e em seguida podia adquirir o tom cinza das tábuas de cozinha de ardósia. Quando Josie não estava bem, ele podia ficar da cor de seu vômito ou de suas fezes pálidas, e até revelar manchas de sangue. Às vezes o céu se repartia em uma série de quadrados, cada um com um tom de roxo diferente.

Havia um sofá creme macio ao lado da janela dos fundos do quarto, e em minha mente eu lhe dei o nome de "Sofá Botão". Embora o sofá ficasse virado para o interior do quarto, Josie e eu gostávamos de ficar ajoelhadas nele, com os braços apoiados nas costas almofadadas, observando o céu e os campos. Josie sabia o quanto eu apreciava a parte final da jornada do Sol, e tentávamos vê-la do Sofá Botão sempre que possível. Certa vez, quando a Mãe voltara para casa mais cedo do que de costume, ela e Josie conversavam nas banquetas da Ilha — e, para dar privacidade, eu me postei ao lado do refrigerador. Naquele fim de tarde, a Mãe estava bastante vivaz, falando rápido, contando coisas engraçadas sobre as pessoas de seu escritório, fazendo algumas pausas para rir, às vezes em longos arroubos que quase a deixavam sem fôlego. No meio dessa conversa, quando a Mãe parecia estar prestes a rir novamente, Josie a interrompeu para dizer:

"Que ótimo, Mãe. Mas tudo bem se eu e a Klara subirmos um minutinho? A Klara adora olhar o pôr do sol, e, se a gente não for agora, vamos perder."

Quando ela disse isso, olhei ao redor e vi que a luz vespertina do Sol tinha preenchido toda a cozinha. A Mãe ficou olhando para Josie, e pensei que ela estava prestes a ficar brava. Mas, em seguida, sua expressão ficou mais suave e revelou seu sorriso gentil, e ela respondeu: "Claro, querida. Podem ir. Vão ver o pôr do sol. Aí depois jantamos".

Afora os campos e o céu, havia outra coisa que víamos a partir da janela dos fundos do quarto que despertou minha curiosidade: uma forma escura similar a uma caixa que ficava no final do campo mais distante. Não se mexia quando a grama oscilava ao seu redor e, quando o Sol ficava tão baixo a ponto de quase encostar na grama, a forma escura continuava na frente de seu brilho. Foi na tarde em que Josie correu o risco de provocar a fúria da Mãe por minha causa que eu apontei para a forma e lhe mostrei. Quando fiz isso, Josie se levantou no Sofá Botão e levou as mãos aos olhos para protegê-los da luz.

"Ah, você deve estar falando do celeiro do sr. McBain."

"Celeiro?"

"Talvez não seja um celeiro de verdade porque há duas aberturas. É mais um abrigo, acho. Onde o sr. McBain guarda umas coisas. Uma vez eu fui lá com o Rick."

"Eu me pergunto por que o Sol iria descansar num lugar assim."

"Pois é", Josie disse. "Todo mundo pensa que o Sol quer um palácio, no mínimo. De repente, o sr. McBain fez uma boa reforma desde a última vez que estive lá."

"Eu gostaria de saber quando Josie esteve lá."

"Ah, faz muito tempo. Eu e o Rick ainda éramos bem pequenos. Antes de eu ficar doente."

"Havia alguma coisa incomum por perto? Um portão? Ou talvez degraus que desciam para dentro da terra?"

"Não, não. Nada disso. Só o celeiro. É que a gente estava

feliz. Éramos pequenos e tínhamos ficado muito cansados andando até lá. E olha que faltava muito para o Sol se pôr. Se tiver alguma entrada para um palácio, deve estar escondida. De repente as portas se abrem logo antes de o Sol chegar lá? Uma vez vi um filme que era assim, os caras malvados tinham um QG dentro de um vulcão, e uma coisa que parecia um mar de lava tinha uma tampa que se abria bem na hora em que eles desciam de helicóptero. Quem sabe o palácio do Sol não funciona do mesmo jeito? Enfim, eu e o Rick não estávamos procurando nada disso. Fomos lá só pra passear, e aí ficamos com calor e queríamos parar na sombra. Então passamos um tempo sentados dentro do celeiro do sr. McBain, depois voltamos." Ela encostou no meu braço com delicadeza. "Queria que tivéssemos visto mais alguma coisa, mas não vimos."

O Sol tinha se tornado apenas uma linha curta que brilhava por entre a grama.

"Lá vai ele", Josie disse. "Espero que ele durma bem."

"Eu me pergunto quem era esse menino. Esse Rick."

"O Rick? Apenas meu melhor amigo."

"Ah, entendo."

"Klara, por acaso eu falei alguma coisa errada?"

"Não. Mas… agora meu dever é ser a melhor amiga de Josie."

"Você é a minha AA. É diferente. É que o Rick, bem, a gente vai passar o resto da vida juntos."

Àquela altura, o Sol era só uma marca cor-de-rosa na grama.

"O Rick é capaz de fazer qualquer coisa por mim", ela disse. "Mas ele se preocupa demais. Vive pensando nas coisas que podem atrapalhar o nosso plano."

"Que tipo de coisa?"

"Ah, você sabe… Essa história de amor e namoro que a gente tem que entender como funciona. E acho que tem aquela outra coisa também."

"Outra coisa?"

"Mas ele fica se preocupando à toa. Porque comigo e com o Rick tudo foi decidido muito tempo atrás. Nada vai mudar."

"Onde esse Rick está agora? Ele mora aqui perto?"

"Ele é nosso vizinho. Vou te apresentar pra ele. Não vejo a hora de vocês se conhecerem!"

Conheci Rick na semana seguinte, na primeira vez em que vi a casa de Josie do lado de fora.

Josie e eu vínhamos tendo várias discussões amistosas sobre o fato de uma parte da casa ser conectada à outra. Ela não concordava, por exemplo, que o armário do aspirador de pó ficasse exatamente embaixo do banheiro grande. Então, certa manhã, depois de mais uma dessas discussões amistosas, Josie disse:

"Klara, você vai me deixar louca com essa história. Assim que eu terminar a aula com o professor Helm, vou levar você lá fora. A gente vai ver tudo isso de lá."

Fiquei animada com aquela possibilidade. Mas, antes disso, Josie tinha sua aula particular, e fiquei observando enquanto ela espalhava os papéis pela superfície da Ilha e ligava seu oblongo.

Para dar privacidade, eu me sentei deixando uma banqueta desocupada entre nós. Logo notei que a aula não estava correndo bem: a voz do professor que vazava dos fones de ouvido de Josie parecia repreendê-la com frequência, e ela não parava de fazer rabiscos sem sentido nas folhas, às vezes empurrando-as perigosamente para perto da pia. Em dado momento, percebi que ela estava muito distraída olhando para alguma coisa do outro lado das grandes janelas, e já não prestava atenção no professor. Um pouco depois, ela se dirigiu à tela com uma expressão irritada: "Sim, eu fiz. Sério. Por que você não acredita em mim? Sim, fiz igual você falou!".

A aula durou mais do que o habitual, mas finalmente se encerrou com Josie dizendo em voz baixa: "Certo, professor Helm. Obrigada. Sim, pode deixar. Tchau. Obrigada pela aula de hoje".

Ela desligou o oblongo com um suspiro e tirou os fones de ouvido. Então, ao me ver, prontamente se animou.

"Eu não esqueci, Klara. A gente vai lá fora, né? Só deixa eu recuperar a minha sanidade. Esse professor Helm, nossa, que bom que não vou precisar mais olhar pra cara dele! Dá pra ver que ele mora em algum lugar quente. Eu via ele suando." Ela se levantou da banqueta e esticou os braços. "A Mamãe disse que a gente tem que avisar a Melania sempre que for sair. Você vai lá e faz isso enquanto eu ponho um casaco?"

Eu percebia que Josie também estava animada, mas imaginei que, no caso dela, isso tivesse a ver com o que ela tinha visto através das grandes janelas durante a aula. De qualquer forma, fui até o Espaço Aberto procurar Melania Empregada Doméstica.

O Espaço Aberto era o maior cômodo da casa. Tinha dois sofás e vários retângulos macios nos quais os moradores podiam sentar; e também almofadas, luminárias, plantas e uma escrivaninha de canto. Quando abri as portas de correr naquele dia, a mobília era uma série de grades interligadas e ficava quase impossível distinguir a figura de Melania Empregada Doméstica em meio àquelas formas tão complexas. Mas consegui encontrá-la, sentada com a postura ereta na beira de um dos retângulos macios, fazendo alguma coisa em seu oblongo com uma expressão atenta. Ela ergueu a cabeça e me encarou com olhos pouco amistosos, mas, quando eu disse que Josie queria ir lá fora, ela jogou o oblongo de lado e passou por mim andando a passos firmes.

Encontrei Josie no hall de entrada, vestindo sua jaqueta acolchoada marrom, uma peça que ela adorava e, às vezes, usava dentro de casa quando não estava tão bem.

"Klara, eu não acredito que você mora aqui há todo esse tempo e nunca foi lá fora."

"Não, eu nunca fui lá fora."

Josie me olhou por um segundo, depois perguntou: "Você quer dizer que nunca foi *lá fora*? Não só aqui, mas em nenhum lugar?".

"Correto. Eu estava na loja. Depois vim para cá."

"Caramba. Então vai ser incrível pra você! Não precisa ficar com medo, tá? Aqui não tem animais selvagens, nada disso. Então, vamos."

Quando Melania Empregada Doméstica abriu a porta da frente, senti o ar renovado — e a nutrição do Sol — entrando pelo hall. Josie sorriu para mim com o rosto cheio de gentileza, mas, em seguida, Melania Empregada Doméstica se pôs entre nós, e, antes que eu me desse conta disso, pegou o braço de Josie e o encaixou sob o dela. Josie também ficou surpresa com esse gesto, mas não reclamou, e eu entendi que Melania Empregada Doméstica havia concluído que eu talvez não conseguisse garantir a segurança de Josie no ambiente externo devido à minha inexperiência. Então as duas saíram juntas, e eu fui atrás delas.

Caminhamos pela área do cascalho, que, depreendi, devia ter aquela superfície irregular de propósito, para a passagem do carro. O vento estava leve e agradável, e eu me perguntei como era possível que, mesmo assim, as árvores altas do morro se curvassem e sacudissem por causa dele. Mas logo tive que me concentrar nos meus pés, porque a área do cascalho continha muitas ondulações, talvez criadas pelos pneus do carro.

A vista que eu tinha diante de mim era familiar, eu a via pela janela da frente do quarto. Continuei seguindo Josie e Melania Empregada Doméstica até chegar à estrada, que era lisa e dura como um piso de verdade, e andamos por ela por algum tempo, mesmo quando a grama cortada surgiu em ambos os lados. Eu quis me virar e olhar a casa — vê-la como um transeunte a veria e confirmar minhas estimativas —, mas Josie e Melania Empregada Doméstica continuaram andando, ainda de braços dados, e não ousei parar.

Depois de algum tempo não precisei mais prestar tanta atenção nos meus pés, então ergui a cabeça e vi um amontoado de grama se elevar à nossa esquerda — e a figura de um menino andando próximo à parte mais alta. Estimei que tivesse quinze anos, mas era impossível saber ao certo, já que sua imagem não passava de uma silhueta contra o céu claro. Josie se aproximou do monte de grama, e Melania Empregada Doméstica disse alguma coisa que eu poderia ter ouvido se estivéssemos num ambiente interno, mas do lado de fora o som se comportava de maneira diferente. Seja como for, notei que elas tinham começado a se desentender. Ouvi Josie dizer:

"Mas quero que a Klara conheça ele."

Houve mais palavras que não ouvi, depois Melania Empregada Doméstica disse: "Tá, mas pouco", e soltou o braço de Josie.

"Vem, Klara", Josie chamou, virando-se para mim. "Vamos subir e ver o Rick."

Enquanto subíamos a lateral do monte verde, Josie ficou com a respiração entrecortada e agarrou meu braço com força. Por conta disso, só consegui olhar para trás muito rapidamente, mas percebi que às nossas costas não havia apenas a casa de Josie, mas também uma segunda casa que ficava mais além nos campos — uma casa vizinha que não se via de nenhuma das janelas de Josie. Eu estava ansiosa para estudar a aparência das duas casas, mas precisei me concentrar na tarefa de garantir que Josie não se machucasse. No topo do morro, ela parou para recuperar o fôlego, mas o menino não nos cumprimentou nem sequer olhou em nossa direção. Ele segurava um dispositivo circular e olhava para um ponto do céu entre as duas casas, onde um bando de pássaros voava em formação, e logo me dei conta de que eram pássaros mecânicos. Ele continuou a observá-los, e, quando mexia no controle, os pássaros reagiam mudando o padrão de voo.

"Caramba, que lindos", Josie disse, ainda um pouco ofegante. "São novos?"

Rick não tirou os olhos dos pássaros, mas respondeu:

"Aqueles dois da ponta são novos. Dá pra ver que não combinam com o resto."

Os pássaros desceram e começaram a pairar logo acima de nós.

"É, mas os pássaros de verdade também não são todos iguais", Josie disse.

"Pode ser. Pelo menos agora a equipe toda responde ao mesmo comando. Olha só, Josie."

Os pássaros mecânicos começaram a descer, pousando, um a um, na grama diante de nós. Mas dois continuaram no ar, e Rick, franzindo as sobrancelhas, acionou seu controle de novo.

"Nossa. Ainda estão com problema."

"Mas estão lindos, Ricky."

Josie estava surpreendentemente perto de Rick. Não chegava a encostar nele, mas suas mãos estavam suspensas logo atrás de suas costas e ombro esquerdo.

"Eu preciso é recalibrar esses dois."

"Relaxa, você vai conseguir. Aliás, Ricky, não esqueceu de terça, né?"

"Não. Mas, Josie, eu não disse que iria."

"Ah, vai! Você prometeu!"

"Nem a pau! De qualquer forma, acho que seus convidados não vão achar tão legal."

"Vai ser na minha casa, então eu convido quem eu quiser. E Mamãe vai achar uma ótima ideia. Anda, Rick, a gente já conversou bastante sobre isso. Se a ideia é levar o plano a sério, temos que fazer essas coisas juntos. Você precisa saber lidar com isso tão bem quanto eu. E por que eu teria que receber todo mundo sozinha?"

"Você não vai estar sozinha. Agora você tem a sua AA."

Os últimos dois pássaros desceram. Ele mexeu no controle remoto, e todos entraram no modo repouso na grama. "Nossa, eu me esqueci de apresentar vocês! Rick, essa é a Klara."

Rick continuou atento ao controle e não olhou na minha direção. "Você disse que nunca teria uma AA", ele falou.

"Mas isso faz tempo."

"Você disse que nunca teria uma."

"Bem, eu mudei de ideia, o.k.? Além do mais, a Klara não é uma AA *qualquer*. Ei, Klara, fala alguma coisa pro Rick."

"Você disse que nunca teria uma."

"Para com isso, Rick! A gente não faz tudo o que disse que ia fazer quando era criança. Por que eu não deveria ter uma AA?"

A essa altura, ela estava com as duas mãos sobre o ombro esquerdo de Rick, apoiando seu peso ali como se tentasse fazer com que ele ficasse mais baixo e os dois tivessem a mesma altura. Mas Rick não parecia se importar com a proximidade de Josie — na verdade, parecia achar normal —, e de repente me ocorreu que talvez, à sua maneira, aquele menino fosse tão importante para Josie quanto a Mãe, e que os objetivos dele e os meus poderiam ser, em certo sentido, quase paralelos, e que eu deveria observá-lo cuidadosamente para entender como ele se encaixava na vida de Josie.

"É um prazer conhecer Rick", eu falei. "Eu me pergunto se ele mora naquela casa vizinha. É estranho, mas eu nunca tinha visto aquela casa."

"É, é lá que eu moro. Eu e a Mamãe", ele disse, ainda sem olhar para mim.

Então todos nos voltamos para a visão das casas, e pela primeira vez pude de fato ver o exterior da residência de Josie. Era um pouco menor, e os beirais de seu telhado, um pouco mais protuberantes, mas, fora isso, correspondia bem ao que eu tinha estimado a partir do interior. As paredes haviam sido edificadas com tábuas cuidadosamente posicionadas umas sobre as outras e pintadas num tom quase branco. A casa em si era feita de três caixas separadas que se conectavam e se transformavam numa forma única e complexa. A casa de Rick era menor, e não só porque estava mais distante. Também tinha sido construída com tábuas de madeira, mas a estrutura era mais simples — uma só caixa, mais alta do que larga, posicionada sobre a grama.

"Acho que Rick e Josie devem ter crescido lado a lado", eu disse a Rick. "Como as casas de vocês."

Ele encolheu os ombros. "Pois é. Lado a lado."

"Acho que o sotaque de Rick é da Inglaterra."

"Só um pouco, talvez."

"Fico feliz que Josie tenha um amigo tão bom. Espero que a minha presença nunca atrapalhe uma amizade tão boa."

"Espero que não. Mas tem muita coisa que pode atrapalhar uma amizade."

"Tá, agora chega!", a voz de Melania Empregada Doméstica gritou do sopé do monte.

"Já vou!", Josie disse de volta. Depois ela disse a Rick: "Olha, Ricky, esse encontro também vai ser difícil pra mim. Preciso de você lá. Você tem que ir".

Rick voltou a se concentrar no controle, e os pássaros subiram juntos no ar. Josie os observou, ainda com as duas mãos apoiadas no ombro de Rick, de forma que os dois se tornaram uma só forma contra o céu.

"Tá, anda logo!", Melania Empregada Doméstica gritou. "Vento muito forte! Você quer morrer aí em cima ou o quê?"

"Tá, vou descer!" Então Josie disse em voz baixa para Rick: "Na terça, na hora do almoço, o.k.?".

"O.k."

"Bom menino, Ricky. Agora você prometeu. E a Klara é testemunha."

Tirando as mãos dos ombros dele, ela se afastou. Então, agarrando-se ao meu braço, ela começou a nos guiar ladeira abaixo.

Descemos por uma ladeira diferente da que tínhamos tomado para subir e que, conforme pude ver, nos levaria diretamente à frente da casa de Josie. O terreno era mais íngreme, e lá embaixo Melania Empregada Doméstica começou a reclamar, depois desistiu e deu a volta correndo para nos encontrar. Enquanto descíamos pela grama cortada, olhei para trás e vi a figura de Rick, novamente uma silhueta contra o céu. Ele não olhava em nossa direção, e sim para seus pássaros que pairavam pelo espaço cinza.

Depois de voltarmos para casa e de Josie guardar sua jaqueta acolchoada, Melania Empregada Doméstica lhe preparou uma bebida de iogurte, e nós duas nos sentamos juntas diante da Ilha enquanto ela bebia de canudo.

"Não acredito que foi a primeira vez que você foi lá fora", ela disse. "O que achou?"

"Gostei bastante. O vento, a acústica, era tudo muito interessante." Em seguida acrescentei: "E, claro, foi ótimo conhecer Rick".

Josie estava apertando seu canudo perto de onde ele emergia da bebida.

"Acho que ele não causou a melhor das impressões. Às vezes ele fica meio estranho, mas é uma pessoa especial. Quando fico doente e tento pensar em coisas boas, fico imaginando tudo que a gente ainda vai fazer junto. Com certeza ele vai vir ao encontro."

Naquela noite, como costumavam fazer durante o jantar, elas apagaram todas as luzes, exceto a que recaía diretamente sobre a Ilha. Eu estava presente, como Josie gostava, mas, na intenção de dar privacidade, fiquei na penumbra, com o rosto virado para o refrigerador. Por vários minutos, ouvi Josie e a Mãe fazerem comentários descontraídos enquanto comiam. Então, sem perder o tom despreocupado, Josie perguntou:

"Mãe, se as minhas notas estão tão boas, será que preciso mesmo fazer esse encontro de interação aqui em casa?"

"Claro que precisa, querida. Ser inteligente não basta. Você tem que se dar bem com as pessoas."

"Eu me dou bem com as pessoas, Mãe. Só não me dou com essa turma."

"Essa turma calhou de ser o seu círculo social. Quando for para a faculdade, você vai precisar lidar com gente de todo tipo. Quando *eu* comecei a faculdade, já tinha passado anos convivendo com colegas todo santo dia. Mas para você e a sua geração, as coisas vão ser muito complicadas, a não ser que você se esforce um pouco agora. Os jovens que não vão bem na faculdade são sempre os que não frequentavam esses encontros."

"Ainda falta muito tempo até a faculdade, Mãe."

"Não tanto quanto você imagina." Então a Mãe disse com mais delicadeza: "Vamos, querida. Você pode apresentar a Klara para os seus amigos. Eles vão gostar de conhecê-la".

"Eles não são meus amigos, Mãe. E se eu tiver que fazer esse encontro, quero que o Rick esteja aqui."

Por um momento, houve silêncio atrás de mim. Então a Mãe disse: "Tudo bem. Podemos fazer isso, claro".

"Mas você acha uma péssima ideia, né?"

"Não. Claro que não. O Rick é uma ótima pessoa. E é nosso vizinho."

"Então ele vem, o.k.?"

"Só se ele quiser vir. Ele é que deve decidir."

"Você acha que os outros vão tratar ele mal?"

Houve mais um momento de espera antes de a Mãe dizer: "Não acho que fariam isso. Mas, se alguém chegar a se comportar de maneira inapropriada, isso só mostrará como essa pessoa está atrasada".

"Então não tem motivo pro Rick não poder vir."

"O único motivo, Josie, é se ele não quiser vir."

Mais tarde, no quarto, quando estávamos só nós duas, com Josie deitada na cama pronta para dormir, ela falou em voz baixa: "Espero que o Rick venha mesmo pra essa festa péssima."

Embora fosse tarde, fiquei contente por ela ter mencionado o encontro de interação, porque eu tinha muitas dúvidas a respeito.

"Também espero", eu disse. "Os outros jovens também vão trazer seus AAs?"

"Não. Não costuma ser assim. Mas o AA que mora na casa geralmente participa. Ainda mais quando é um AA novo como você. Todo mundo vai querer te examinar."

"Então Josie desejaria que eu estivesse presente."

"Claro que quero você presente. Mas talvez você não ache tão divertido. Esses encontros são uma porcaria, isso sim."

Na manhã do encontro de interação, Josie estava muito ansiosa. Depois do café da manhã, ela voltou ao quarto para experimentar diferentes peças de roupa, e mesmo quando começamos a ouvir os convidados chegando e Melania Empregada Doméstica a chamou pela terceira vez, ela continuou escovando o cabelo. Por fim, com tantas vozes audíveis no andar de baixo, eu disse a ela: "Talvez esteja na hora de nos juntarmos aos convidados de Josie".

Só então ela pousou a escova sobre a penteadeira e se levantou. "Você tem razão. Hora de encarar a realidade."

Descendo as escadas, vi que o hall de entrada estava cheio de pessoas desconhecidas que falavam com vozes bem-humoradas. Eram os adultos acompanhantes — todos mulheres. Vozes mais jovens vinham do Espaço Aberto, mas as portas de correr haviam sido fechadas, então os convidados de Josie ainda não estavam visíveis para nós.

Josie, descendo as escadas à minha frente, parou quando faltavam quatro degraus. Talvez ela tivesse até dado meia-volta se um dos adultos não lhe dissesse: "Oi, Josie! Tudo bem com você?".

Josie ergueu uma das mãos, e então a Mãe, passando por entre os adultos no hall, fez um gesto na direção do Espaço Aberto. "Entra lá, seus amigos estão esperando."

Pensei que em seguida a Mãe diria mais alguma coisa para reforçar a mensagem, mas os outros adultos se aglomeraram ao seu redor, falando e sorrindo, e ela foi obrigada a nos dar as costas. Nesse momento, Josie de fato pareceu ganhar mais confiança e desceu os degraus restantes, indo em direção às pessoas. Eu a segui, supondo que ela se dirigiria ao Espaço Aberto, mas, em vez disso, ela passou pelos adultos e se aproximou da porta da frente, que estava aberta e trazia ar fresco para dentro da casa. Josie continuou andando como se tivesse um objetivo claro em mente, e um transeunte talvez pensasse que ela estava a ponto de realizar uma importante incumbência para seus convidados. De qualquer forma, ninguém a impediu, e enquanto a seguia ouvi muitas vozes ao meu redor. Alguém falou: "O professor Kwan pode ser ótimo ensinando física matemática para os nossos filhos. Mas isso não lhe dá o direito de ser grosseiro com a gente", e outra voz disse: "Europa. As melhores empregadas ainda vêm da Europa". Mais vozes cumprimentaram Josie quando ela passou, e de repente estávamos diante da porta da frente, tocadas pelo ar do lado de fora.

Josie olhou para fora, com o pé na soleira, e gritou ao ar livre: "Anda! O que você está fazendo?". Então ela se agarrou à moldura da porta e inclinou o corpo para fora. "Vai logo! Todo mundo já chegou!"

Rick apareceu na soleira, e Josie o tomou pelo braço e o conduziu ao hall.

Ele estava vestido como estivera no monte de grama, de jeans e blusa normais, mas os adultos pareceram notar sua presença imediatamente. Suas vozes não cessaram de fato, mas o volume diminuiu. Então a Mãe atravessou o grupo.

"Rick, olá! Bem-vindo! Entre." Ela apoiou uma das mãos nas costas do menino, escoltando-o na direção dos convidados adultos. "Gente, este é o Rick. Nosso vizinho e grande amigo. Algumas de vocês já o conhecem."

"Como vai, Rick?", perguntou uma mulher que estava por perto. "Que bom que você veio."

Então os adultos começaram a cumprimentar Rick todos ao mesmo tempo, dizendo coisas agradáveis, mas notei que havia uma estranha prudência em suas vozes. A Mãe, falando mais alto que todos, perguntou:

"Então, Rick... Sua mãe está bem? Já faz um tempo que ela não vem nos visitar."

"Ela está ótima, obrigado, sra. Arthur."

Enquanto Rick falava, o ambiente ficou silencioso. Uma mulher alta que estava atrás de mim perguntou: "Ouvi falar que você mora aqui perto, Rick. É isso mesmo?".

Rick passou os olhos pelos rostos para identificar a pessoa que havia falado.

"Sim, senhora. Na verdade, a nossa casa é a única que você

vê quando vai lá fora." Então ele soltou uma risadinha discreta e acrescentou: "Quer dizer, tirando esta aqui".

Todas riram alto ao ouvir sua observação, e Josie, atrás dele, abriu um sorriso nervoso como se ela mesma tivesse feito o comentário. Outra voz disse:

"Aqui não falta ar fresco. Aposto que é muito bom crescer aqui."

"É ótimo mesmo, obrigado", Rick disse. "Até a hora em que você precisa de um delivery de pizza que chegue rápido."

Todas riram ainda mais alto, e dessa vez Josie fez o mesmo, sorrindo alegremente.

"Vá em frente, Josie", a Mãe disse. "Leve o Rick lá pra dentro. Você também precisa receber todos os seus outros convidados. Agora vá, entre lá."

Os adultos abriram caminho, e Josie, ainda segurando o braço de Rick, o guiou em direção ao Plano Aberto. Nenhum dos dois olhou para mim, então eu não soube ao certo se deveria acompanhá-los. De repente eles se foram, e os adultos, mais uma vez, se aglomeraram no hall, e eu fiquei em pé perto da porta da frente. Ali perto, uma nova voz disse:

"Que menino simpático. Mora na casa vizinha, foi isso que ele disse? Não consegui ouvir."

"Isso, o Rick é nosso vizinho", a Mãe respondeu. "É amigo da Josie desde sempre."

"Que ótimo!"

Depois uma mulher corpulenta, cuja forma lembrava o liquidificador, falou: "E parece muito esperto, também. Pena que um menino desses tenha ficado pra trás".

"Eu nunca teria imaginado", outra voz disse. "Ele se porta tão bem. E tem sotaque britânico, não?"

"O importante", a mulher liquidificador disse, "é que essa nova geração aprenda a se relacionar com todo tipo de gente. É o que o Peter sempre fala." Então, enquanto as outras vozes concordavam num murmúrio, ela perguntou à Mãe: "Os pais dele... simplesmente decidiram não seguir em frente? Perderam a coragem?".

O sorriso gentil da Mãe se desfez, e todas as mulheres que tinham ouvido a pergunta pareceram se calar. A própria mulher liquidificador se deteve, mortificada. Em seguida, ela esticou o braço em direção à Mãe.

"Ah, Chrissie. O que eu falei? Não era minha intenção..."

"Tudo bem", a Mãe disse. "Deixa pra lá."

"Ah, Chrissie, desculpa. Às vezes eu sou tão idiota. Eu só quis dizer..."

"É o nosso maior medo", disse uma voz mais firme que vinha dali de perto. "De todas nós."

"Tudo bem", a Mãe disse. "Vamos mudar de assunto."

"Chrissie", a mulher liquidificador disse, "eu só quis dizer que um menino simpático como ele..."

"Algumas de nós tivemos sorte, outras não." Uma mulher de pele negra, ao dizer isso, deu um passo adiante e tocou no ombro da Mãe com gentileza.

"Mas a Josie está bem agora, não está?", outra voz perguntou. "Ela parece muito melhor."

"Ela tem dias bons e dias ruins", respondeu a Mãe.

"Ela está com uma cara tão melhor..."

A mulher liquidificador disse: "Ela vai ficar bem, tenho certeza. Você foi tão corajosa, depois de tudo que passou. Um dia a Josie vai te agradecer muito".

"Pam, vamos." A mulher de pele negra se aproximou e começou a levar a mulher liquidificador para longe. Mas a Mãe, olhando para a mulher liquidificador, perguntou em voz baixa:

"Você acha que a Sal iria me agradecer?"

Diante disso, a mulher liquidificador começou a chorar.

"Olha, eu sinto muito, muito. Eu sou tão idiota, eu abro a boca e…" Ela soluçou, depois prosseguiu, falando alto: "E agora todas vocês sabem, têm certeza de que eu sou a maior idiota do mundo! Era só que aquele menino simpático… Pareceu uma injustiça… Chrissie, me desculpa".

"Olha, sério, vamos deixar isso pra lá, por favor." A Mãe, agora se esforçando um pouco mais, se aproximou da mulher liquidificador e lhe deu um leve abraço. A mulher liquidificador retribuiu o abraço na mesma hora e continuou chorando, com o queixo pousado sobre o ombro da Mãe.

Houve um momento de silêncio incômodo, então a mulher de pele negra disse com uma voz animada: "Bom, parece que eles estão se virando bem lá dentro. Por enquanto, nenhum sinal de pancadaria".

Todo mundo riu. Então a Mãe falou, com um novo tom de voz:

"E o que ainda estamos fazendo aqui? Vamos para a cozinha, por favor, gente. A Melania preparou de novo aqueles doces maravilhosos lá da terra dela."

Outra voz disse, fingindo sussurrar: "Acho que ainda estamos aqui… pra poder espiar o que eles estão fazendo!".

Esse comentário despertou mais uma gargalhada geral, e a Mãe voltou a sorrir.

"Se eles precisarem de nós", ela disse, "logo descobriremos. Por favor, vão na frente."

Enquanto os adultos começaram a se dirigir à cozinha, ouvi com mais clareza as vozes que vinham do Espaço Aberto, mas não consegui distinguir as palavras. Um adulto passou por mim, dizendo: "Nossa Jenny ficou muito chateada depois do último encontro. Passamos o fim de semana inteiro explicando como ela tinha entendido tudo errado".

"Klara, você ainda está aqui."

A Mãe estava diante de mim.

"Sim."

"Por que não está lá? Com a Josie?"

"Mas... ela não me levou."

"Pode ir. Ela precisa de você. E as outras crianças querem te conhecer."

"Sim, claro. Com licença, então."

O Sol, percebendo que havia tantas crianças em um só lugar, derramava sua nutrição através das grandes janelas do Espaço Aberto. Eu tinha demorado muito tempo para dominar aquele sistema de sofás, retângulos macios, mesas de centro, vasos de plantas e livros de fotografia, mas, naquele momento, ele estava tão transformado que poderia se passar por um novo cômodo. Havia jovens por todo lado, e suas mochilas, casacos e oblongos estavam espalhados pelo chão e pelas superfícies. Além do mais, o cômodo havia sido dividido em vinte e quatro caixas — distribuídas entre duas fileiras — que se estendiam até a parede dos fundos. Por conta dessa divisão, era difícil ter uma visão geral do que havia à minha frente, mas aos poucos consegui me situar. Josie estava perto do centro do cômodo, falando com três das meninas convidadas. Suas cabeças quase se encostavam, e, graças à forma como elas se postavam, as partes superiores dos rostos, inclusive todos os seus olhos, haviam sido posicionadas numa caixa da fileira superior, enquanto todas as bocas e queixos estavam espremidos numa caixa mais baixa. A maioria das crianças estava em pé, e algumas se alternavam entre as caixas. Perto da parede dos fundos, três meninos estavam sentados no sofá modular e, apesar de estarem separados, suas cabeças tinham sido agrupadas dentro de uma só caixa, enquanto a perna esticada do menino mais próximo à janela não só se estendia até a caixa vizinha como também entrava na seguinte. Havia uma coloração desagradável nas três caixas que continham os meninos do sofá — um amarelo enjoativo — e uma ansiedade passou pela minha mente. Depois, outras pessoas atravessaram minha visão dos meninos, e então passei a prestar atenção nas vozes ao meu redor.

Embora alguém tivesse dito: "Olha a nova AA, que linda!", quando cheguei, quase todas as vozes que eu ouvia àquela altura falavam sobre Rick. Josie parecia ter ficado ao lado dele até pouco tempo antes, mas a conversa com as meninas convidadas a fizera ficar de costas para ele, de forma que Rick estava sozinho, sem conversar com ninguém.

"Ele é amigo da Josie. Mora na casa ao lado", uma menina dizia atrás de mim.

"A gente devia ser simpática com ele", outra menina disse. "Deve ser esquisito pra ele, estar aqui com a gente."

"Por que a Josie quis convidar esse menino? Ele deve estar se sentindo tão mal."

"E se a gente oferecesse alguma coisa pra ele? Pra ele se sentir bem-vindo?"

A menina — que era magra e tinha braços mais compridos que o normal — pegou um prato de metal cheio de chocolates e se aproximou de Rick. Eu também avancei pelo cômodo, e ouvi quando ela falou pra ele:

"Com licença. Aceita um bombom?"

Rick estava observando enquanto Josie falava com as três meninas convidadas, mas, nesse instante, ele se virou para a garota dos braços compridos.

"Pode pegar", ela disse, erguendo um pouco mais o prato. "São ótimos."

"Muito obrigado." Ele olhou as opções do prato e escolheu um chocolate embrulhado com um papel verde brilhante.

Embora as vozes continuassem por todo o cômodo, percebi que de repente todos — inclusive Josie e suas meninas convidadas — estavam prestando atenção em Rick.

"Que bom que você veio. Todo mundo ficou contente", a garota de braços compridos disse. "A Josie é sua vizinha, certo?"

"Isso. Moro na casa ao lado."

"Na casa ao lado? Essa é boa! Mas a sua casa e esta são tudo o que se vê por quilômetros e quilômetros."

Nesse momento, as três meninas com quem Josie tinha conversado se juntaram à dos braços compridos, sem nunca parar de sorrir para Rick. A própria Josie, no entanto, permaneceu onde estava, acompanhando tudo com olhos ansiosos.

"Acho que sim." Rick deu uma risadinha rápida. "Mas, seja como for, eu sou o vizinho da casa ao lado."

"Verdade! Você deve gostar de ficar andando lá fora, né? Deve ser muito tranquilo."

"Tranquilo é a palavra certa. É tudo perfeito, até que você decide ir ao cinema."

Eu sabia que Rick esperava que todos dessem risada, como os adultos tinham feito quando ele falou sobre o delivery de pizza. Mas as quatro meninas só continuaram olhando para ele com um ar gentil.

"Mas você não vê filmes no seu DS?", uma delas perguntou depois de um tempo.

"Às vezes. Mas gosto de cinema de verdade. Tela grande, sorvete. Eu e a minha mãe gostamos. O problema é que é muito longe."

"Tem um cinema na esquina da rua de casa", a menina dos braços compridos falou. "Mas quase nunca vamos."

"Olha! Ele gosta de filmes!"

"Missy, por favor? Desculpe, não dê atenção à minha irmã. Então você gosta de filmes. Ajuda a relaxar, né?"

"Você deve gostar de filme de ação", disse a menina que se chamava Missy.

Rick olhou para ela. Então ele sorriu e respondeu: "Às vezes é legal. Mas a Mamãe e eu preferimos filmes antigos. Era tudo tão diferente naquela época. Assistindo a esses filmes, dá pra ver como eram os restaurantes. As roupas que as pessoas usavam".

"Mas você deve gostar de filme de ação, né?", falou a menina de braços compridos. "Perseguições de carro e tal."

"Ei", outra menina atrás de mim disse. "Ele disse que vai ao cinema com a mãe. É fofo."

"Mas a sua mãe não prefere que você vá com os seus *amigos?*"

"Não é assim que funciona, não. É só... é mais uma coisa que eu e a minha mãe gostamos de fazer."

"Você foi ver *Gold Standard?*"

"Óbvio que a mãe dele não deve gostar *disso!*"

Nesse momento, Josie se aproximou e se pôs na frente de Rick.

"Vai, Rick." Havia raiva na voz dela. "Conta pra elas o que você gosta de assistir. É só isso que elas estão perguntando. O que você gosta de assistir?"

A essa altura, mais alguns convidados haviam se reunido ao redor de Rick, bloqueando parcialmente minha visão. Mas, nesse momento, pude ver que alguma coisa mudou nele.

"Querem saber?" Ele não falou com Josie, mas com todos os outros. "Gosto de filmes que mostram coisas horríveis. Insetos saindo da boca das pessoas, coisas dessa natureza."

"Sério?"

"Será que eu posso saber", Rick disse, "por que tanta curiosidade sobre os filmes que eu vejo?"

"O nome disso é diálogo", disse a menina dos braços compridos.

"Por que ele não come o chocolate?", Missy perguntou. "Ele só fica segurando."

Rick se virou para ela, depois lhe estendeu o chocolate, ainda embrulhado. "Toma. É melhor ficar pra você."

Missy deu risada, mas recuou.

"Olha", disse a menina de braços compridos, "isso é um encontro entre amigos, o.k.?"

Rick olhou rapidamente para Josie, que o encarava com olhos cada vez mais furiosos. No instante seguinte, ele se virou outra vez para as meninas convidadas.

"Entre amigos. Claro. Eu me pergunto se saber que eu gosto de filmes de insetos agradaria a todos vocês."

"Filmes de insetos?", outra pessoa perguntou. "Isso é tipo um gênero?"

"Não provoca ele", disse a menina de braços compridos. "Para com isso. Ele está indo bem."

Uma voz disse: "É, ele está indo bem", e vários convidados riram. Quando Rick se virou depressa para encará-los, Josie se aproximou e tomou o chocolate dele.

"Então, gente", Josie falou em voz alta, "queria que vocês conhecessem a Klara. Esta aqui é a Klara!"

Ela fez um gesto para que eu me aproximasse, e quando me aproximei todos os olhos se voltaram para mim. Rick também me olhou, mas só por um segundo, e logo depois se dirigiu a um pequeno espaço vazio ao lado da escrivaninha do canto. Ninguém pareceu prestar atenção nele, porque agora todos olhavam para mim. Até a menina dos braços compridos perdeu o interesse por Rick e passou a me encarar.

"Que AA bacana, hein?", ela disse. Ela se inclinou sobre Josie, como quem faz uma confidência, e pensei que fosse dizer mais alguma coisa sobre mim, mas suas palavras foram:

"Sabem o Danny, que está ali? Ele mal chegou aqui e já foi anunciando que foi detido pela polícia. Nem deu oi, nada. Falamos que primeiro ele precisava cumprimentar as pessoas direito, e mesmo assim ele não entendeu. Ele não para de se gabar dessa história com a polícia."

"Nossa." Josie olhou para os meninos no sofá modular. "Então ele acha legal ser criminoso?"

A menina dos braços compridos deu risada, e Josie se tornou parte da forma que as cinco meninas criavam juntas.

"Aí o irmão dele, aquele ali, deixou escapar. Beberam cerveja demais, foi só isso."

"Shhh. Ele sabe que estamos falando dele", alguém disse.

"Melhor assim. Os policiais acharam ele desmaiado num banco e levaram pra casa. Mas ele fica dizendo que foi preso ou algo assim."

"Nem deu oi, nada."

"Mas eu não ouvi você cumprimentar a Josie agora há pouco, Missy. Então você não é muito melhor que o Danny."

"Eu dei oi pra Josie, sim."

"Josie, você ouviu a minha irmã te cumprimentar quando você chegou?"

Missy ficou visivelmente chateada. "Eu dei oi, sim. Só que a Josie não ouviu."

"Ei, Josie!" O menino de nome Danny — aquele que estava no sofá com a perna esticada por cima das almofadas — a chamava do fundo da sala. "Ei, Josie, essa é a sua AA nova? Fala pra ela vir aqui."

"Vai lá, Klara", Josie disse. "Tá vendo aqueles meninos? Vai lá dar um oi."

Não me mexi imediatamente, em parte porque a voz de Josie me surpreendera. Parecia a voz que ela, às vezes, usava ao falar com Melania Empregada Doméstica, mas era diferente de todas as vozes que já tinha usado comigo.

"O que deu nela?" Danny se levantou do sofá. "Ela não obedece quando você dá alguma ordem?"

Josie me lançou um olhar severo, então fui em direção aos meninos no sofá. Mas Danny, que era mais alto que todos na sala, passou depressa por entre os outros convidados e, antes que eu chegasse à metade do caminho até o sofá, me agarrou por ambos os cotovelos e me imobilizou. Ele me olhou de cima a baixo, depois disse:

"E aí... Está se adaptando?"

"Sim. Obrigada."

Um dos outros meninos no sofá dos fundos gritou: "Olha só! Ela fala! Celebremos!".

"Cala essa boca, Scrub", Danny berrou de volta. Então, ele me perguntou: "Qual é o seu nome, mesmo?".

"O nome dela é Klara", Josie respondeu atrás de mim. "Danny, solta ela. Ela não gosta que peguem nela desse jeito."

"Aí, Danny", Scrub gritou de novo. "Joga ela pra cá."

"Se você quer ver a AA", Danny disse, "levanta desse sofá e vem aqui."

"Só joga ela. Vamos ver se ela tem coordenação."

"Ela não é sua AA, Scrub." Danny continuava apertando meus cotovelos. "Isso é uma coisa que você tem que pedir pra Josie."

"Ei, Josie", Scrub chamou. "Não tem problema, né? A minha B3, você pode arremessar ela pelo ar e ela cai de pé toda vez. Vai, Danny. Joga ela aqui no sofá. Ela não vai quebrar."

"Que tosco", a menina dos braços compridos disse baixinho, e várias das meninas, inclusive Josie, riram.

"A minha B3", Scrub prosseguiu, "dá cambalhota e aterrissa com os dois pés no chão. As costas retas, perfeita. Vamos ver se essa consegue."

"Você não é B3, né?", Danny perguntou.

Eu não respondi, mas Josie disse atrás de mim: "Não, mas ela é a melhor".

"É mesmo? Então ela faz o que o Scrub falou?"

"Agora eu tenho um B3", uma voz de menina disse. "Vocês vão conhecer ele no próximo encontro."

Então outra voz perguntou: "Por que você não quis um B3, Josie?".

"Porque... eu gostei dessa." Josie disse isso com um tom de incerteza, mas em seguida sua voz pareceu recobrar a força. "Não tem nada que um B3 faça que a Klara não possa fazer."

Houve um movimento atrás de mim, e de repente a menina dos braços compridos estava em pé ao lado de Danny. Ele pareceu animado e ao mesmo tempo amedrontado por estar perto dela, e soltou meus cotovelos. Mas nesse momento a garota dos braços compridos agarrou meu pulso esquerdo, ainda que com bem menos força do que Danny.

"Oi, Klara", ela disse, e mais uma vez me examinou com muita atenção. "Tá. Vamos ver. Klara, você poderia cantar a escala menor harmônica pra mim, por favor?"

Eu não sabia ao certo como Josie gostaria que eu reagisse, então esperei que ela falasse. Mas ela continuou em silêncio.

"Ah, então você não canta?"

"Vai", o menino chamado Scrub disse. "Joga ela aqui. Se ela não tiver coordenação, eu pego ela."

"Ela não quer papo." A menina dos braços compridos chegou mais perto e olhou bem nos meus olhos. "Talvez esteja com a energia solar baixa."

"Não tem nada de errado com ela." Josie disse isso tão baixo que talvez só eu tenha ouvido.

"Klara", a garota dos braços compridos disse, "me cumprimenta."

Continuei em silêncio, esperando Josie falar mais uma vez. "Não? Nada?"

"Ei, Josie", uma voz disse atrás de mim. "Você podia ter comprado uma B3, né? Por que você não quis?"

Josie riu e respondeu: "Agora estou começando a achar que devia mesmo ter escolhido um".

Isso levou a outras risadas, e depois uma nova voz falou: "Os B3s são incríveis".

"Vamos, Klara", a menina dos braços compridos insistiu. "Pelo menos um cumprimento simples."

Àquela altura, eu tinha fixado o rosto em uma expressão agradável e olhava para além dela, não muito diferente do que a Gerente nos treinara para fazer na loja em situações desse tipo.

"Uma AA que se recusa a cumprimentar. Josie, será que *você* pode mandar a Klara falar alguma coisa pra gente?"

"Joga ela aqui. Aí ela vai acordar."

"A Klara tem uma ótima memória", Josie disse atrás de mim. "Igual à dos melhores AAs que existem."

"É mesmo?", disse a menina dos braços compridos.

"E não é só a memória. Ela percebe coisas que ninguém mais percebe e vai guardando essas percepções."

"O.k." A menina dos braços compridos seguiu apertando meu pulso. "O.k., Klara. Faz o seguinte. Sem se virar pra ver. Me fala que roupa a minha irmã está usando."

Continuei olhando fixamente para além da menina dos braços compridos, na direção dos tijolos da parede.

"Parece que travou. Mas ela é bonita, isso é verdade."

"Pergunta de novo", Josie disse. "Vai, Marsha. Pergunta de novo."

"O.k. Vamos, Klara, sei que você consegue. Me fala o que a Missy está usando."

"Sinto muito", eu disse, ainda olhando para longe.

"Você sente muito?" Então a menina dos braços compridos se dirigiu ao grupo: "Como assim?", e todo mundo caiu na risada. Aí ela me encarou por um instante e perguntou: "O que você quer dizer com isso, Klara? Como assim você sente muito?".

"Sinto muito por não poder ajudar."

"Ela não pode ajudar." A garota dos braços compridos ficou

com uma expressão mais calma e enfim soltou meu pulso. "Tudo bem, Klara. Pode se virar e olhar. Dá uma olhada na roupa da Missy."

Mesmo que pudesse soar indelicado, não me virei. Porque, se eu o fizesse, não veria apenas Missy — eu sabia, é claro, cada peça que ela estava vestindo, inclusive a pulseira roxa e o minúsculo pingente de urso —, mas também Josie, e aí teríamos que trocar olhares uma com a outra.

"Eu desisto", a menina dos braços compridos disse.

"Tá", Danny disse. "Então vamos fazer o teste do Scrub. Só pra agradar ele. Phil, vem cá e me ajuda a arremessar ela. Scrub, fica aí onde está e se prepara pra pegar a AA. Por você tudo bem, Josie?"

Atrás de mim, Josie continuou em silêncio, mas uma voz de menina disse: "Arremessar uma AA. Isso é muita maldade".

"O que tem de maldade? Elas são projetadas pra lidar com isso."

"A questão não é essa", a voz da menina falou. "É uma coisa horrível e ponto."

"Você está sendo boazinha demais", Danny disse. "Phil, pega os braços. Eu seguro as pernas."

"O que é isso aí no seu bolso?" Foi Rick quem perguntou, e o silêncio tomou conta do cômodo.

"O que você falou, amigo?"

Rick avançou por entre os convidados, parando um pouco à minha direita. Ele não demonstrou nenhuma tensão enquanto apontava para o bolso frontal da camisa de Danny. Eu notara o objeto mais cedo — um cachorrinho de brinquedo de material macio, pequeno o suficiente para caber no bolso. Eu já tinha visto crianças de sete e oito anos levando brinquedos como aquele no bolso quando entravam na loja.

Enquanto todos se reposicionavam para ver o que Rick estava mostrando, Danny ergueu ambas as mãos para cobrir o bolso.

"Um objeto de estimação, eu diria", Rick afirmou.

"Não é um objeto de estimação", Danny respondeu.

"Eu diria que é o seu objeto de estimação. Que ajuda você a ficar mais calmo em reuniões como esta."

"Que merda é essa? Ninguém perguntou nada pra você."

"Se não é nada especial mesmo, acho que você não vai se incomodar em me mostrar." Rick estendeu a mão. "Não se preocupa. Eu cuido direitinho dele."

"Especial ou não, não é da sua conta."

"Mas, me empresta, por favor. É rápido."

"Não significa nada pra mim, mas eu também não entregaria pra *você*."

"Não? Nem uma espiadinha?"

"Eu nunca emprestaria nada pra você. Por que eu faria isso? Você nem devia estar aqui."

Rick ainda estava com a mão estendida, e o grupo continuava em silêncio.

"Será que você também é um rapaz bonzinho, Danny?", disse Rick. "Pelo menos quando se trata de coisinhas fofinhas de guardar no bolso."

"Chega! Deixa o Danny em paz!"

A voz pertencia a um adulto, e os jovens ao meu redor se encolheram todos à medida que a mulher entrava no cômodo com passos decididos. "E o Danny tem razão", ela disse. "*Você nem devia estar aqui.*"

Nesse momento, a Mãe chegou, vindo rapidamente atrás da mulher, e vi os outros adultos olhando para o Espaço Aberto da soleira da porta.

"Vamos, Sara", a Mãe estava dizendo. "Nós não interferimos, lembra?"

A Mãe passou um braço em torno da mulher chamada Sara, que continuou a encarar Rick.

"Vamos, Sara. Respeite as regras. Cabe às crianças se entenderem."

Sara continuou parecendo irritada, mas permitiu que a Mãe a levasse para fora, em direção ao murmúrio de vozes de adultos do hall. Uma das vozes disse: "É a única forma de aprenderem", e aí as vozes de adultos recuaram, e o Espaço Aberto ficou em silêncio.

Danny parecia até mais constrangido com a interferência de seu adulto do que com a questão do brinquedinho. Ele continuou cobrindo o bolso da camisa com ambas as mãos e voltou para o sofá, virando-se de costas para o grupo, agora com a postura ligeiramente mais arqueada.

"Certo", a menina dos braços compridos disse com ar descontraído. "O que acham de a gente ir um pouco lá fora? O tempo ficou bonito. Olha só!"

Um coro de vozes gritou em concordância, e entre elas ouvi Josie dizendo: "Ótima ideia. Vamos!".

As crianças foram para fora, lideradas por Josie e pela menina dos braços compridos. Danny e Scrub saíram com elas, e então só ficamos Rick e eu no Espaço Aberto.

Rick olhou ao redor, observando os casacos jogados, as almofadas fora de lugar, pratos e latas de refrigerante, sacos de batata frita e revistas, mas não olhou em minha direção. Eu me perguntei se algum adulto viria arrumar o ambiente agora que as crianças tinham saído, mas nenhum apareceu, e o vozerio indistinguível continuou vindo da cozinha.

"Você desafiou aquele menino em minha defesa, acho", eu disse depois de um tempo. "Obrigada."

Rick deu de ombros. "Ele estava ficando irritante demais. Aliás, todos eles." Então acrescentou, ainda sem olhar para mim: "Imagino que também não tenha sido exatamente agradável pra você".

"A situação se tornou incômoda para mim, e agradeço a Rick por ter me resgatado. Mas também foi muito interessante."

"Interessante?"

"É importante que eu observe Josie em várias situações. E foi muito interessante, por exemplo, observar os diferentes formatos que as crianças criavam à medida que iam de grupo em grupo." Ele não disse nada a respeito disso e continuou olhando para longe, então eu disse: "Talvez Rick queira ir lá fora e se juntar aos outros. Para se reconciliar com eles".

Ele balançou a cabeça. Depois se moveu através do desenho do Sol — notei que o Espaço Aberto não estava mais segmentado espacialmente — e se sentou no sofá modular, esticando as pernas ao longo das tábuas do assoalho.

"Mas creio que eles têm razão num ponto", ele disse. "Aqui não é o meu lugar. Esse é um encontro para crianças elevadas."

"Rick veio porque Josie queria muito que ele viesse."

"Ela insistiu pra eu vir. Mas agora parece que ficou ocupada demais pra voltar aqui e ver como estou aproveitando essa parte da festa." Ele se recostou no sofá até o desenho do Sol cobrir seu rosto inteiro, obrigando-o a fechar os olhos. "O problema", ele continuou, "é que ela não continua sendo a mesma pessoa. Pensei que se eu viesse hoje — é, realmente fui estúpido — talvez ela não fosse… mudar. Que talvez ela continuasse sendo a Josie de sempre."

Quando ele disse isso, voltei a ver as mãos de Josie em vários momentos do encontro de interação — mãos de boas-vindas, mãos prestativas, mãos de tensão —, e seu rosto, e sua voz quando alguém lhe perguntara por que não havia escolhido um B3 e ela rira e respondera: "Agora estou começando a achar que devia mesmo ter escolhido um". E as palavras da Gerente me vieram à mente, seu alerta sobre as crianças que faziam promessas diante da vitrine, mas nunca mais voltavam, ou pior ainda, que voltavam e escolhiam outro AA. Pensei no AA menino que eu tinha visto pelo vão entre os táxis lentos, andando com ar cabisbaixo pelo lado do Edifício RPO, três passos atrás de seu adolescente, e me perguntei se algum dia eu e Josie andaríamos daquele jeito.

"Talvez agora você entenda", Rick disse, abrindo os olhos apesar do desenho do Sol. "Entenda por que eu preciso salvar a Josie dessa turma."

"Percebo que Rick teme que Josie se torne como os outros. Mas, apesar de ela ter demonstrado um comportamento estranho há pouco, acredito que, no fundo, Josie é muito gentil. E aquelas outras crianças. Elas são um pouco ríspidas, mas talvez não sejam tão cruéis. Elas temem a solidão, e por isso se comportam dessa forma. Talvez Josie também."

"Se a Josie passar muito mais tempo com eles, logo ela vai deixar de ser a Josie completamente. No fundo ela mesma sabe disso, e por isso ela fala tanto do nosso plano. Ela passou séculos sem tocar no assunto, mas agora não para de falar disso."

"Ouvi Josie mencionar esse plano alguns dias atrás. É um plano em que Rick e Josie compartilham um futuro juntos?"

Ele olhou para além de mim, para o outro lado da janela do Espaço Aberto, e pensei que a hostilidade que ele me dirigira antes havia voltado. Mas então ele disse:

"É só uma coisa que inventamos quando éramos pequenos. Antes de a gente entender como a vida seria. Como esse monte de coisas poderia atrapalhar. Mesmo assim, a Josie continua acreditando nisso."

"E Rick também continua acreditando no plano?"

Nesse momento, ele me encarou sem desviar os olhos. "Como eu disse... Sem o plano, ela vai acabar virando uma dessas pessoas. É melhor eu ir embora." Ele se levantou de repente. "Antes de essa galera voltar. Ou aquela mãe maluca."

"Espero que logo possamos conversar novamente sobre essas questões. Porque acredito que, em muitos aspectos, eu e Rick temos objetivos similares."

"Olha, aquele dia... Quando eu disse que não queria que a Josie tivesse um AA. Não era nada pessoal. É que... Bem, parecia que era mais uma coisa que podia nos atrapalhar."

"Espero que não. Na verdade, agora que compreendo melhor, gostaria de fazer o máximo para ajudar o plano de Rick e Josie a se concretizar. Talvez ajudar a remover os obstáculos de que você fala."

"É melhor eu ir. Ver se está tudo bem com a minha mãe."

"Claro."

Ele passou por mim e saiu do Espaço Aberto. Dei alguns passos adiante para vê-lo sair pela porta da frente e se dirigir à luminosidade do Sol.

Como eu disse para Rick aquele dia, o encontro de interação tinha sido uma fonte valiosa de novas observações. Eu havia aprendido, por exemplo, sobre a capacidade que Josie tinha de "mudar" — para usar a expressão de Rick — e passei a prestar muita atenção nos sinais de que ela estava fazendo isso de novo. Também me perguntei se ela de fato queria ter escolhido um B3. Era mais provável que sua intenção fosse fazer um comentário bem-humorado, para evitar a desarmonia que ameaçava dominar o encontro. Ainda assim, os B3s de fato tinham habilidades muito superiores às minhas, e eu devia levar em consideração a possibilidade de que tais ideias às vezes passassem pela cabeça de Josie.

Nos dias que se seguiram ao encontro, também me preocupei com o que Josie poderia pensar sobre o fato de eu não ter respondido às perguntas da garota dos braços compridos. Na situação que se apresentara — e na ausência de sinais claros vindos de Josie —, eu havia tomado a decisão que considerava mais adequada. Mas depois me ocorreu que Josie poderia, após um período de reflexão, ficar brava comigo.

Por todos esses motivos, eu temia que o encontro de interação tivesse projetado sombras sobre nossa amizade. Mas, com o passar dos dias, Josie continuou se dirigindo a mim da mesma forma alegre e gentil de sempre. Esperei o momento em que ela mencionaria o que ocorrera no encontro, mas ela nunca o fez.

Como estou dizendo, essas foram lições úteis para mim. Eu não só tinha descoberto que "mudanças" eram parte de Josie, e que eu deveria estar preparada para me adaptar a elas, como também comecei a entender que esse não era um traço exclusivo de Josie; que as pessoas muitas vezes sentiam a necessidade de preparar um lado de si mesmas para exibir aos transeuntes — como fariam na vitrine de uma loja —, e que não era necessário levar tal exibição tão a sério depois que o momento passava.

Fiquei contente porque nada tinha mudado entre nós em decorrência do encontro. No entanto, não muito depois desse episódio, houve outro que de fato tornou nossa amizade menos calorosa por um tempo. Foi a viagem para Morgan's Falls, que acabou me perturbando porque passei muito tempo sem entender por que ela havia criado essa frieza entre nós, ou como eu poderia ter evitado que algo do tipo acontecesse.

Numa certa manhã bem cedo, três semanas depois do encontro de interação, olhei para Josie e, em razão de sua postura e de sua respiração, notei que ela não estava dormindo da maneira habitual. Acionei o botão de alarme e a Mãe se dirigiu ao quarto imediatamente. Ela telefonou para o dr. Ryan, e um pouco depois ouvi Melania Empregada Doméstica ligar novamente para pedir que ele se apressasse. Quando enfim chegou, examinou Josie com cuidado e então disse que não havia nada com que se preocupar. A Mãe ficou aliviada e, assim que o médico foi embora, começou a falar de forma ríspida. Sentou-se na beirada da cama de Josie e disse a ela: "Você tem que parar de beber aquele energético. Eu sempre falei que fazia mal".

Sem levantar a cabeça do travesseiro, Josie respondeu: "Eu sabia que não tinha nada de errado comigo. Fiquei muito cansada, só isso. Você não precisava ter se preocupado comigo. E agora você vai se atrasar pro trabalho".

"Me preocupar com você, Josie, esse é o meu trabalho." Então acrescentou: "É o trabalho da Klara também. Ela fez bem em acionar o alarme".

"Eu só preciso dormir um pouco mais. Aí prometo que vou ficar bem, Mãe."

"Escuta, querida." A Mãe se debruçou até falar no ouvido de Josie. "Escuta. Você precisa melhorar, por mim. Entendeu?"

"Entendi, Mãe."

"Que bom. Eu não sabia se você estava ouvindo."

"Estou ouvindo, Mãe. Estou de olho fechado, só isso."

"Tudo bem. Então é o seguinte. Melhore até o fim de semana e iremos pra Morgan's Falls. Você ainda adora aquele lugar, não?"

"Sim, Mãe. Eu ainda adoro."

"Ótimo. Então esse é o nosso trato. Domingo, Morgan's Falls. Desde que você melhore."

Houve um longo silêncio, depois ouvi Josie dizer, como se falasse de dentro do travesseiro:

"Mãe. Se eu melhorar, a gente pode levar a Klara junto?

Mostrar Morgan's Falls pra ela? Ela foi lá fora uma única vez. E só aqui por perto."

"É claro que a Klara pode ir com a gente. Mas você vai ter que melhorar, senão nada feito. Entendeu, Josie?"

"Entendi, Mãe. Agora preciso dormir mais um pouco."

Ela acordou pouco antes do almoço, e eu ia avisar Melania Empregada Doméstica, conforme haviam me instruído, mas Josie disse com um ar cansado:

"Klara, você ficou aqui o tempo todo enquanto eu estava dormindo?"

"Claro."

"Você ouviu o que a minha Mãe falou sobre a gente ir pra Morgan's Falls?"

"Sim. Estou torcendo para podermos ir. Mas sua mãe disse que só iríamos se você estivesse bem."

"Eu vou ficar bem. Se quisesse, eu poderia ir hoje mesmo. É só cansaço."

"O que é essa Morgan's Falls, Josie?"

"É um lugar lindo. Você vai achar incrível. Depois eu te mostro umas fotos."

Josie continuou cansada a maior parte do dia. Mas, no fim da tarde, quando abri as persianas do quarto para deixar o desenho do Sol recair sobre ela, ela ficou visivelmente mais forte. Melania Empregada Doméstica veio vê-la e disse que Josie poderia trocar de roupa desde que prometesse passar o resto do dia sem fazer esforço. Foi por isso que acabamos ficando no quarto até o início da noite, quando Josie tirou uma caixa de papelão de debaixo da cama.

"Vou te mostrar", ela falou, despejando os conteúdos da caixa. Várias fotos impressas de diferentes tamanhos se esparramaram pelo tapete, algumas viradas para cima, outras para baixo. Entendi que aquelas eram as imagens favoritas do passado de Josie, que ela mantinha perto da cama para poder se alegrar observando-as sempre que quisesse. Várias das imagens ficaram sobrepostas, mas notei que a maioria mostrava Josie quando era mais nova. Em algumas das fotos, ela aparecia com a Mãe; em outras, com Melania Empregada Doméstica; em outras, com pessoas que eu não conhecia. Josie continuou espalhando-as pelo tapete, depois pegou uma e sorriu.

"Morgan's Falls", ela disse. "É pra lá que a gente vai domingo. O que você acha?"

Ela me entregou a foto — a essa altura, eu estava ajoelhada a seu lado — e vi uma Josie mais jovem sentada à mesa, ar livre. A mesa era feita de tábuas de madeira rústicas, e os bancos também. Sentada a seu lado estava a Mãe, menos magra e com um corte de cabelo mais curto do que o atual. Achei interessante que houvesse uma terceira figura à mesa, uma menina que estimei ter onze anos, vestindo um casaco curto de algodão fino. Como a menina desconhecida estava sentada de costas para a pessoa que havia tirado a foto, não consegui ver seu rosto. Era possível ver os desenhos do Sol cobrindo todas elas e caindo sobre o tampo da mesa. Atrás de Josie e da Mãe havia um desenho preto e branco embaçado. Analisei-o com cuidado, depois falei:

"Isso é uma cachoeira."

"Isso mesmo. Você já viu uma cachoeira, Klara?"

"Sim. Vi uma em uma revista na loja. E olha! Você está comendo, bem em frente à cachoeira."

"Dá pra fazer isso em Morgan's Falls. Almoçar com a água espirrando em você. Você vai comendo e então percebe que sua camiseta ficou encharcada nas costas."

"Isso deve fazer mal à saúde, Josie."

"Não tem problema se estiver calor. Mas você tem razão.

Em dias mais frios, tem que sentar mais longe. Mas sempre tem muitos lugares pra sentar, porque não é todo mundo que conhece Morgan's Falls." Ela esticou uma das mãos, e eu lhe devolvi a foto. Ela a olhou de novo e disse: "De repente só eu e Mamãe é que achamos esse lugar especial. E por isso nunca fica lotado. Mas a gente sempre se diverte muito lá".

"Estou torcendo para você ficar forte o suficiente até o fim de semana."

"O domingo é sempre o melhor dia pra ir lá. Fica um clima bom. Parece até que as cachoeiras sabem que o domingo é o Dia do Descanso."

"Josie... Quem é essa com vocês na fotografia? A menina que está com você e sua mãe?"

"Ah..." Sua expressão ficou séria. E então ela respondeu: "É a Sal. Minha irmã".

Ela deixou a foto cair sobre as outras, em seguida começou a passar as duas mãos nas imagens, espalhando-as sobre o tapete. Vi imagens de crianças — em campos, em parques, do lado de fora de prédios.

"É, minha irmã", ela repetiu depois de um longo tempo.

"E onde a Sal está agora?"

"A Sal morreu."

"Que triste."

Josie deu de ombros. "Eu não me lembro muito dela. Era pequena quando aconteceu. Não chego a ter saudade dela nem nada."

"Que triste. Você sabe o que aconteceu?"

"Ela ficou doente. Não a mesma doença que eu tenho. Uma bem pior, e foi por isso que ela morreu."

Pensei que Josie estivesse procurando outra foto com a imagem da irmã, mas de repente ela amontoou todas as fotos e as guardou de volta na caixa de papelão.

"Você vai gostar tanto de lá, Klara. Você está aqui, e só saiu de casa uma vez, e de repente você vai parar *lá* em cima!"

Josie foi ficando cada vez mais forte com o passar dos dias, de forma que, quando o fim de semana se aproximou, parecia não haver motivo para supor que não poderíamos ir à cachoeira. Na noite de sexta, a Mãe chegou em casa mais tarde — muito depois de Josie ter terminado o jantar — e me chamou à cozinha. Àquela altura, Josie tinha subido para seu quarto, e a cozinha estava à meia-luz, iluminada apenas pela lâmpada do corredor. Mas a Mãe pareceu contente em ficar de pé diante das grandes janelas, observando a noite enquanto bebia seu vinho. Eu me posicionei perto do refrigerador, de onde conseguia ouvir o ruído do aparelho.

"Klara", ela disse depois de algum tempo. "A Josie falou que você gostaria de ir conosco no domingo. Para Morgan's Falls."

"Se eu não for atrapalhar, eu gostaria muito de ir. Acredito que Josie também gostaria que eu fosse."

"Ela gostaria, sem dúvida. A Josie se apegou muito a você. E, se me permite dizer, eu também."

"Obrigada."

"Pra ser sincera, de início eu não sabia ao certo o que iria sentir. Com você aqui, andando pela casa o dia todo. Mas a Josie está tão mais calma, tão mais alegre desde que você chegou."

"Fico muito contente."

"Você está indo muito bem, Klara. Quero que saiba disso."

"Muito obrigada."

"Você vai ficar bem em Morgan's Falls. Muitas crianças levam seus AAs pra lá. Mesmo assim, não custa repetir. Você vai precisar ficar atenta, pra cuidar tanto de você quanto da Josie. O terreno é imprevisível. Às vezes a Josie se empolga demais em lugares assim."

"Eu entendo. Serei cautelosa."

"Klara, você está feliz aqui?"

"Sim, é claro."

"Engraçado perguntar isso pra uma AA. Pra falar a verdade, nem sei se essa pergunta faz sentido. Você sente falta daquela loja?"

Ela bebeu mais vinho e deu um passo em minha direção, então pude ver um lado de seu rosto sob a luz do corredor, embora o outro, que incluía a maior parte de seu nariz, continuasse na penumbra. O olho que eu via parecia cansado.

"Às vezes penso na loja", respondi. "Na vista da vitrine. Nos outros AAs. Mas não sempre. Estou bastante satisfeita aqui."

A Mãe me olhou por um instante. Então disse: "Deve ser ótimo. Não sentir falta das coisas. Não sonhar em ter algo de volta. Não viver pensando no passado. Deve ser tudo tão mais…". Ela fez uma pausa. E em seguida disse: "O.k., Klara. Você vai com a gente domingo. Mas não esqueça o que eu disse. Não queremos acidentes lá".

É provável que houvesse sinais desde o início, porque, mesmo que aquilo tenha me causado tristeza mais tarde, e me lembrado mais uma vez de que eu ainda tinha muito a aprender, o que aconteceu naquele domingo não chegou a ser uma surpresa.

Quando a sexta-feira chegou, Josie estava certa de que estaria bem o suficiente para a expedição, e passou bastante tempo experimentando roupas diferentes e se analisando no espelho comprido que ficava dentro do guarda-roupa. De vez em quando pedia minha opinião, e eu sorria e me esforçava ao máximo para lhe oferecer apoio. Mas mesmo então eu já devia estar ciente dos sinais porque, ao elogiar sua aparência, eu sempre tomava o cuidado de omitir algum detalhe.

Eu já sabia que os cafés da manhã de domingo podiam ser tensos. Em outras manhãs, mesmo quando a Mãe prolongava seu café rápido, ainda havia a impressão de que cada interação poderia ser a última que teriam até a noite, e, embora isso às vezes fizesse com que tanto Josie quanto a Mãe fossem ríspidas uma com a outra, o café da manhã nunca ficava carregado de sinais. Mas aos domingos, quando a Mãe não estava de saída, havia a sensação de que cada uma de suas perguntas poderia levar a uma conversa desagradável. Quando eu ainda era nova na casa, acreditava que havia assuntos especialmente perigosos para Josie, e que bastava impedir a Mãe de encontrar rotas que levassem a esses assuntos para que os cafés da manhã de domingo continuassem sendo agradáveis. Mas, a partir de uma observação mais detida, percebi que mesmo que os assuntos perigosos fossem evitados — assuntos como as tarefas escolares de Josie, ou suas notas de interação social —, era possível que a sensação desagradável continuasse existindo, porque ela estava atrelada, na verdade, a algo que havia *por baixo* desses assuntos; que os assuntos perigosos eram, na realidade, a forma encontrada pela Mãe para fazer determinadas emoções surgirem dentro da mente de Josie.

Por isso, fiquei preocupada quando, naquela manhã de domingo em que viajaríamos para Morgan's Falls, a Mãe perguntou a Josie por que ela gostava de um determinado jogo de oblongo no qual os personagens sempre morriam em acidentes de carro. A princípio, Josie respondeu em tom alegre: "É que o jogo funciona assim, Mãe. Você vai pondo cada vez mais pessoas do seu grupo no superônibus, mas, se não tiver organizado bem as rotas, pode perder todas as suas melhores pessoas num acidente".

"Por que escolher um jogo assim, Josie? Um jogo em que uma coisa tão horrível acontece?"

Josie continuou respondendo às perguntas da Mãe com paciência por algum tempo, mas não demorou muito para que o sorriso sumisse de sua voz. No fim, ela começou a repetir que era só um jogo de que gostava, enquanto a Mãe fazia mais e mais perguntas a respeito e parecia estar ficando brava.

Então a fúria da Mãe pareceu desaparecer de uma vez. Ela ainda não estava alegre, mas olhou para Josie com uma expressão carinhosa, e o sorriso gentil transformou seu semblante por completo.

"Desculpe, querida. Eu não devia tocar nesse assunto hoje. Estou sendo injusta."

Ela desceu de sua banqueta, foi até aquela na qual Josie estava sentada e deu um abraço em Josie que se prolongou tanto que ela se viu obrigada a introduzir um movimento de balanço para disfarçar. Josie, pude notar, não se incomodou nem um pouco com a duração do abraço, e quando as duas se separaram — eu só saí de perto do refrigerador quando tive certeza disso — o conflito estava resolvido.

Assim, o café da manhã que eu temia que pudesse impor um último obstáculo à nossa ida a Morgan's Falls teve uma conclusão harmoniosa, e minha mente se encheu de expectativa. Só nos momentos finais, depois que a Mãe e Melania Empregada Doméstica já tinham se dirigido ao carro, é que eu vi Josie, enquanto colocava os braços nas mangas de sua jaqueta acolchoada, fazendo uma pausa e permitindo que a fadiga a atravessasse. Ela terminou de vestir a jaqueta e, notando minha presença do outro lado do hall, abriu um sorriso animado. Então ouvimos o carro do lado de fora, e os pneus se movendo sobre o cascalho. Melania Empregada Doméstica voltou para dentro da casa segurando as chaves e gesticulando para que saíssemos. Mas, agora que estava atenta, pude perceber outro pequeno sinal, algo no andar apressado de Josie enquanto ela caminhava no cascalho à minha frente.

A Mãe estava atrás do volante, observando-nos através do para-brisa, e um medo me veio à mente. Mas Josie não deixou transparecer nenhum outro sinal — chegou até a saltitar de alegria enquanto atravessava o cascalho — e abriu a porta do passageiro por conta própria.

Eu nunca havia entrado num carro, mas Rosa e eu tínhamos observado tantas pessoas que entravam e saíam de veículos, suas posturas e manobras, como se sentavam quando começavam a se mover, que nada de fato me surpreendeu enquanto eu navegava até meu lugar no banco de trás. O estofado era mais macio do que eu imaginara, e o banco da frente, no qual Josie estava sentada, ficava muito perto, de forma que eu quase não conseguia ver o que havia à minha frente, mas não me demorei. Não tive tempo de fazer uma análise detalhada do interior do carro, pois tomei consciência de que a atmosfera desagradável havia voltado. No banco da frente, Josie estava calada, olhando para longe da Mãe, que estava a seu lado, e na direção da casa e de Melania Empregada Doméstica, que atravessava o cascalho carregando a bolsa disforme que continha, entre outras coisas, os medicamentos que Josie tomava em caso de emergência. A Mãe segurava o volante com as duas mãos, como se estivesse impaciente para partir, e sua cabeça estava virada na mesma direção da de Josie, mas notei que a Mãe não observava Melania Empregada Doméstica se aproximar, nem olhava para a casa, e sim para a própria Josie. Os olhos da Mãe tinham ficado grandes e, como o rosto da Mãe era bastante magro e anguloso, os olhos pareciam ainda maiores do que eram. Melania Empregada Doméstica colocou a bolsa disforme no porta-malas e o fechou. Em seguida, abriu a porta traseira do seu lado e deslizou até se sentar ao meu lado. Ela me disse:

"AA. Põe cinto. Senão você quebra."

Eu estava tentando entender o sistema do cinto, o qual havia visto tantos passageiros acionando, quando a Mãe perguntou:

"Você acha que me engana, né, menina?"

Houve um silêncio, depois Josie perguntou: "Como assim, Mãe?".

"Você não consegue esconder. Você está doente de novo."

"Eu não estou doente, Mãe. Estou bem."

"Por que você faz isso comigo, Josie? Sempre. Por que sempre tem que ser assim?"

"Não sei do que você está falando, Mãe."

"Você acha que eu não fico animada pra fazer uma viagem como essa? Meu único dia livre com a minha filha. Uma filha que, por acaso, eu amo muito e que me fala que está ótima quando, na verdade, está passando mal?"

"Não é verdade, Mãe. Estou bem, é sério."

Mas pude ouvir a mudança na voz de Josie. Era como se ela tivesse desistido de fazer o esforço que fizera até esse momento, e de repente estivesse exausta.

"Por que você finge, Josie? Você acha que isso não me magoa?"

"Mãe, eu juro que estou bem. Por favor, leva a gente. A Klara nunca viu uma cachoeira e ficou muito empolgada."

"A *Klara* ficou empolgada?"

"Mãe, por favor…"

"Melania", a Mãe disse, "a Josie precisa de ajuda. Saia do carro. Dê a volta até o lado dela, por favor, e ajude a Josie. Ela pode cair se tentar sair sozinha."

Houve silêncio novamente.

"Melania? Aconteceu alguma coisa aí? Você também ficou doente?"

"Talvez dona Josie consegue."

"O que você disse?"

"Eu ajudo ela. A AA também. A dona Josie fica bem. Quem sabe."

"Deixa eu ver se entendi. É assim que você avalia a situação? Acha que a minha filha está bem o suficiente pra passar o dia fora de casa? Na cachoeira? Assim eu fico preocupada com você, Melania."

Melania Empregada Doméstica ficou em silêncio, mas não saiu do lugar.

"Melania? Devo concluir que você está se recusando a descer e ajudar Josie a sair do carro?"

Melania Empregada Doméstica estava olhando para longe, para algum lugar entre os bancos da frente e a rua adiante. Parecia intrigada, como se houvesse alguma coisa no alto do morro difícil de identificar. Então de repente abriu a porta e saiu.

"Mãe", Josie disse. "A gente pode ir, por favor? Por favor, não faz isso."

"Você acha que eu gosto disso? Disso tudo? O.k., você ficou doente. Não é culpa sua. Mas não contar pra ninguém... Guardar segredo desse jeito, pra todo mundo entrar no carro, com o dia todo pela frente. Isso não é legal, Josie."

"O que não é legal é você falar que eu estou doente quando estou bem o suficiente..."

Melania Empregada Doméstica abriu a porta do lado de Josie por fora. Josie ficou em silêncio, depois seu rosto, cheio de tristeza, olhou para mim pela lateral do banco.

"Desculpa, Klara. A gente vai outra hora. Eu prometo. Mil desculpas, sério."

"Não tem problema", eu disse. "Precisamos fazer o que é melhor para Josie."

Eu também estava prestes a sair do carro, mas, nesse momento, a Mãe disse:

"Só um segundo, Klara. Como a Josie disse. Você estava

empolgada para a viagem. Bem, por que você não continua onde está?"

"Desculpe. Não entendi."

"É simples. A Josie está doente demais para ir. Ela poderia ter nos contado antes, mas preferiu não contar. O.k., então ela fica pra trás. A Melania também. Mas não vejo motivo, Klara, pra eu e você não irmos."

Eu não conseguia ver o rosto da Mãe, porque as costas dos bancos eram altas. Mas o rosto de Josie continuava me espiando pela lateral do banco. Seus olhos agora estavam sem expressão, como se já não se importassem com o que viam.

"Certo, Melania", a Mãe disse com uma voz mais alta. "Ajude a Josie a sair. Cuidado com ela. Não esqueça que ela está doente."

"Klara?", Josie chamou. "Você vai mesmo pra cachoeira com ela?"

"A sugestão da Mãe é muito generosa", eu disse. "Mas talvez fosse melhor que dessa vez…"

"Espera um pouco, Klara", a Mãe me interrompeu. E em seguida falou: "O que é isso, Josie? Uma hora você está preocupada com a Klara porque ela nunca viu uma cachoeira. Agora quer convencê-la a ficar?".

Josie continuou me olhando, e Melania Empregada Doméstica permaneceu em pé do lado de fora do carro, com a mão estendida para Josie. Por fim, Josie falou:

"Tá. Talvez seja melhor você ir, Klara. Você e a Mamãe. Não faz sentido estragar o dia inteiro só porque… Desculpa. Desculpa por ficar doente toda hora. Eu não sei por que…" Então pensei que haveria lágrimas, mas ela segurou o choro e continuou falando em voz baixa: "Desculpa, Mãe. Sério, desculpa. Deve ser um saco conviver comigo. Klara, pode ir. Você vai adorar a cachoeira". Então seu rosto desapareceu da lateral do banco.

Por um segundo, eu não soube o que fazer. Tanto a Mãe quanto Josie tinham, àquela altura, expressado a opinião de que eu deveria permanecer no carro e ir ao passeio. E eu sabia que, caso fosse, provavelmente teria acesso a insights novos, e mesmo cruciais, sobre a situação de Josie e sobre como eu poderia ajudá-la. Mas sua tristeza, enquanto voltava para casa pelo cascalho, era nítida. Seu andar, agora que ela não tinha nada a esconder, era frágil, e ela nem sequer implicou com a ajuda oferecida por Melania Empregada Doméstica.

Observamos Melania Empregada Doméstica abrir a porta e as duas entrarem. Aí a Mãe deu partida no carro e começamos a nos mover.

Por ser a primeira vez que eu andava de carro, não consegui fazer uma boa estimativa da velocidade. Mas me pareceu que a Mãe dirigia mais rápido do que o normal, e por um instante o medo me veio à mente, mas me lembrei de que ela subia aquela mesma colina todos os dias, e por isso era improvável que houvesse perigo. Eu me concentrei nas árvores que passavam rapidamente e nas grandes aberturas que de repente surgiam ora em um lado, ora no outro, pelas quais eu conseguia ver as copas das árvores de cima. Então a estrada parou de subir, e o carro atravessou um campo extenso e vazio, a não ser por um celeiro à distância, e muito parecido com aquele que se via da janela de Josie.

Aí a Mãe falou pela primeira vez. Como estava dirigindo, ela não se virou para mim, e se eu não fosse a única passageira do veículo talvez não adivinhasse que ela estava falando comigo.

"Elas sempre fazem isso. Brincam com os seus sentimentos." E logo a seguir disse: "Talvez eu pareça muito severa. Mas, se não for assim, como é que vão aprender? Elas têm que aprender que nós também temos sentimentos". E depois de algum tempo:

"Será que ela acha que eu *gosto* dessa merda de ficar longe dela todos os dias?".

Havia outros carros e, ao contrário do que acontecia no lado de fora da loja, eles viajavam em ambas as direções. Um aparecia ao longe e vinha correndo em nossa direção, mas os motoristas nunca cometiam erros e sempre conseguiam desviar de nós. Logo as cenas ao meu redor começaram a mudar com tanta rapidez que tive dificuldade de ordená-las. Em dado momento, uma caixa ficou preenchida com os outros carros, enquanto as caixas adjacentes a ela se preencheram com outros trechos da estrada e o campo ao redor. Eu me esforcei ao máximo para preservar a linha regular da estrada enquanto ela se movia de uma caixa para a outra, mas, com a imagem se transformando constantemente, concluí que isso era impossível e permiti que a estrada se quebrasse e começasse do zero cada vez que cruzava uma fronteira. Apesar de todos esses problemas, o alcance da vista e a imensidão do céu eram muito empolgantes. O Sol estava geralmente atrás das nuvens, mas às vezes eu via seus desenhos recaindo exatamente sobre um vale ou trecho de terra.

Quando a Mãe falou novamente, foi mais fácil perceber que se dirigia a mim.

"Às vezes não ter sentimentos deve ser bom. Eu te invejo."

Refleti sobre isso, depois falei: "Acredito que tenho muitos sentimentos. Quanto mais eu observo, mais sentimentos ficam disponíveis para mim".

Ela soltou uma risada inesperada, que me fez estremecer. "Se é assim", ela disse, "talvez seja melhor você observar um pouco menos." E acrescentou: "Desculpe. Eu não queria ser grossa. Sei que você deve ter uma variedade de sentimentos".

"Quando Josie não pôde vir conosco agora há pouco, eu senti tristeza."

"Você sentiu tristeza. Entendi." Ela ficou em silêncio, talvez para se concentrar na estrada e nos carros que vinham na direção oposta. Então ela disse: "Houve uma fase, não faz muito tempo, em que pensei que eu estava conseguindo sentir cada vez menos. Um pouco menos a cada dia. Eu não sabia se estava feliz com isso. Mas agora, ultimamente, parece que estou ficando sensível demais a tudo. Klara, olhe à sua esquerda. Você está bem aí atrás? Olha bem à esquerda e me fala o que está vendo".

Estávamos passando por um terreno que nem subia nem descia, e o céu continuava muito amplo. Eu via campos planos, sem nenhum celeiro nem veículos agrícolas, que se estendiam ao longe. Mas perto do horizonte havia o que parecia ser uma cidade feita apenas de caixas de metal.

"Você consegue ver?", a Mãe perguntou, sem tirar os olhos da estrada.

"Está muito longe", eu disse. "Mas vejo uma espécie de vilarejo. Talvez um vilarejo onde carros ou outros itens desse tipo são produzidos."

"Não é um palpite ruim. Na verdade, é uma indústria química, uma indústria de tecnologia de ponta, aliás. Refrigeração Kimball. Mas eles não têm feito nada parecido com um refrigerador há décadas. Foi por isso que viemos morar aqui. O pai da Josie conseguiu um emprego lá."

Embora as caixas de metal continuassem distantes, naquele momento consegui distinguir tubos que conectavam um edifício ao outro, e outros tubos que apontavam para o céu. Algo naquela visão me lembrou da horrível Máquina Cootings, e uma preocupação relacionada à Poluição me veio à mente. Mas, no mesmo instante, a Mãe disse:

"É um bom lugar. Usam energia limpa, produzem energia limpa. O pai da Josie já teve uma carreira promissora aí."

De repente, o vilarejo de caixas de metal ficou invisível, e eu me endireitei no banco novamente.

"Hoje em dia nos damos bem", a Mãe disse. "Daria até para dizer que somos amigos. Isso é ótimo pra Josie, claro."

"Eu me pergunto... o Pai ainda trabalha no vilarejo de refrigeração?"

"Quê? Ah, não. Ele foi... substituído. Assim como toda a equipe. Ele era extremamente talentoso. Ainda é, claro. Hoje em dia nos damos melhor. É isso o que importa, pelo bem da Josie."

Depois disso, viajamos por algum tempo em silêncio e a estrada se tornou uma subida íngreme. Então a Mãe começou a dirigir mais devagar e entramos em uma estrada estreita. Quando olhei de novo pelo espaço entre os bancos da frente, a nova estrada pareceu só um pouco mais larga que o próprio carro. À nossa frente, marcadas na superfície da estrada, havia linhas paralelas lamacentas que os pneus de carros anteriores tinham deixado, e árvores que se avultavam em ambos os lados, como edifícios numa rua da cidade. A Mãe fez o carro seguir adiante por essa estradinha estreita, e, embora ela estivesse dirigindo mais devagar, eu me perguntava o que aconteceria se outro carro surgisse na direção oposta. Depois viramos mais uma esquina e paramos.

"É aqui, Klara. Daqui seguimos a pé. Você consegue?"

Quando saímos, senti o vento frio e ouvi os ruídos dos pássaros. Havia cada vez mais árvores selvagens ao nosso redor conforme subíamos por um caminho de pedregulhos e lama. Precisei me precaver, mas consegui acompanhar o passo da Mãe, e depois de um tempo passamos por um espaço entre dois postes de madeira que levava a um outro caminho. Era uma subida cada vez mais íngreme, e a Mãe teve que parar várias vezes para que eu a alcançasse. Então me ocorreu que talvez ela estivesse correta em achar que essa viagem seria difícil demais para Josie.

Nesse exato momento, olhei por acaso à minha esquerda, por sobre a cerca que se estendia ao nosso lado, e vi o boi no pasto nos observando com atenção. Eu já tinha visto fotos de bois nas revistas, mas nunca os vira na vida real, é claro, e, embora aquele boi estivesse a certa distância e eu soubesse que ele não conseguiria atravessar a cerca, fiquei tão assustada com sua aparência que emiti uma exclamação e parei de andar de repente. Eu nunca tinha visto nada que emitisse tantos sinais de fúria e desejo de destruir ao mesmo tempo. A cara, os chifres, os olhos frios que me observavam, tudo me trouxe medo à mente, mas senti algo além, mais estranho e profundo. Naquele instante me pareceu que haviam cometido um grande erro ao permitir que aquela criatura ficasse sob o desenho do Sol, que o lugar daquele boi era em alguma profundeza sob o solo, dentro da lama e da escuridão, e que sua presença no pasto só poderia trazer consequências terríveis.

"Está tudo bem", a Mãe disse. "Ele não tem como alcançar a gente. Agora vamos. Preciso de um café."

Eu me obriguei a desviar o olhar e fui atrás da Mãe. Pouco depois, paramos de subir e ao nosso redor surgiram as mesas de madeira rústica que eu havia visto na fotografia de Josie. Contei catorze mesas dispostas em torno do pasto, todas com bancos feitos de tábuas acoplados em ambos os lados. Havia adultos, crianças, AAs e cachorros sentados à mesa, ou correndo, ou andando, ou em pé ao redor dos outros. Não muito longe das mesas ficava a cachoeira. Era maior e mais revolta do que aquela que eu vira na revista, preenchendo sozinha oito caixas. Procurei o Sol, mas não consegui vê-lo no céu cinza.

"Vamos sentar aqui", a Mãe disse. "Vai, pode sentar. Me espera aqui. Preciso de café."

Eu a vi andar até uma barraca feita da mesma madeira rústica, a cerca de vinte passos de distância. A barraca tinha um balcão aberto na frente, e assim podia funcionar como uma loja, e os transeuntes formavam uma fila diante dela.

Eu estava contente em poder sentar e me orientar, e, enquanto esperava a Mãe voltar para a mesa rústica, vi que o ambiente começava a se reordenar. A cachoeira deixou de ocupar tantas caixas, e observei as crianças e seus AAs indo de uma caixa a outra com facilidade e quase sem interrupções.

Embora nenhum deles olhasse em minha direção com interesse, e todos parecessem muito concentrados em suas crianças, fiquei satisfeita por estar mais uma vez na presença de outros AAs, e por um instante os observei com alegria, seguindo ora um, ora outro com o olhar. Depois a Mãe voltou e se sentou diante de mim, e eu me virei para observá-la por completo enquanto a cachoeira se movia violentamente às suas costas. O café estava num copo de papel, e ela o levou à boca. Eu me lembrei do que Josie dissera sobre sentar perto da cachoeira, sobre como podíamos ficar com as costas molhadas sem perceber, e pensei em tocar nesse assunto com a Mãe. Mas algo em seus trejeitos me dizia que ela ainda não queria que eu falasse.

Ela me olhava direto no rosto, como tinha feito da calçada quando Rosa e eu estávamos na vitrine. Ela bebeu o café, sem tirar os olhos de mim, até que percebi que o rosto da Mãe preenchia sozinho seis caixas, seus olhos apertados se repetindo em três delas, cada vez de um ângulo diferente. Enfim ela disse:

"E o que você achou daqui?"

"É maravilhoso."

"Então agora você já viu uma cachoeira de verdade."

"Sou grata por a senhora ter me trazido."

"Que estranho. Eu estava pensando agora mesmo que você não parece tão feliz. Não estou vendo aquele seu sorriso de sempre."

"Peço desculpas. Minha intenção não era parecer ingrata. Estou muito satisfeita em ver a cachoeira. Mas talvez também esteja um tanto arrependida, pois Josie não pôde vir conosco."

"Eu também. Estou me sentindo mal por isso." Então ela disse: "Só não estou pior porque *você* está aqui".

"Obrigada."

"Talvez a Melania tivesse razão. Talvez a Josie tivesse ficado bem."

Eu não falei nada. A Mãe bebeu o café aos poucos e continuou me olhando.

"O que a Josie te falou sobre este lugar?"

"Ela disse que era lindo e que sempre adorou vir aqui com a senhora."

"Foi isso que ela disse? E ela chegou a contar que sempre vínhamos aqui com a Sal? Que a Sal amava este lugar?"

"Josie não mencionou sua irmã." Em seguida acrescentei: "Eu vi a irmã de Josie na fotografia".

A Mãe me encarou de forma tão intensa que pensei ter cometido um erro. Mas então ela disse: "Acho que eu sei que foto é essa. Aquela em que estamos as três sentadas ali. Eu me lembro de quando a Melania tirou. Estávamos naquele banco. Eu, a Sal, a Josie. Algum problema, Klara?".

"Fiquei muito triste em saber que a Sal faleceu."

"Sem dúvida, é muito triste."

"Desculpe. Talvez eu não devesse…"

"Tudo bem. Já faz um tempo que ela nos deixou. É uma pena você não ter conhecido a Sal. Era diferente da Josie. A Josie fala tudo o que pensa. Não tem medo de falar o que não deve. Às vezes isso irrita, mas eu adoro que ela seja assim. A Sal, não. Ela precisava pensar em todos os detalhes antes de falar alguma coisa, sabe? Era mais sensível. Acho que não lidava tão bem com a doença dela, a Josie lida melhor."

"Eu me pergunto… por que a Sal faleceu?"

Os olhos da Mãe mudaram e um quê de crueldade apareceu ao redor da boca.

"Que pergunta é essa?"

"Desculpe. Eu só estava curiosa para saber..."

"Ficar curiosa não é seu trabalho."

"Peço desculpas."

"Por que quer saber? Aconteceu, só isso."

Então, depois de algum tempo, o rosto da Mãe se suavizou. "Acho que foi melhor não termos trazido a Josie hoje", disse. "Ela não estava bem. Mas agora que estamos sentadas aqui desse jeito, sinto falta dela." Ela olhou ao redor, virando-se para ver a cachoeira. Então virou-se de volta e seu olhar passou por mim, buscando os transeuntes, os cachorros e os AAs. "Certo. Klara, como a Josie não está aqui, quero que *você* seja a Josie. Só um pouquinho. Já que estamos aqui."

"Desculpe. Não entendi."

"Você fez isso pra mim uma vez. No dia em que buscamos você na loja. Você não esqueceu, né?"

"Eu lembro, claro."

"Sei que você não esqueceu como era. Ande igual a Josie."

"Eu serei capaz de andar com os trejeitos dela. Na verdade, agora a conheço melhor e a vi em mais situações, então serei capaz de fazer uma imitação mais sofisticada. Porém..."

"Porém o quê?"

"Desculpe. Eu não quis dizer 'porém'."

A Mãe me olhou, depois disse: "Ótimo. Mas eu não ia pedir para você andar daquele jeito, de qualquer forma. Estamos sentadas aqui, nós duas. Um ótimo lugar, um dia bonito. Queria muito ver a Josie aqui. Então estou te pedindo, Klara. Você é esperta. Se ela estivesse sentada aqui agora, no seu lugar, como seria? Não acho que ela estaria sentada como você está".

"Não. Josie estaria mais... assim."

A Mãe se debruçou sobre a mesa e seus olhos se comprimiram até seu rosto passar a preencher oito caixas, deixando só as

116

caixas periféricas para a cachoeira, e por um instante me pareceu que sua expressão se alternava entre uma caixa e outra. Em uma delas, por exemplo, seus olhos riam com crueldade, mas na outra estavam cheios de tristeza. Os sons da cachoeira, das crianças e dos cachorros se transformaram num sussurro para abrir espaço para o que quer que fosse que a Mãe estava prestes a dizer.

"Muito bem. Excelente. Mas agora quero ver você se mexer. Faça alguma coisa. Continue sendo a Josie. Deixa eu ver você se mexendo um pouco."

Sorri do jeito que Josie sorriria, adotando uma postura curvada e informal.

"Ótimo. Agora fala alguma coisa. Quero ouvir você falar."

"Desculpe. Não sei se…"

"Não. Essa é a Klara. Eu quero a Josie."

"Oi, Mãe. Aqui é a Josie."

"Muito bem. Mais. Vai."

"Oi, Mãe. Não precisa se preocupar, o.k.? Já cheguei e estou bem."

A Mãe se debruçou ainda mais sobre a mesa, e vi alegria, medo, tristeza e riso nas caixas. Como todas as outras coisas tinham silenciado, consegui ouvi-la repetindo de forma quase inaudível: "Muito bem, muito bem, muito bem".

"Eu falei que ia ficar bem", disse. "A Melania tinha razão. Estou superbem. Fiquei um pouco cansada, só isso."

"Desculpa, Josie", a Mãe disse. "Desculpa por não ter te trazido aqui hoje."

"Tudo bem. Eu sei que você ficou preocupada comigo. Eu tô bem."

"Eu queria que você estivesse aqui. Mas você não está. Eu queria poder impedir que você ficasse doente."

"Não se preocupa, Mãe. Vai ficar tudo bem comigo."

"Como você pode dizer isso? O que você sabe a respeito?

Você é só uma menina. Uma menina que adora viver e acha que tudo tem solução. O que você sabe a respeito?"

"Tá tudo bem, Mãe, não se preocupa. Eu vou melhorar rapidinho. Sei como vai acontecer."

"O quê? Como assim? Você acha que sabe mais que os médicos? Mais que eu? Sua irmã também fazia promessas. Mas não conseguia cumprir. Não tente fazer a mesma coisa."

"Mas, Mãe... A doença da Sal era outra. Eu vou melhorar."

"Tá, Josie. Então me fala como você vai melhorar."

"Tem uma ajuda especial a caminho. Uma coisa em que ninguém pensou ainda. Aí eu vou ficar bem de novo."

"O que é isso? Quem está falando agora?"

Nesse momento, em todas as caixas, pude ver as maçãs do rosto da Mãe muito pronunciadas sob a pele.

"Sério, Mãe. Eu vou ficar bem."

"Agora chega. Chega!"

A Mãe se levantou e saiu andando. Então pude ver a cachoeira de novo, e seu ruído — assim como o das pessoas atrás de mim — voltou mais alto do que nunca.

A Mãe parou perto do corrimão de madeira que marcava o ponto em que o chão terminava e a cachoeira começava. Vi a névoa pairando diante dela e pensei que ela ficaria molhada em instantes, mas ela continuou em pé, de costas para mim. Depois, por fim, virou-se e acenou.

"Klara, vem aqui. Vem dar uma olhada."

Eu me levantei do banco e fui até ela. Ela tinha me chamado de "Klara", então entendi que não devia mais tentar imitar Josie. Ela fez um gesto para que eu chegasse mais perto.

"Viu só, olha bem. Você nunca viu uma cachoeira antes. Então dá uma boa olhada. O que acha?"

"É maravilhosa. Muito mais impressionante do que na revista."

"É especial, não? Fico feliz que você tenha visto uma cachoeira. Agora vamos voltar. Estou preocupada com a Josie."

A Mãe não disse nada durante todo o caminho até o carro. Ela andava rápido, sempre pelo menos quatro passos à minha frente, e tive que tomar cuidado para não cometer erros na descida íngreme. Quando passamos pelo lugar no qual tínhamos visto o boi, olhei para o pasto, ao longe, mas a criatura horrível tinha desaparecido, e me perguntei se ele tinha sido levado de volta para debaixo da terra.

Quando chegamos ao carro, comecei a me acomodar no lugar de sempre, mas a Mãe disse:

"Vai na frente. Assim você vê melhor."

Então me sentei ao lado dela, e era como a diferença que havia entre o meio da loja e a vitrine. Descemos por entre os campos, com o Sol visível em meio às nuvens, e notei que as árvores altas no horizonte se aglomeravam em grupos apertados de sete ou oito, embora tudo ao redor delas estivesse vazio. O carro seguiu uma linha fina e comprida que atravessava o campo, e vi que o que a princípio parecia ser parte do desenho de um pasto distante na verdade eram ovelhas. Passamos por um campo que continha mais de quarenta dessas criaturas, e, embora avançássemos muito rápido, consegui ver que todas eram cheias de gentileza — o oposto do boi terrível de antes. Meu olhar recaiu principalmente sobre quatro ovelhas que pareciam ainda mais gentis que as outras. Elas tinham se organizado pela grama numa fileira perfeita, uma atrás da outra, como se estivessem realizando uma jornada. Mas pude notar, apesar de estarmos correndo, que na verdade elas estavam praticamente imóveis, exceto pelos pequenos movimentos que faziam com a boca para comer a grama.

"Sou grata a você, Klara. Ter você junto melhorou um pouco a situação."

"Fico muito feliz."

"Quem sabe não fazemos isso outras vezes? Se a Josie estiver muito mal pra sair."

Como fiquei em silêncio, ela disse: "Você não se importa, né, Klara? Se fizermos algo assim de novo?".

"Não, claro que não. Se a Josie não puder vir."

"Quer saber? Acho que é melhor não tocar nesse assunto com a Josie. Não falar do que você fez lá em cima, da imitação. Ela pode entender errado." Depois de mais um instante, ela perguntou: "Combinado? Não vamos falar disso com a Josie".

"Como preferir."

Voltei a ver o vilarejo de caixas de metal ao longe, dessa vez à nossa direita. Pensei que ela talvez dissesse mais alguma coisa sobre ele, ou sobre o Pai, mas ela continuou dirigindo em silêncio, e depois o vilarejo de caixas de metal desapareceu. Só então ela disse, muito de repente:

"Às vezes, as crianças são maldosas. Elas acham que, se por acaso você é adulto, nada pode te magoar. Mas de fato ela amadureceu desde que você chegou. Ela tem demonstrado mais consideração."

"Fico feliz."

"É visível. Ela passou a se importar mais com os outros, sem dúvida."

Vi uma árvore com um tronco que, na verdade, eram três troncos finos entrelaçados de forma a parecerem um só. Eu a observei com muita atenção quando passamos, virando-me no banco para vê-la por mais tempo.

"Aquilo que você disse antes", a Mãe disse. "Sobre ela melhorar. Uma ajuda especial que estaria chegando. Você estava falando por falar, né?"

"Peço que me perdoe. Sei que a senhora, o médico e Melania Empregada Doméstica já avaliaram a saúde de Josie com muito cuidado. É uma situação bem preocupante. Ainda assim, tenho esperança de que ela melhore logo."

"É só esperança? Ou se trata de algo mais concreto que você imagina que vai acontecer? Alguma coisa que o resto de nós ainda não viu?"

"Acho... que é só esperança. Mas é uma esperança real. Acredito que Josie vai melhorar logo."

A Mãe ficou vários momentos sem falar depois disso, olhando através do para-brisa com uma expressão tão distante que me perguntei se ela estava conseguindo ver a estrada à nossa frente. Então ela disse em voz baixa:

"Você é uma AA inteligente. Talvez consiga ver coisas que nós não vemos. Talvez esteja certa em ter esperança. Talvez você tenha razão."

Quando voltamos para casa, Josie não estava na cozinha nem no Espaço Aberto. A Mãe e Melania Empregada Doméstica ficaram em pé diante da porta da cozinha conversando em voz baixa, e percebi que Melania Empregada Doméstica estava relatando que Josie tinha ficado bem durante nossa ausência. A Mãe assentiu várias vezes com a cabeça, depois atravessou o corredor até chegar à base da escada e chamou Josie, que estava no andar de cima. Quando Josie respondeu com um "o.k.", a Mãe continuou parada ao pé da escada por um tempo. Em seguida, deu de ombros e saiu andando em direção ao Espaço Aberto. Nesse momento, fiquei sozinha no corredor, então subi as escadas para encontrar Josie.

Ela estava sentada no tapete, com as costas apoiadas na cama e os joelhos erguidos apoiando um caderno de desenho. Estava concentrada no que desenhava com o lápis, e por isso não ergueu a cabeça quando eu a cumprimentei. Espalhadas ao redor dela havia várias outras páginas arrancadas do caderno, algumas descartadas depois de alguns traços, outras densamente preenchidas.

"Fiquei muito contente em saber que Josie ficou bem", eu disse.

"É, eu tô bem." Ela não tirou os olhos do desenho. "E como foi o passeio?"

"Foi fantástico. É uma pena que Josie não tenha podido ir."

"Pois é. Uma pena mesmo. Você viu a cachoeira?"

"Sim. Foi maravilhoso."

"Mamãe aproveitou?"

"Creio que sim. Mas é claro que ela sentiu muita falta de Josie."

Enfim ela olhou na minha direção, com um movimento rápido por cima do caderno de desenho, e vi em seus olhos uma expressão que nunca vira até então. Mais uma vez me lembrei da voz, no encontro de interação, perguntando a Josie por que ela não escolhera um B3, e de Josie respondendo com uma risada: "Agora estou começando a achar que devia mesmo ter escolhido um". Em seguida, seu olhar se afastou de mim e ela voltou a desenhar. Por um bom tempo, continuei em pé no mesmo lugar, na entrada do quarto. Por fim, eu disse:

"Sinto muito se fiz algo que tenha chateado Josie."

"Não fiquei chateada. Por que acha isso?"

"Então ainda somos amigas?"

"Você é a minha AA. Então a ideia é sermos amigas, né?"

Mas não havia sorriso em sua voz. Estava claro que ela queria ficar sozinha para continuar desenhando, então saí do quarto e fiquei em pé do lado de fora, no patamar da escada.

PARTE TRÊS

Imaginei que as sombras da viagem a Morgan's Falls se dissipariam até a manhã seguinte, mas me frustrei, pois a frieza de Josie se estendeu por muito tempo.

Ainda mais intrigante foi a mudança que Morgan's Falls causou no comportamento da Mãe. Eu havia pensado que a viagem tinha corrido bem, e que depois dela a atmosfera entre nós se tornaria mais amistosa. Mas a Mãe, exatamente como Josie, ficou mais distante, e, quando me encontrava no hall ou no patamar da escada, ela já não me cumprimentava como fazia antes.

Naturalmente, nos dias que se seguiram, fiquei me perguntando por que o encontro de interação não projetara sombra alguma, enquanto a viagem a Morgan's Falls, embora eu tivesse realizado as vontades de Josie e da Mãe, levara a tais consequências. Mais uma vez me passou pela mente a possibilidade de que minhas limitações, em comparação às de um B3, tivessem de alguma forma se tornado óbvias naquele dia, fazendo com que tanto Josie quanto a Mãe se arrependessem de sua escolha. Se esse fosse o caso, eu sabia que a melhor estratégia seria me esforçar mais do que nunca para ser uma boa AA para Josie até que as sombras recuassem. Ao mesmo tempo, ficava cada vez mais claro para mim até que ponto os humanos, em seu anseio de fugir da solidão, faziam manobras muito complexas e difíceis de compreender, e eu não descartava a possibilidade de que, desde o início, as consequências da viagem a Morgan's Falls não estivessem sob meu controle.

Da forma que as coisas se deram, porém, tive pouco tempo para pensar sobre as sombras de Morgan's Falls porque, alguns dias depois do passeio, a saúde de Josie se deteriorou.

Ela ficou fraca demais para descer para o café rápido da Mãe pela manhã. Então, em vez disso, a Mãe passou a ir até o quarto, onde ficava em pé diante da figura adormecida de Josie e permanecia com as costas muito eretas até quando bebia os goles de café e olhava para a cama.

Assim que a Mãe saía para o trabalho, Melania Empregada Doméstica assumia o comando, arrastando a poltrona reclinável para perto da cama e se sentando com seu oblongo no colo, olhando ora para a tela, ora para Josie adormecida. E foi em uma dessas manhãs em que eu estava dentro do quarto, em pé a poucos passos da porta, pronta para ajudar, que Melania Empregada Doméstica se virou e disse:

"AA. Você atrás de mim toda hora. Me deixa louca. Vai lá fora."

Ela tinha dito "fora". Virei-me para a porta e, em seguida, perguntei em voz baixa: "Com licença, empregada doméstica. Você se refere a ir para fora da casa?".

"Fora do quarto, fora da casa, tanto faz. Volta logo se eu dou sinal."

Eu nunca havia saído ao ar livre sozinha. Mas era evidente

que, no que dependesse de Melania Empregada Doméstica, não havia motivo para que eu não o fizesse. Desci a escadaria com cuidado e o entusiasmo me invadiu a mente, apesar das preocupações a respeito de Josie.

Quando saí da casa e pisei no cascalho, o Sol estava alto, mas parecia cansado. Eu não sabia se devia fechar a porta. Entretanto, como não havia transeuntes e eu não queria incomodar Josie tocando a campainha na volta, acabei deixando a porta quase fechada, mas sem acionar o mecanismo da fechadura. Depois caminhei rumo ao ar livre.

À minha esquerda eu podia ver o monte de grama onde havia encontrado Rick fazendo seus pássaros voarem. Para além do monte estava a estrada pela qual a Mãe ia embora todas as manhãs — e que eu mesma tomara para ir a Morgan's Falls. Mas dei as costas para essas visões e andei na direção oposta, atravessando o cascalho até o lugar de onde era possível ver com clareza os campos que ficavam atrás da casa.

O céu estava pálido e amplo. Como os campos se erguiam gradativamente ao longe, o celeiro do sr. McBain continuava visível, embora eu não contasse mais com a vantagem da altura da janela dos fundos. Era mais fácil distinguir as folhas de grama do que a partir do quarto, mas a principal mudança era que dali eu conseguia ver a casa de Rick surgindo da grama. Percebi que se a janela dos fundos tivesse sido posicionada só um pouco mais à esquerda, a casa de Rick também seria visível do quarto.

Mas não pensei muito na casa de Rick porque, mais uma vez, minha mente havia sido preenchida pelas preocupações com Josie e, especificamente, com a questão de por que o Sol ainda não mandara sua ajuda especial, como havia feito com o Mendigo e seu cachorro. Primeiro eu havia esperado que o Sol ajudasse Josie nos dias em que ela ficara fraca antes da ida a Morgan's Falls. Depois concluí que talvez ele tivesse razão em ter esperado. Mas na atual situação, com Josie cada vez mais fraca e com tantos aspectos de seu futuro em risco, eu não entendia por que ele continuava protelando.

Eu já tinha pensado muito sobre esse assunto, mas agora que estava sozinha do lado de fora, com os campos tão perto e o Sol alto acima de mim, consegui conectar várias especulações. Entendi que, apesar de toda a sua gentileza, o Sol estava bastante ocupado; que muitas pessoas além de Josie demandavam sua atenção; que era de esperar que até o Sol se esquecesse de casos individuais como o de Josie, ainda mais se ela parecesse bem cuidada por uma mãe, uma empregada doméstica e uma AA. Até que uma ideia surgiu em minha mente: para que ela recebesse a ajuda especial, talvez fosse preciso atrair a atenção do Sol para a situação de Josie de forma específica e perceptível.

Andei pela terra macia até estar ao lado da cerca do primeiro campo, e de um portão de madeira que lembrava um porta-retratos. Para abrir o portão, bastava erguer o laço de corda que ficava pendurado na estaca, e percebi que assim eu poderia andar livremente pelo campo. A grama do campo parecia muito alta — e, mesmo assim, Josie e Rick, quando ainda eram crianças pequenas, tinham conseguido atravessá-la até o fim para chegar ao celeiro do sr. McBain. Consegui ver o início de uma trilha informal, criada pelos pés dos transeuntes, que avançava pela grama, e me perguntei se seria possível, e até que ponto, empreender a mesma jornada. Também pensei na vez em que o Sol oferecera sua nutrição especial ao Mendigo e a seu cachorro, e avaliei as diferenças importantes entre as circunstâncias dele e as de Josie. Primeiro, muitos transeuntes conheciam o Mendigo, e quando ele ficou fraco, isso se deu numa rua movimentada, onde os taxistas e os corredores podiam vê-lo. Qualquer uma dessas pessoas pode ter chamado a atenção do Sol para a situação do Mendigo e de seu cachorro. E, ainda mais importante, eu me lembrava do que acontecera pouco antes de o Sol oferecer sua nutrição especial ao Mendigo. A Máquina Cootings vinha produzindo sua terrível Poluição, obrigando até o Sol a se refugiar por algum tempo, e durante aquela nova era de ar puro, depois de a máquina perturbadora ter ido embora, é que o Sol, aliviado e cheio de felicidade, ofereceu sua ajuda especial.

Permaneci diante do portão de porta-retratos por um tempo, olhando a grama se curvar para um lado e depois para o outro, e me perguntando quais outras trilhas estariam escondidas dentro dela e como eu poderia ajudar a resgatar Josie de sua doença. Mas eu ainda não estava acostumada a ficar ao ar livre sozinha e comecei a sentir que a desorientação se instalava. Então me afastei dos campos e refiz o caminho até a casa.

Nessa fase, o dr. Ryan fazia visitas frequentes, e Josie passava longos períodos do dia dormindo. O Sol derramava sua nutrição normal todos os dias, e seu desenho muitas vezes recaía sobre o corpo adormecido de Josie, mas ainda não havia sinal de sua ajuda especial. Mas, assim como antes, o Sol talvez tivesse razão em esperar, porque Josie de fato foi se fortalecendo aos poucos, até que um dia conseguiu se sentar na cama.

Ela tinha sido aconselhada pelo dr. Ryan a não retomar suas aulas de oblongo, então havia dias em que, recostada em seus travesseiros, ela criava muitos desenhos com seus lápis bem apontados e seu caderno. Cada vez que terminava um desenho, ou decidia abandoná-lo, ela o arrancava e o arremessava pelo ar, deixando que flutuasse até cair no tapete, e passou a ser meu dever recolher essas folhas de papel e organizá-las em pilhas.

À medida que o dr. Ryan passou a vir com menos frequência, Rick começou a visitar mais vezes. Melania Empregada Doméstica sempre demonstrara desconfiança a respeito de Rick, mas até ela percebeu que suas visitas enchiam Josie de energia. Então ela permitia as visitas, embora insistisse para que durassem no máximo trinta minutos. Na primeira tarde em que Rick ganhou permissão para ir ao quarto, comecei a sair para dar privacidade, mas Melania Empregada Doméstica me interrompeu no patamar da escada, sussurrando: "Não, AA! Você fica lá. Pra não ter safadeza".

Assim passou a ser normal que eu permanecesse no quarto durante as visitas de Rick, embora ele muitas vezes me olhasse com olhos de vá embora e quase nunca se dirigisse a mim, nem para dizer oi ou tchau. Se Josie também tivesse emitido esses sinais de vá embora, eu não teria permanecido no quarto, mesmo depois da orientação dada por Melania Empregada Doméstica. Mas Josie parecia feliz com minha presença — cheguei até a pensar que minha presença lhe oferecia bem-estar —, mesmo que nunca me incluísse em suas conversas com Rick.

Eu me esforçava ao máximo para dar privacidade, por isso ficava no Sofá Botão e mantinha os olhos fixos nos campos. Não conseguia deixar de ouvir o que diziam atrás de mim, mas, apesar de às vezes pensar que não deveria ouvir, eu me lembrava de que era meu dever aprender tudo o que pudesse sobre Josie, e que, ao ficar escutando dessa forma, eu poderia reunir novas informações que do contrário permaneceriam inacessíveis.

As visitas de Rick ao quarto nesse período se dividiram em três fases. Na primeira, ele chegava e olhava ao redor com ar de nervosismo, e durante os trinta minutos se comportava como se qualquer movimento descuidado pudesse danificar a mobília. Foi nessa fase que ele adotou o hábito de se sentar no chão, bem em frente ao guarda-roupa moderno, apoiando as costas nas portas. Do meu lugar no Sofá Botão eu via o reflexo delas na janela, e com Rick nessa posição e Josie sentada na cama parecia que os dois estavam sentados lado a lado, mesmo Josie estando num nível mais alto.

Ao longo de toda a primeira fase, havia uma atmosfera de delicadeza, e os trinta minutos quase sempre se passavam sem que eles dissessem nada de grande relevância. As crianças costumavam compartilhar lembranças de quando eram mais jovens e fazer piadas sobre elas. Bastava uma só palavra ou referência para desencadear uma dessas memórias, e então eles ficavam imersos nela. Nesses momentos, eles se comunicavam com uma linguagem que parecia um código, o que me fez questionar se isso se devia à minha presença no quarto, mas logo entendi que tinha a ver apenas com o fato de ambos conhecerem intimamente a vida um do outro, e que não havia intenção de impedir minha compreensão.

No começo, Josie não fazia desenhos enquanto recebia Rick. Mas, conforme eles foram ficando mais relaxados, tornou-se comum ela passar aqueles trinta minutos desenhando, arrancando as folhas ao longo do processo e deixando que flutuassem até cair onde ele estava sentado. E foi assim que — a princípio de forma muito inocente — o jogo dos balões começou.

O advento do jogo dos balões marcou o início da próxima fase das visitas de Rick. É possível que fosse um jogo inventado por eles muito tempo atrás, durante a infância. Certamente, quando o jogo começou dessa vez nenhum dos dois precisou de instruções. Josie simplesmente começou a jogar seus desenhos para Rick, enquanto prosseguiam com suas conversas prolixas, até que, em dado momento, ele analisava um desenho e dizia:

"O.k. É o jogo dos balões?"

"Se você quiser… Só se você quiser, Ricky."

"Eu não tenho lápis. Joga um dos escuros pra mim."

"Eu preciso de todos os escuros. Quem é a artista aqui, afinal de contas?"

"Como vou fazer os balões se você não quer me emprestar um lápis?"

Mesmo estando de costas para eles, não foi difícil deduzir quais eram as regras básicas do jogo. E logo que Rick ia embora, ao fim dos trinta minutos, eu tinha a oportunidade de observar as páginas quando as recolhia do chão. E foi assim que comecei a entender como esse jogo se tornava cada vez mais importante para ambos.

Os desenhos de Josie eram bem-feitos e costumavam mostrar uma, duas ou, de vez em quando, três pessoas juntas, com as cabeças propositalmente grandes demais para o corpo. Naquelas primeiras visitas, os rostos tendiam sempre a ser gentis e eram traçados somente com lápis apontado preto, enquanto seus ombros e corpos, assim como o cenário, eram feitos com lápis apontados coloridos. Em cada desenho, Josie deixava um balão vazio pairando acima de uma cabeça ou da outra — às vezes dois balões sobre duas cabeças — para que Rick preenchesse com palavras escritas. Logo entendi que, mesmo quando os rostos não se pareciam com Rick ou Josie, no universo desse jogo era possível que todos os tipos de meninas do desenho representassem Josie e que os meninos do desenho representassem Rick. Da mesma maneira, outras figuras podiam representar outras pessoas na vida de Josie — a Mãe, digamos, ou crianças do encontro de interação, assim como outras que eu ainda não conhecera. Embora eu tivesse dificuldade para entender a quais pessoas se referiam vários dos rostos, Rick não parecia ter o mesmo problema. Ele nunca pedia explicações para os desenhos que voavam até ele e escrevia suas palavras dentro dos balões sem hesitar.

Eu logo compreendi que as palavras que Rick escrevia dentro dos balões representavam os pensamentos e às vezes a fala das pessoas do desenho, e que por conta disso sua tarefa oferecia algum perigo. Desde o início, tive receio de que alguma coisa que

Josie desenhasse ou que Rick escrevesse causasse tensão. Mas, durante aquela fase, o jogo dos balões parecia trazer apenas contentamento e recordações, e eu os via refletidos no vidro, rindo e apontando o dedo indicador um para o outro. Se tivessem se concentrado apenas no jogo, como faziam no início — se tivessem se limitado a conversar apenas sobre os desenhos —, talvez as tensões não tivessem se infiltrado na brincadeira. À medida que Josie continuava desenhando e Rick preenchendo os balões, porém, eles passaram a debater temas sem relação com os desenhos.

Numa tarde ensolarada, com o desenho do Sol tocando os pés de Rick onde ele estava sentado, apoiado no guarda-roupa moderno, Josie disse:

"Sabe, Ricky, estou começando a achar que você está com ciúme. Você não para de perguntar sobre o retrato."

"Não entendi. Você quer dizer que está fazendo um retrato meu aí em cima?"

"Não, Ricky. Estou falando do jeito como você insiste em falar toda hora do *meu* retrato. Aquele que o cara vai fazer de mim na cidade."

"Ah, esse. Bem, de fato, eu devo ter mencionado esse assunto uma vez. O que é bem diferente de falar toda hora."

"Você fala disso toda hora. Foram duas vezes só ontem."

A mão com que Rick escrevia parou de se mexer, mas ele não olhou para cima. "Acho que fiquei curioso. Mas como alguém ficaria com ciúme de uma pintura?"

"Parece uma besteira. Mas quando você fala, dá essa impressão, sério."

Eles ficaram em silêncio por algum tempo, dando continuidade a suas respectivas tarefas. Então Ricky disse:

"Eu não diria que estou com ciúme. Estou preocupado. Esse cara, esse tal artista. Tudo o que você fala dele me parece, sei lá, *bizarro*."

"Ele vai fazer um retrato meu, só isso. Ele é sempre muito respeitoso, sempre se preocupa em não me deixar muito cansada."

"Sempre tem alguma coisa estranha. Você acha que eu falo disso toda hora. Bem, talvez seja porque, toda vez que toco nesse assunto, você fala alguma coisa que me faz pensar, caramba, essa história está ficando bizarra."

"O que tem de bizarro?"

"Pra começo de conversa, você foi até o estúdio dele o quê, quatro vezes? Mas ele nunca te mostra nada. Nenhum esboço, nada. Parece que só fica tirando fotos bem de perto. Uma parte aqui, outra ali. Tem certeza de que é isso que um artista faz?"

"Ele prefere tirar fotos porque assim eu não fico exausta, sentada sem me mexer por horas, do jeito tradicional. Assim eu só fico lá no máximo vinte minutos por vez. Ele tira as fotos que precisa em várias etapas. E a Mamãe sempre está lá. Pensa, você acha que a minha mãe ia contratar um tarado pra pintar um retrato meu?"

Rick não respondeu. Então Josie continuou:

"Eu acho que é, sim, um tipo de ciúme, Ricky. Mas quer saber? Eu não ligo. Isso mostra que você está fazendo a coisa certa. Está tentando me proteger. Mostra que você pensa no nosso plano. Então não precisa se preocupar."

"Não estou preocupado. Que acusação ridícula."

"Não é uma acusação. Não estou dizendo que é uma coisa sexual, nem nada. O que estou dizendo é que esse retrato faz parte do mundo que existe lá fora, e você tem medo de isso atrapalhar a gente. Quando falo que talvez você esteja com ciúme, é nesse sentido."

"Justo."

O "plano" dos dois era mencionado com frequência, mas raramente discutido em detalhes. Mesmo assim, foi durante essa fase — ainda tranquila — das visitas que comecei a reunir os vários comentários sobre o plano e transformá-los numa observação coerente. Aos poucos, fui percebendo que o plano não era algo que haviam projetado com cuidado, e sim um desejo vago relacionado ao futuro. Também me dei conta da importância desse plano para meus próprios objetivos; que, à medida que o futuro se revelasse, mesmo que a Mãe, Melania Empregada Doméstica e eu continuássemos perto dela a todo momento, sem o plano, Josie talvez não conseguisse afastar a solidão.

Até que chegou um momento em que o jogo dos balões deixou de trazer riso e passou a trazer apenas medo e incerteza. Hoje em dia, em minha mente, isso marca a terceira e última fase das visitas que Rick fazia naquela época.

É difícil definir agora qual dos dois alterou o clima pela primeira vez. Nas fases iniciais, muitas vezes os desenhos de Josie eram criados com o propósito de resgatar acontecimentos divertidos ou felizes que eles tinham vivido juntos no passado. Esse era um dos motivos pelos quais Rick conseguia preencher os balões depressa e quase sem hesitar. Mas então houve uma mudança nas reações de Rick quando as folhas flutuavam em sua direção. Tornou-se cada vez mais comum que ele as encarasse por muito tempo, suspirando ou franzindo o cenho. Depois, quando escrevia suas frases, ele o fazia devagar e com mais concentração, muitas vezes sem responder a nada que Josie dissesse até terminar. E as reações de Josie quando Rick lhe devolvia as folhas se tornaram imprevisíveis. Às vezes ela analisava uma folha com olhos inexpressivos e, em seguida, a enfiava no meio dos lençóis sem dizer uma palavra. Noutras, atirava uma folha finalizada de volta no chão, dessa vez num lugar em que Rick não a alcançasse.

De vez em quando, acontecia de o clima voltar a ser como

antes, e então eles riam ou discutiam de forma amistosa. Mas era cada vez mais comum que ou o desenho de Josie ou as palavras de Rick levassem a uma interação pouco amigável. Ainda assim, quando Melania Empregada Doméstica anunciava que os trinta minutos haviam terminado, o clima geralmente já tinha voltado a ser agradável.

Certa vez, Rick estendeu a mão e pegou uma folha, observou-a atentamente e deixou o lápis apontado de lado. Ele continuou olhando o desenho por algum tempo, até que Josie, percebendo da cama, parou de desenhar.

"O que foi, Ricky?"

"Hum. Só estou tentando entender o que é isso aqui."

"O que parece?"

"Esses caras em volta dela. É pra eu pensar que são alienígenas? Quase ficou parecendo que, em vez de cabeça, eles têm, digamos, um globo ocular gigante. Desculpa se entendi tudo errado."

"Você não entendeu tudo errado." Havia uma frieza em sua voz, e também um pouco de medo. "Bem, não tudo. Eles não são alienígenas. São só... o que são."

"Certo. É uma tribo do globo ocular. Mas a coisa mais perturbadora é que estão todos olhando pra ela."

"O que tem de perturbador nisso?"

O silêncio prosseguiu atrás de mim, e, pelos reflexos na janela, vi que Rick continuava observando a folha.

"E aí, o que tem de perturbador?"

"Não sei direito. Esse balão que você fez pra ela é maior que a média, também. Não sei direito o que devo escrever."

"Escreve o que você acha que ela está pensando. Igual aos outros."

Houve mais um silêncio. O Sol no vidro prejudicou minha

visão dos reflexos e fiquei tentada a me virar, embora com isso pudesse reduzir a privacidade. Mas antes que eu tivesse a chance, Rick disse:

"Os olhos deles são bem bizarros, sério. E o que é mais bizarro é que parece que ela quer que eles continuem olhando."

"Que papo doente, Rick. Por que ela ia querer uma coisa dessas?"

"Eu não sei. Você que tem que dizer."

"Como eu?" Agora a voz de Josie estava irritada. "Fazer os balões é o trabalho de quem?"

"Ela está meio que sorrindo. Como se lá no fundo estivesse gostando."

"Não, Ricky, isso é errado. É doente falar isso."

"Desculpa. Posso ter interpretado errado."

"Interpretou errado mesmo. Então anda logo e faz o balão dela. Estou quase terminando o próximo desenho. Rick? E aí?"

"Acho que eu vou pular este."

"Ah, para com isso!"

A essa altura, o Sol havia recuado, e pude ver Rick, no vidro, jogando a folha no chão num gesto suave, para que se juntasse ao monte que se formava perto da cama de Josie.

"Fiquei decepcionada, Rick."

"Então não desenhe coisas desse tipo."

Houve mais um silêncio. Eu conseguia ver Josie na cama, fingindo estar concentrada no próximo desenho. Eu já não conseguia enxergar Rick tão bem no reflexo, mas sabia que ele continuava imóvel, encostado no guarda-roupa moderno, e que olhava para um ponto além de mim pela janela dos fundos.

Quando as visitas de Rick chegavam ao fim, Josie geralmente estava cansada e jogava seus lápis apontados, caderno e páginas soltas no chão, então se deitava de bruços e descansava. Nesses momentos, eu saía do Sofá Botão para recolher os muitos itens espalhados pelo chão, e assim tinha a oportunidade de ver o que os dois haviam debatido durante a visita.

Mesmo com o rosto encostado no travesseiro, Josie não dormia de fato, e em geral continuava fazendo comentários com os olhos fechados. Portanto, ela tinha plena consciência de que eu observava os desenhos à medida que os recolhia, e era óbvio que não se incomodava. Na verdade, é provável que desejasse que eu visse cada um deles.

Certa vez, enquanto realizava essa arrumação, recolhi por acaso uma folha e, embora a tenha visto muito rapidamente, concluí de imediato que os dois rostos em destaque no desenho representavam Missy e a menina dos braços compridos do encontro de interação. Havia, é claro, diversas imprecisões, mas a intenção de Josie era evidente. As irmãs apareciam em primeiro plano, com expressões pouco amigáveis, enquanto outros rostos menos trabalhados se reuniam ao redor delas. E ainda que não houvesse mobília, eu sabia que o cenário era o Espaço Aberto. Não fosse por um grande balão sobre ela, seria fácil não notar a pequena criatura indistinta que aparecia espremida no vão entre as irmãs. Em contraste com Missy do Desenho e Menina dos Braços Compridos do Desenho, faltavam a essa criatura as características humanas convencionais, como um rosto, ombros e braços, e ela se parecia mais com uma das bolhas d'água que se formavam na superfície da Ilha, perto da pia. Na verdade, não fosse o balão logo acima dela, um transeunte talvez nem sequer adivinhasse que essa forma deveria representar uma pessoa. As irmãs ignoravam completamente a Pessoa Bolha d'Água, apesar de estarem tão próximas dela. Dentro do balão, Rick escrevera: "Essa galera espertinha acha que eu não tenho forma. Mas eu tenho. Só que eu a escondo. Por que eu iria querer mostrar pra eles?"

Embora eu tivesse olhado esse desenho por apenas um segundo, Josie notou que eu captara seu significado e, da cama, disse com voz de sono:

"Você não acha que isso que ele escreveu é meio estranho?"

Ao perceber que dei uma risadinha e prossegui com a arrumação, ela continuou:

"Você acha que ele pensou que era pra isso ser ele? Esse bonequinho no meio das duas malvadas? Você acha que é por isso que ele escreveu isso dentro do balão?"

"É possível."

"Mas você não acha isso, né, Klara?" Então ela disse: "Klara, tá ouvindo? Poxa, vai... Será que dá pra você fazer um comentário?".

"Talvez seja mais provável que ele tenha deduzido que a pessoa pequena era Josie."

Ela não disse mais nada enquanto eu organizava as várias folhas em pilhas e as guardava junto às pilhas anteriores num espaço que havia sob a penteadeira. Pensei que ela tinha dormido, mas de repente ela disse:

"Por que você acha isso?"

"É só uma estimativa. Acho que Rick pensou que a pessoa pequena era Josie. E acredito que Rick estava tentando ser gentil."

"Gentil? Como isso pode ser gentil?"

"Acredito que Rick se preocupa com Josie. Com o fato de que ela às vezes parece mudar em determinadas situações. Mas nesse desenho Rick foi gentil. Porque ele está sugerindo que Josie é esperta em se proteger, e que não está de fato mudando."

"E daí se às vezes quero agir diferente? Quem quer ser igual o tempo todo? O problema do Rick é que ele sempre começa a me criticar quando faço qualquer coisa que ele não gosta. É porque ele quer que eu continue sendo do jeito que eu era quando a gente era criança."

"Não acho que seja isso o que Rick deseja."

"Então o que que é isso? Esse negócio de se esconder, de não ter forma? Eu não vejo nenhuma gentileza nisso. Esse é o problema do Rick. Ele não quer crescer. A mãe dele não quer que ele cresça, e ele vai na dela. A ideia é ele morar com a mãe pra sempre. Como é que isso vai ajudar no nosso plano? Toda vez que dou qualquer sinal de que estou tentando crescer, ele fica emburrado."

Eu não respondi, e Josie continuou deitada com os olhos fechados. Nesse momento, ela de fato adormeceu. Mas logo antes de dormir, disse em voz baixa:

"Talvez. Talvez ele tenha mesmo tentado ser gentil."

Eu me perguntei se Josie mencionaria esse desenho específico — e as palavras que havia dentro do balão — na próxima visita de Rick. Mas ela não o fez, e percebi que havia uma espécie de regra que os impedia de abordar de forma explícita quaisquer desenhos ou palavras dos balões depois de finalizados. Talvez esse acordo fosse necessário para que pudessem desenhar e escrever livremente. Ainda assim, conforme eu disse, desde o início me pareceu que o jogo dos balões era cheio de perigos, e foi ele que fez com que as visitas de trinta minutos de Rick chegassem a um fim repentino.

Era uma tarde chuvosa, mas os desenhos do Sol continuavam entrando no quarto, embora mais fracos. Àquela altura, houvera uma série de visitas bastante tranquilas, e a atmosfera naquele dia também vinha sendo agradável. Então, doze minutos depois do início da visita — eles estavam fazendo o jogo dos balões mais uma vez —, Josie, da cama, disse:

"O que tá acontecendo aí embaixo? Não terminou ainda?"

"Ainda estou pensando."

"Ricky, a ideia é *não* pensar. É só escrever a primeira coisa que vem à cabeça."

"Justo. Mas pra este aqui tenho que pensar mais."

"Por quê? O que tem de diferente? Vai logo. Já estou terminando o próximo."

Nos reflexos na janela, eu via Rick em seu lugar de sempre no chão, com os joelhos perto do peito para apoiar o desenho, as duas mãos ao lado do corpo. Ele encarava o desenho com uma expressão intrigada. Depois de um tempo, sem parar de desenhar, Josie disse:

"Sabe, eu sempre quis te perguntar… Por que a sua mãe não dirige mais? Vocês ainda têm aquele carro, né?"

"Faz anos que ninguém liga o motor. Mas, sim, ele continua na garagem. Quem sabe eu levo ele na manutenção quando tirar minha carteira de motorista."

"Ela tem medo de sofrer um acidente, algo assim?"

"Josie, a gente já falou sobre isso."

"Tá, mas eu não lembro. É porque ela ficou com medo?"

"Mais ou menos isso."

"A *minha* mãe, ela é o contrário. Corre demais com o carro." Vendo que Rick não respondeu, perguntou: "Ricky, você ainda não terminou o balão?".

"Já termino. Só um minuto."

"Não dirigir é uma coisa. Mas a sua mãe não acha ruim não ter amigos?"

"Ela tem amigos. Aquela sra. Rivers sempre vai lá em casa. E ela é amiga da sua mãe, não é?"

"Não é bem disso que eu tô falando. Qualquer pessoa pode ter um ou dois amigos *avulsos*. Mas a sua mãe… ela não tem *sociedade*. A minha também não tem tantos amigos assim. Mas sociedade ela tem."

"Sociedade? Isso soa meio antiquado. O que significa?"

"Significa que você entra numa loja ou pega um táxi, e as pessoas te levam a sério. Te tratam bem. Se tiver sociedade. Importante, né?"

"Olha, Josie, você sabe que a minha mãe nem sempre está bem. Não é que ela tenha decidido ser assim."

"Mas ela toma algumas decisões, não? Ela decidiu, por exemplo, uma coisa por *você*. Sei lá quando foi isso."

"Não sei por que a gente está falando disso."

"Sabe o que eu acho, Ricky? Me interrompe se eu estiver sendo injusta. Acho que a sua mãe nunca seguiu em frente com você porque quis ter você só pra ela. E agora não dá mais tempo."

"Não consigo entender por que a gente está falando disso. E que diferença faz? Quem faz questão dessa tal sociedade? Nada disso precisa ser um obstáculo pra nada."

"Tudo vira obstáculo, Ricky. Vira obstáculo para o nosso plano, por exemplo."

"Olha, eu estou me esforçando ao máximo…"

"Você *não* está se esforçando ao máximo, Ricky. Você vive falando do nosso plano, mas o que você está fazendo? A cada dia que passa a gente fica mais velho, as coisas vão acontecendo. Estou fazendo tudo o que posso, mas você não, Rick."

"O que falta eu fazer que eu não esteja fazendo? Ir mais aos seus encontros de interação?"

"Você poderia ao menos se esforçar mais. E fazer o que a gente combinou. Estudar mais. Tentar a Atlas Brookings."

"Do que adianta falar em Atlas Brookings? Eu não tenho a mínima chance."

"Claro que tem, Ricky. Você é inteligente. Até a minha mãe acha que você tem chance."

"Na teoria eu tenho. Eles fazem a maior propaganda a respeito, mas são menos de dois por cento. Só isso. A porcentagem de não elevados que eles admitem é de menos de dois por cento."

"Mas você é mais inteligente que todos os outros não elevados tentando entrar. Então por que não luta pela vaga? Eu vou te falar por quê. Porque a sua mãe quer que você fique com ela pra sempre. Ela não quer que você saia pelo mundo e vire um adulto de verdade. E aí, você ainda não terminou? O próximo já está pronto."

Rick ficou em silêncio, olhando o desenho. Josie, apesar de seu anúncio, continuou adicionando detalhes ao seu desenho.

"Enfim", ela prosseguiu, "como é que a gente vai fazer? Digo, em relação ao nosso plano. Como é que ele vai dar certo se eu tenho sociedade e você não? A minha mãe corre demais no trânsito. Mas pelo menos tem coragem. Dá tudo errado com a Sal, mas mesmo depois disso ela encontra coragem pra seguir em frente e fazer tudo de novo por mim. Precisa ter coragem pra fazer isso, não?"

Rick de repente se debruçou e começou a escrever no desenho. Ele costumava usar uma revista como apoio, mas dessa vez notei que o papel estava encostado direto em sua coxa, e começava a amassar. Mas ele continuou escrevendo rápido, depois se levantou, deixando o lápis apontado cair no chão. Em vez de entregar o desenho a Josie, ele o atirou na direção da cama de forma que caísse no edredom diante dela. Em seguida, foi andando para trás até estar próximo à porta, sem nunca deixar de olhar para ela com olhos grandes que estavam ao mesmo tempo bravos e amedrontados.

Josie se virou para ele, surpresa. Depois, deixou seu próprio lápis apontado de lado e esticou o braço para pegar a folha. Por um longo momento, ela olhou o desenho com olhos inexpressivos, enquanto Rick continuou observando da porta.

"Não acredito que você escreveu isso", ela disse finalmente. "Pra que fazer isso?"

Eu me virei no Sofá Botão, estimando que a tensão atingira um nível que já não justificava privacidade completa. Talvez Rick tivesse esquecido a minha presença, porque meu movimento ao me virar pareceu assustá-lo. Por um segundo seu olhar me atingiu, ainda cheio de medo e raiva, então ele saiu do quarto a passos largos, sem dizer uma palavra sequer. Escutamos seus passos descendo as escadas.

Assim que ouvimos o barulho da porta da frente, Josie bocejou, jogou no chão tudo o que estava na cama e se deitou de bruços, como se a visita tivesse terminado como qualquer outra.

"Às vezes ele fica insuportável", ela disse, o rosto grudado no travesseiro.

Saí do Sofá Botão e comecei a arrumar o quarto. Josie continuou com os olhos fechados e não falou mais nada, mas eu sabia que ela não tinha adormecido. Enquanto arrumava as coisas, eu naturalmente passei os olhos pela folha que causara a tensão.

Como era de esperar, o desenho mostrava versões de Josie e de Rick. Havia várias imprecisões, mas as semelhanças eram suficientes para que não houvesse dúvida quanto às identidades que ela queria representar. Parecia que Josie do Desenho e Rick do Desenho estavam flutuando no céu, e as árvores, estradas e casas lá embaixo tinham se reduzido a miniaturas. Atrás deles, em uma parte do céu, havia sete pássaros voando em formação. Josie do Desenho segurava com as duas mãos um pássaro muito maior, oferecendo-o como um presente especial a Rick do Desenho. Josie do Desenho exibia um grande sorriso, e Rick do Desenho, uma expressão de espanto e entusiasmo.

Não havia balão para Rick do Desenho. O único balão tinha

sido feito para os pensamentos de Josie do Desenho, e dentro dele Rick escrevera:

"Eu queria poder sair, andar, correr, andar de skate e nadar nos lagos. Mas não posso porque a minha mãe tem Coragem. Então só posso ficar na cama e viver doente. Isso me alegra. De verdade."

Adicionei esse desenho à coleção que eu estava recolhendo, garantindo que não ficasse entre os primeiros. Josie continuava quieta e imóvel, com os olhos fechados, mas eu sabia que ela não estava dormindo. Antes da ida a Morgan Fall's, talvez eu tivesse conversado com ela a essa altura, e Josie teria respondido com sinceridade. Mas o clima entre nós tinha mudado, e decidi não dizer nada. Fui até a penteadeira, me agachei e coloquei a pilha de desenhos mais novos ao lado da outra, no espaço que ficava embaixo do móvel.

Rick não voltou no dia seguinte, nem no outro. Mas quando Melania Empregada Doméstica perguntou: "Cadê menino? Fica doente?", Josie só deu de ombros e não disse nada.

À medida que os dias se passaram e Rick não voltou, Josie foi ficando mais quieta e começou a dar sinais de afaste-se. Ela continuou fazendo os desenhos na cama, mas, sem Rick e o jogo dos balões, seu ânimo se esvaía rapidamente, e muitas vezes ela jogava os desenhos inacabados no chão, se deitava na cama e ficava olhando para o teto.

Certa tarde, quando ela tinha começado a olhar para o teto desse jeito, eu lhe disse: "Se você quiser, Josie, podemos jogar o jogo dos balões. Se Josie desenhasse, eu me esforçaria ao máximo para pensar em palavras adequadas".

Ela continuou olhando para o alto. Depois se virou e disse: "Olha... Isso não vai dar certo. Eu não ligo de você escutar.

Mas não tem como você fazer isso no lugar do Rick. Não tem como, sério".

"Entendo. Desculpe. Eu não devia ter sugerido…"

"Não. Não devia mesmo."

À medida que mais dias se passaram sem uma visita de Rick, Josie foi se tornando cada vez mais letárgica, e tive receio de que também estivesse ficando fraca de novo. Ocorreu-me que era o momento ideal para que o Sol enviasse sua ajuda especial, e sempre que seu desenho no quarto se modificava de repente ou quando ele se abria no céu logo depois de um período nublado, eu o observava com atenção redobrada. Mas, ainda que ele continuasse enviando sua nutrição normal sem atraso, a ajuda especial não veio.

Certa manhã, voltei ao quarto depois de recolher a bandeja de café da manhã de Josie e a encontrei sentada na cama, apoiada em seus travesseiros, dedicando-se aos desenhos de um jeito que lembrava seu antigo entusiasmo. Ela também exibia uma expressão de seriedade que eu nunca tinha visto nela enquanto desenhava, e quando tentei puxar assunto, ela não respondeu. Em dado momento, quando eu estava arrumando o quarto e me aproximei da cama, ela adequou a postura para impedir que eu visse qualquer parte da folha.

Depois de um tempo, ela arrancou a folha e a amassou, transformando-a numa bola compacta, e a deixou cair numa dobra do edredom que ficava entre ela e a parede. Então começou um desenho novo, e seus olhos estavam grandes e tensos. Eu me sentei no Sofá Botão, dessa vez virada de frente para ela, para que ela soubesse que eu estava pronta para dialogar quando ela desejasse.

Depois de quase uma hora, ela deixou o lápis apontado de lado e passou um tempo observando o desenho.

"Klara, está vendo essa gaveta da esquerda, na parte de baixo? Você pode pegar um envelope pra mim? Um desses grandes e revestidos?"

Quando me agachei perto da cômoda, vi Josie pegar o lápis apontado de novo e, pelos movimentos, percebi que ela não estava mais desenhando, e sim escrevendo palavras. Então ela dobrou o desenho ao meio, colocando uma folha em branco entre as metades para não manchar o desenho, tomou o envelope da minha mão e pôs o desenho dentro dele com muito cuidado. Removendo a fita fina de papel, ela selou o envelope, apertando a ponta por garantia.

"Que bom que ficou pronto", ela disse, virando o envelope nas mãos como se isso lhe trouxesse alívio. Mas, quando comecei a me afastar da cama, ela de repente o estendeu em minha direção. "Será que você pode guardar isso na mesma gaveta em que pegou o envelope? Embaixo, à esquerda?"

"Claro." Peguei o envelope, mas não me dirigi à cômoda de imediato. Em vez disso, fiquei em pé no meio do quarto, segurando o envelope, e olhei para ela. "Eu me pergunto se este desenho é um presente especial que Josie fez para Rick."

"Por que você acha isso?"

"Foi só uma estimativa."

"Bem, então a sua estimativa está certa. Fiz pensando no Rick. Para quando ele vier aqui de novo."

Houve silêncio enquanto ela me observava, e não consegui concluir se ela só estava impaciente, esperando que eu guardasse o envelope na gaveta como havia solicitado, ou se aguardava algum outro comentário meu sobre Rick e suas visitas. Por fim, eu disse:

"Talvez ele volte logo."

"Talvez sim. Mas por enquanto nada."

"Acho que Rick vai gostar de ver esse desenho. Vai notar que foi feito por Josie com um capricho especial."

"Eu não fiz com nenhum capricho especial." Ela me mostrou olhos furiosos. "Fiquei entediada e fiz mais um desenho. Só isso. Mas você tem razão. É para o Rick. Só que ele teria que vir aqui buscar. E ele não vem mais."

Ela continuou me encarando. Permaneci em pé no meio do quarto.

"Josie", eu disse depois de algum tempo. "Se você quiser, posso levar o desenho para ele."

Seus olhos ficaram surpresos e animados também. "Entregar pra ele, você diz? Levar até a casa dele?"

"Sim. É a casa vizinha, afinal."

"Acho que não seria tão estranho se você levasse pra ele. Os AAs dos outros vivem saindo pra fazer tarefas na rua, né?"

"Seria um prazer. Acho que eu conseguiria encontrar a trilha correta até a casa dele."

"E você faria isso hoje? Antes do almoço?"

"Quando Josie desejar. Se quiser, posso levar agora mesmo."

"Você acha que é uma boa ideia?"

Ergui um pouco o envelope revestido. "Eu adoraria levar o desenho de Josie para Rick. Explorar o lado de fora me faria bem. E, se Rick receber esse desenho especial, talvez ele perdoe Josie e volte a ser seu melhor amigo."

"Como assim, 'talvez ele perdoe'? Sou *eu* que tenho que perdoar *ele*. Que ideia mais ridícula, Klara. Acho que eu não quero mais que você leve agora."

"Desculpe. Erro meu. Ainda não compreendo as regras do perdão. Mesmo assim, acho que será melhor levar o desenho para ele. Acho que ele gostaria muito do desenho."

A raiva se dissipou de seu rosto. "O.k. Então vai. Leva lá." Depois, enquanto eu me virava, ela complementou baixinho: "Você deve ter razão. Acho que é ele que precisa me perdoar mesmo".

"Vou levar para ele, e veremos o que ele faz."

"O.k." Então ela sorriu. "Se ele for grosso, você só rasga o desenho, tá?" Seu sorriso era quase como os sorrisos de antes de Morgan's Falls. Nesse momento, também sorri e disse: "Espero que não seja necessário".

Ela voltou a se recostar no travesseiro com um ar brincalhão. "Pode ir. Agora preciso descansar."

Mas quando eu estava quase saindo do quarto, segurando o envelope revestido junto ao peito, ela chamou de repente: "Ei, Klara?".

"Sim?"

"Deve ser chato, né? Morar aqui com uma menina doente."

Ela ainda estava sorrindo, mas vi medo por trás do sorriso.

"Estar com Josie nunca é chato."

"Você esperou por mim aquele tempo todo na loja. Aposto que agora você pensa que seria melhor ter ido com alguma outra criança."

"Eu nunca desejei nada do tipo. Meu desejo era ser a AA de Josie. E ele se tornou realidade."

"É, mas..." Ela fez um pequeno som de risada cheio de tristeza. "Mas isso foi antes de você chegar aqui. Eu prometi que ia ser ótimo."

"Sou muito feliz aqui. Meu único desejo é ser a AA de Josie."

"Se eu melhorar, a gente pode sair juntas toda hora. Ir até a cidade, ver o meu pai. De repente ele leva a gente pra outras cidades."

"São possibilidades para o futuro. Mas quero que Josie saiba. Eu não poderia ter um lar melhor que este. Nem uma criança melhor do que Josie. Fico muito feliz por ter esperado. E feliz que a Gerente tenha permitido que eu esperasse."

Josie ficou pensando nisso. Depois, quando ela sorriu de

novo, era um sorriso cheio de gentileza, sem nenhum medo por trás. "Então somos amigas, né? Melhores amigas."

"Sim, é claro."

"Certo. Ótimo. Então não esquece. Não deixa o Rick te falar merda."

Nesse momento, eu também sorri e ergui o envelope revestido para mostrar que cuidaria muito bem dele.

Melania Empregada Doméstica não se opôs à ideia de que eu fosse sozinha até a casa de Rick para realizar minha tarefa. Ainda assim, quando atravessei o cascalho rumo ao portão de porta-retratos, ela se manteve junto à porta de entrada e ficou me observando, e só quando cheguei ao primeiro campo ela voltou para dentro.

Segui a trilha informal e o terreno logo se tornou imprevisível, um trecho suave logo sendo sucedido por outro difícil. A grama chegava até meus ombros, e o medo de perder meu senso de direção me invadiu a mente. Mas essa parte do campo tinha sido compartimentada em caixas bem dispostas, de forma que, enquanto passava de uma caixa para outra, eu conseguia ver com clareza as que estavam enfileiradas à minha frente. O que não ajudava muito era a forma como a grama muitas vezes saltava sobre mim, de um lado ou de outro, mas até isso aprendi rapidamente a controlar mantendo um braço estendido. Se eu pudesse andar com ambos os braços livres, teria avançado ainda mais rápido, mas, claro, eu estava levando o envelope de Josie em uma mão e não podia correr o risco de danificá-lo. De repente, a grama alta ao meu redor acabou e eu estava em frente à casa de Rick.

Olhando a certa distância, eu já havia estimado que a casa de Rick não era de tão alto nível quanto a de Josie. Agora eu conseguia ver que várias de suas tábuas pintadas de branco tinham ficado cinza — e até marrons em alguns pontos —, e três das janelas eram retângulos escuros sem cortinas nem persianas na parte interna. Subi alguns degraus feitos de tábuas e todos cederam sob meus pés, depois cheguei a uma plataforma construída com as mesmas tábuas, dessa vez com frestas entre cada uma, pelas quais eu via o chão lamacento que ficava embaixo. Perto da porta de entrada da casa, arrastado para um lado, estava um refrigerador, a parte traseira exposta aos transeuntes, e notei que aranhas tinham construído lares dentro de sua estrutura intrincada de metal. Eu tinha parado para observar suas delicadas teias quando a porta se abriu — embora eu não tivesse apertado nenhum botão — e Rick saiu, caminhando até a plataforma.

"Com licença", fui logo dizendo. "Não era minha intenção tirar sua privacidade. Vim até aqui em uma missão importante."

Ele não pareceu bravo, mas não disse nada e continuou me olhando.

"É comum que AAs tenham missões importantes", falei. "Josie me enviou para esta." Ergui o envelope.

Um entusiasmo surgiu de repente no rosto de Rick, mas desapareceu em seguida. "Então, que bom que você veio", ele disse.

Talvez ele esperasse que eu simplesmente lhe entregasse o envelope e fosse embora. Mas eu tinha previsto essa possibilidade e não fiz nenhum movimento que sugerisse que eu o entregaria. Continuamos em pé sobre as tábuas dessa forma, de frente um para o outro, o vento passando por entre as frestas.

"Nesse caso", ele disse depois de um tempo, "imagino que seja melhor você entrar. Mas já aviso que a casa não é chique."

O corredor tinha um piso de madeira escura, e passamos por um baú aberto no qual itens como lâmpadas quebradas e sapatos sem par tinham sido deixados. Rick mostrou o caminho e entrou num cômodo espaçoso que tinha uma janela larga com vista para os campos. Os móveis não eram modernos nem interligados como os do Espaço Aberto: havia um guarda-roupa maciço e escuro, tapetes com estampas desbotadas, cadeiras duras e macias de diferentes formatos e tamanhos. Entre os muitos quadros pequenos pendurados nas paredes, alguns eram fotografias, outros desenhos feitos a lápis apontado, e também aqui as aranhas tinham construído lares nos cantos das molduras. Havia livros, relógios de mostradores redondos, mesas de canto. Notei que a navegação não seria fácil, então selecionei um ponto em que o ambiente era relativamente aberto, fui até lá e fiquei em pé de costas para a janela larga.

"Enfim, é aqui que a gente mora", Rick disse. "A minha mãe e eu."

"É gentil da sua parte me permitir entrar."

"Vi você chegar lá de cima. Vou precisar voltar daqui a pouco." Ele indicou o teto com um gesto dos olhos. Depois disse com tristeza: "Você deve ter reparado no cheiro".

"Eu não sou capaz de sentir cheiros."

"Ah, desculpa, eu não sabia. Pensei que sentir cheiros fosse uma capacidade importante. Pela segurança, digo. Em caso de incêndio, essas coisas."

"Talvez por isso os B3s tenham ganhado olfato limitado. Mas eu não tenho nenhum."

"Sorte sua, então. Porque neste momento a casa ainda está com cheiro forte. Apesar de eu ter limpado o corredor hoje de manhã. Limpei várias e várias vezes." Lágrimas surgiram em seus olhos, mas ele continuou me olhando.

"A mãe de Rick não está bem?"

"Dá pra dizer isso. Mas ela não está doente do mesmo jeito que a Josie. Eu prefiro não falar sobre a Mamãe, se você não se importar. Como a Josie tem passado?"

"Ela ainda não melhorou, infelizmente."

"Piorou?"

"Talvez não tenha piorado. Mas acredito que seu estado de saúde pode ser muito grave."

"Foi o que eu pensei." Ele suspirou e se sentou no sofá, de frente para mim. "Então ela mandou você vir aqui para uma missão."

"Sim. Ela queria que eu lhe entregasse isso. Ela o fez com muita dedicação."

Estendi o envelope de forma que ele pudesse recebê-lo sentado no sofá. Mas ele se levantou, embora tivesse acabado de se sentar, e, pegando o envelope, o abriu com cuidado.

Ele olhou o desenho por algum tempo, seu rosto à beira do sorriso. "Rick e Josie para sempre", ele disse enfim.

"É isso que o desenho diz? Dentro do balão?"

"Ah, eu achei que você tivesse visto."

"Josie o colocou no envelope sem me mostrar."

Ele continuou olhando por mais um instante, depois virou o desenho para que eu pudesse ver.

Era diferente de todos os desenhos que eu vira durante os jogos dos balões. Boa parte da folha havia sido preenchida com objetos que pareciam cortantes, com muitas pontas afiadas e perigosas que tinham se emaranhado numa trama impenetrável. Josie usara lápis de várias cores para criar a trama, mas a aparência predominante era escura e hostil. No entanto, um espaço limpo e sereno fora reservado no canto inferior esquerdo, onde se viam as silhuetas de duas pessoas pequenas, viradas de costas para os transeuntes, indo embora de mãos dadas. Eram muito parecidas com bonecos-palito, de forma que só era possível identificá-las como um menino e uma menina, mas pareciam felizes e sem preocupações. Havia um balão logo acima delas, mas, como ele não tinha a cauda ou a trilha de pontinhos de sempre, as palavras de dentro pareciam mais uma frase de pôster ou um anúncio de porta de táxi do que os pensamentos de alguma das duas pessoas.

"E aí, o que você achou?", ele perguntou.

"Muito bonito. Acho que é um desenho gentil."

"É. Acho que sim. E uma mensagem gentil."

De repente, música e vozes eletrônicas altas surgiram, vindas do andar de cima, e uma irritação apareceu no rosto de Rick. Ele saiu correndo do cômodo, ainda segurando o desenho de Josie.

"Mãe!", ele gritou do corredor. "Mãe! Pelo amor de Deus, abaixa isso, por favor!"

Uma voz vinda do andar de cima disse alguma coisa, e em seguida Rick falou com mais delicadeza: "Eu já vou subir. Mas, por favor, abaixa um pouco".

Os sons eletrônicos ficaram mais baixos. Quando voltou ao cômodo maior, Rick tornou a olhar o desenho de Josie.

"Sim, é um desenho gentil. Agradece à Josie por mim."

"Acho que Josie estava esperando que Rick fosse agradecer pessoalmente."

Seu sorriso se dissipou. "Mas não é assim tão simples, né?", ele disse. "Você está sempre lá, vendo tudo. Então você sabe tanto quanto eu. Como ela vive pegando no meu pé. Ninguém é obrigado a aceitar isso. Ela passa dos limites e depois acha que pode consertar tudo com um desenho bonito. Manda a AA vir entregar. Bem, ela tem que entender. Nem sempre é tão fácil consertar as coisas."

"Se Rick vier visitar mais uma vez, acredito que Josie possa querer se desculpar."

"Sério? Olha, conheço a Josie e meu palpite é que ela tem certeza de que sou eu que preciso pedir desculpa."

"Eu e Josie já tivemos essa mesma conversa. Acredito que ela queira se desculpar com Rick."

"Acho que eu também errei a mão. Mas é que ela não pode

ficar falando aquelas coisas sobre a minha mãe. Não é justo. Minha mãe está fazendo tudo o que pode e está melhorando."

Embora a versão de Rick que tinha aberto a porta e ficado de frente para mim na plataforma fosse muito semelhante à versão que me ignorava em todas as visitas, foi interessante notar que agora ele se tornara bem mais parecido com a pessoa com quem eu conversara no encontro de interação depois que as outras crianças foram para o quintal. Na verdade, era quase como se essa versão de Rick estivesse me encontrando pela primeira vez desde aquela tarde e prosseguindo com a conversa que tínhamos iniciado naquela ocasião.

"Concordo que, em alguns momentos, as palavras de Josie foram pouco gentis", eu disse. "Mas talvez seja porque Josie sente que a mãe de Rick quer Rick só para ela. E isso pode impedir que o plano de Rick e Josie se torne possível no futuro."

"Mas por que a Josie culpa a Mamãe o tempo todo? Não é justo."

"Josie se preocupa com o plano. Acho que ela acredita que a mãe de Rick não quer deixar Rick seguir seu caminho porque tem medo da solidão que isso causaria a ela."

"Olha, você pode ser uma AA muito inteligente, mas tem muita coisa que você não sabe. Ouvindo somente o lado da Josie, você nunca vai entender toda a situação. E não estou falando só da minha mãe. Ultimamente, a Josie vive tentando armar pra mim."

"Armar para você?"

"Você deve ter ouvido. Ela vive fazendo isso. Ou ela me acusa de pensar naquilo demais. Ou fica chateada porque eu não penso nela desse jeito tanto quanto ela gostaria. Sempre armando pra mim, seja lá o que eu fale. Segundo ela, eu vivo babando pelas meninas que vejo no meu DS, aí quando ela toca no assunto de novo e eu fico quieto, ela fala que aconteceu alguma coisa, que eu tô esquisito. Ela sempre fica falando que a gente era muito próximo quando criança, e talvez por isso a coisa do sexo nem dê certo pra gente. Não importa o que eu faça ou diga, é sempre a coisa errada e eu acabo caindo na armadilha. E o jeito como ela fala sem parar da minha Mãe. Já passou do limite. Com plano ou sem plano, isso não é justo e ponto final."

Ele se sentou de novo, com o desenho do Sol recaindo sobre ele. Com um gesto cuidadoso, ele pôs o desenho de Josie no espaço ao lado dele no sofá e, apesar de a folha estar virada para baixo, continuou olhando para ele.

"Enfim", disse em voz baixa, "agora a Josie está doente. Nada disso, o plano, nada vai fazer diferença se ela não melhorar logo. E do jeito que as coisas estão... Ultimamente, não sei mais o que pensar." Ele levantou a cabeça e olhou para mim. "Olha, Klara. Teoricamente você tem uma superinteligência. Então, afinal, qual é a sua... digamos, estimativa? A doença da Josie é grave *mesmo*?"

"Eu acredito, como disse, que a doença de Josie seja grave. É possível que ela fique tão fraca que tenha de falecer, como aconteceu com a irmã. Mas acredito que haja uma forma de ela melhorar que os adultos ainda não cogitaram. Também acredito que a situação se tornou urgente e que não podemos mais esperar. Mesmo que pareça grosseiro e que tire a privacidade, talvez seja hora de agir. Eu vim aqui hoje por causa da minha missão importante, é claro. Mas também esperava que Rick me oferecesse bons conselhos."

"Você é superinteligente e eu sou um menino burro que nem foi elevado. Mas tudo bem. Se quiser, posso tentar te dar um conselho. Manda bala."

"Eu gostaria de atravessar os campos para ir até o celeiro do sr. McBain. Acredito que Rick tenha estado lá pelo menos uma vez. Josie me contou."

"Você está falando daquele celeiro? A gente foi mesmo lá

uma vez, quando a gente ainda era bem pequeno. Antes de ela ficar doente. Depois fui lá outras vezes, sozinho. Não tem nada de especial. É um lugar bom para sentar à sombra se a pessoa estiver andando por lá. Como isso vai ajudar a Josie?"

"Ainda não posso confidenciar, caso venha a ser um segredo que precise ser mantido. Talvez eu já esteja passando dos limites só de ir ao celeiro do sr. McBain. Mas sinto agora que devo tentar."

"Você quer falar com o sr. McBain? Sobre a saúde da Josie? Você teria muita sorte se cruzasse com ele. Ele mora a oito quilômetros daqui, na propriedade principal. Hoje em dia, ele quase nunca vem para estes lados."

"Não era com o sr. McBain que eu gostaria de falar. Mas, por favor, não devo confidenciar ou poremos em risco a ajuda especial que Josie pode receber. Tudo o que eu gostaria de pedir a Rick são alguns bons conselhos." Eu me virei, de forma que os dois passamos a olhar pela janela larga. "Diga-me, por favor: há uma trilha informal que atravesse a grama e me leve até o celeiro, como a que me trouxe aqui, à casa de Rick?"

Ele se levantou e andou até a janela. "Tem tipo um caminho. Às vezes é mais fácil, às vezes é mais difícil. Como você mesma disse, é informal. Ninguém cuida da trilha, nem nada. Às vezes você vai até lá e o mato tomou conta de tudo. Mas se um caminho está bloqueado ou muito enlameado, em geral você consegue achar outro. Sempre tem um jeito de passar, até no inverno." De repente, ele começou a me olhar de cima a baixo, como se estivesse reparando em mim de verdade pela primeira vez. "Não sei muita coisa sobre AAs. Então não sei se vai ser muito difícil pra você. Se quiser, posso ir junto. Se for mesmo ajudar a Josie, apesar de a gente não estar se falando agora, seria um prazer ajudar."

"É muito gentil da parte de Rick. Mas acho que é melhor eu ir sozinha. Como eu disse, há uma chance..."

"Ai, meu Deus..." Rick virou-se de repente e andou em direção à porta.

Eu já estava ciente havia algum tempo dos passos que se moviam pela casa, mas agora eles tinham chegado ao corredor. Então a srta. Helen — embora eu ainda não soubesse seu nome — entrou no cômodo. Seu olhar percorria o espaço inteiro, mas ela não pareceu notar minha presença. Estava com um casaco de tecido leve sobre os ombros — do mesmo tipo que os funcionários de escritório usam quando saem na rua —, em cujas mangas ainda não tinha inserido os braços, e o segurou para impedir que caísse quando se dirigiu a um baú de madeira que ficava embaixo do parapeito da janela.

"Mas onde é que foi parar? Que besteira eu fiz..." Ela levantou a tampa do baú e começou a examinar seus conteúdos.

"Mãe, o que você está procurando?"

Rick parecia irritado, como se a mãe tivesse quebrado uma regra. Ele se aproximou e ficou em pé ao meu lado, e nós dois observamos a srta. Helen se debruçando sobre a caixa.

"Eu sei, eu sei", ela disse. "Temos visita. Já estou indo."

Quando se endireitou para nos olhar de frente, ela estava segurando um sapato cujo par pendia de um cadarço cheio de nós.

"Desculpe", ela disse, agora olhando diretamente para mim. "Que modos terríveis os meus! Seja bem-vinda."

"Obrigada."

"A gente nunca sabe como deve cumprimentar uma visita como você. Afinal de contas, dá pra chamar você de visita? Ou é melhor te tratar como um aspirador de pó? Acho que foi isso que eu acabei de fazer. Desculpe."

"Mãe", Rick disse em voz baixa.

"Não começa, meu querido. Deixe-me conversar com a nossa nova visita do meu jeito."

O sapato que estava pendurado caiu sozinho no baú. A srta.

Helen ficou olhando para ele, ainda segurando o outro pé. Notei que Rick parecia cada vez mais incomodado e eu quis ir embora para dar privacidade, mas a srta. Helen continuou falando comigo:

"Eu sei quem você é. A companheirinha da Josie. Que sucesso você tem feito! Fiquei sabendo de tudo pela Chrissie. Ela vem muito aqui, sabe… Não é, Rick? Não quer se sentar um pouco?"

"É muita gentileza. Mas acho que devo voltar."

"Espero que não seja por minha causa. Eu desci ansiosa por uma boa conversa."

"Mãe, a Klara tem as responsabilidades dela. E você ainda deve estar cansada."

"Eu estou ótima, obrigada, meu querido." E se voltando para mim: "Pelo jeito ontem à noite eu não estava lá muito bem. Mas me diga, Klara… Imagino que você esteja curiosa a meu respeito. A Chrissie diz que você é curiosa a respeito de tudo. Então deve ter notado que eu sou inglesa. Você é equipada para detectar sotaques? Ou de repente consegue me ver lá no fundo, até os meus genes?."

"Mãe, por favor…"

"Vários ingleses costumavam entrar na loja", eu disse, sorrindo. "Então todos os AAS se familiarizaram com sua maneira de falar. Achávamos muito agradável, e a Gerente, a senhora que cuidava de nós, sempre nos estimulava a aprender com isso."

"E pensar que robôs como você têm aulas de elocução! Que encantador!"

"Mãe…"

"Por falar em aulas… Klara. Seu nome é Klara, não é? Por falar em aulas, há uma ideia que vem ganhando força aqui nesta residência."

"Mãe. Não, sério. A Klara não tem interesse em…"

"Deixe-me falar, querido. Ela veio até aqui pessoalmente,

vamos aproveitar essa chance. Devo dizer, querido, que ultimamente você tem bancando o mandachuva da casa. É muito irritante. Klara, você estaria disposta a ouvir a nossa ideia?"

"Claro."

Rick começou a se afastar com ar de desgosto, como se estivesse prestes a sair do cômodo. Mas parou na soleira da porta, de forma que, de onde eu estava, só via parte de suas costas e o lado de trás dos cotovelos.

"Eu não vou fazer parte disso", ele disse em voz alta, como se falasse com alguém no corredor.

A srta. Helen sorriu para mim e, em seguida, se sentou no sofá que Rick havia ocupado antes. Ela arrumou seu casaco leve com uma só mão, ainda com o sapato na outra.

"O Rick frequentava uma escola, sabe? Estou falando de uma escola de verdade, uma escola à moda antiga. Era um tanto desordenada, mas ele fez bons amigos por lá. Não fez, meu bem?"

"Eu não vou participar."

"Então por que continua parado aí desse jeito? É bem estranho, meu querido. Ou você vai ou fica, sim?"

Rick não se mexeu, continuando de costas para nós, agora apoiando o ombro no batente da porta.

"Bem, em resumo, o Rick saiu da escola pra começar o ensino domiciliar, como todas as crianças mais inteligentes que a média. Mas depois, bem, como você já deve saber, as coisas ficaram complicadas."

A srta. Helen parou de falar de repente e ficou olhando para um ponto além do meu ombro. Pensei que tivesse visto alguma coisa pela janela larga atrás de mim, e estava prestes a me virar quando ela disse:

"Não tem nada lá fora, Klara. Eu só me perdi em meus pensamentos. Relembrando uma ocasião. Às vezes fico assim. O

Rick que o diga. Quando isso acontece, preciso que alguém me dê um empurrãozinho."

"Mãe, pelo amor de Deus..."

"Onde estávamos? Ah, sim, então o plano era que o Rick estudasse em casa com a ajuda de professores de tela, como todas as outras crianças inteligentes. Mas, claro, você já deve saber que tudo ficou muito complicado. E cá estamos. Querido, quer continuar a história de onde eu parei? Não? Bem, em resumo... Apesar de o Rick nunca ter sido elevado, ainda resta uma opção decente para ele. A Atlas Brookings admite um pequeno número de alunos não elevados. É a única universidade de verdade que ainda faz isso. Eles têm princípios, e eu só posso agradecer aos céus por isso. Há pouquíssimas vagas disponíveis a cada ano, então é claro que a competição é severa. Mas o Rick é esperto. Se ele se empenhasse, e talvez recebesse alguma orientação especializada, do tipo que eu não seria capaz de oferecer, ele teria uma bela chance. Ah, teria, sim, querido! Não balance a cabeça! Mas, em resumo, a questão é que não conseguimos encontrar professores de tela para ele. Ou são do TWE, que proíbe que seus membros tenham alunos não elevados, ou são salafrários que cobram valores absurdos que nós obviamente não temos condições de pagar. Mas depois soubemos que você tinha chegado à casa ao lado e eu tive uma ideia magnífica."

"Mãe! Sério. Não vamos continuar com essa história!" Rick voltou ao cômodo e se aproximou da mãe com passos decididos, como se fosse pegá-la no colo e levá-la para longe.

"Muito bem, meu querido, se você está tão convicto, é melhor que encerremos o assunto por aqui."

A essa altura, Rick tinha vindo até o sofá e encarava a srta. Helen de cima. Ela ajustou a postura ligeiramente, para continuar olhando para mim enquanto ignorava a presença dele.

"Agora há pouco, Klara, quando eu parecia estar sonhando... Não era sonho nenhum, viu? Eu estava olhando lá para fora" — ela apontou o sapato para o espaço atrás de mim — "e lembrando. Vire-se e olhe o quanto quiser, mas garanto que neste exato momento não há nada ali. Mas uma vez, algum tempo atrás, eu estava olhando pra lá e realmente vi algo."

"Mãe", Rick repetiu, mas agora que a srta. Helen tinha mudado de assunto sua voz perdera a urgência. Ele se virou para mim, mas não completamente, dando alguns passos para trás de modo a não obstruir a visão da mãe.

"Era um dia bonito", a srta. Helen ia dizendo. "Por volta das quatro da tarde. Eu chamei o Rick e ele veio e viu também, não viu, meu bem? Apesar de alegar que era tarde demais."

"Podia ser qualquer coisa", Rick disse. "Qualquer coisa mesmo."

"O que eu vi foi a Chrissie, ou seja, a mãe da Josie. Eu vi a Chrissie sair do meio da grama, bem ali, segurando alguém pelo braço. Não estou sendo clara o suficiente. O que eu quero dizer é que foi como se essa outra pessoa estivesse tentando fugir e a Chrissie estivesse correndo atrás dela. E ela tinha conseguido alcançá-la, mas não segurá-la de fato. Então as duas despencaram no chão, digamos assim. Bem ali, elas saíram da grama e caíram no nosso terreno."

"A Mamãe talvez não estivesse na melhor das condições para enxergar tudo em detalhes naquele dia."

"Eu podia enxergar perfeitamente. O Rick não gosta dessa história, então ele tenta insinuar todo tipo de coisa."

"A senhorita quer dizer", perguntei, "que viu a mãe de Josie sair da grama com uma criança? Uma criança que não era Josie?"

"A Chrissie estava tentando imobilizar essa pessoa, e por fim conseguiu impor certo controle. Bem ali. A Chrissie segurou a menina com os dois braços. O Rick chegou aqui a tempo de ver a cena. Depois as duas voltaram para a grama e sumiram."

"Pode ter sido qualquer pessoa." Rick, agora mais relaxado, sentou-se ao lado da mãe e também olhou para além de mim, buscando a janela. "O.k., uma das pessoas era a mãe da Josie. Isso eu posso confirmar. Mas a outra pessoa..."

"A outra se parecia com a Sal", a srta. Helen disse. "A irmã da Josie. Por isso eu chamei o Rick. Aconteceu uns bons dois anos *depois* de a Sal ter supostamente morrido."

Rick riu e, passando o braço por cima dos ombros da mãe, apertou-a num gesto carinhoso, entortando seu casaco leve. "A Mamãe tem umas teorias bizarras. Uma delas é que a Sal ainda vive lá na casa, escondida em algum armário."

"Eu não disse isso, Rick. Nunca sugeri seriamente uma coisa dessas. A Sal faleceu, foi uma grande tragédia, e não devemos fazer brincadeiras bobas com a memória da menina. O que estou dizendo é que a pessoa que vi tentando fugir da Chrissie *se parecia com* a Sal. Foi tudo o que eu falei."

"Mas essa história é tão estranha", eu disse.

"Eu estava pensando, Klara", Rick disse, "que a Josie talvez esteja se perguntando o que aconteceu com você."

"Ah, mas a nossa amiguinha ainda não pode ir embora", a srta. Helen disse. "Acabei de me lembrar do que estávamos falando. Discutíamos os estudos do Rick."

"Não, Mãe, chega!"

"Mas, meu querido, a Klara está aqui e pretendo falar com ela a respeito. E o que temos aqui?" A srta. Helen notara o desenho de Josie, que Rick deixara no sofá, virado para baixo sobre o envelope.

"Já chega!" Antes que a srta. Helen pudesse alcançá-lo, Rick pegou o desenho e se levantou depressa.

"Lá vem você de novo, meu querido. Tentando ser o mandachuva. Você precisa parar com isso."

De costas para a srta. Helen, de forma a esconder o que estava fazendo, ele devolveu o desenho de Josie ao envelope com algum cuidado. Depois, saiu do cômodo, dessa vez sem parar na soleira da porta. Ouvimos seus passos firmes pelo corredor, a porta da frente se abrindo e, a seguir, batendo.

"Tomar um pouco de ar vai fazer bem pra ele", a srta. Helen disse. "Ele vive enfurnado. E agora parou até de visitar a Josie."

Ela tinha voltado a olhar para além de mim na direção da janela larga, e dessa vez, quando me virei, vi a silhueta de Rick lá fora, nas tábuas, debruçado sobre o corrimão pelo qual os degraus de tábua iam descendo da plataforma. Ele observava os campos ao longe, e o desenho do Sol o cobria. O vento bagunçava seu cabelo, mas ele permanecia bastante imóvel.

A srta. Helen se levantou do sofá e andou alguns passos na minha direção até estarmos lado a lado diante da janela. Ela era cinco centímetros mais alta que a Mãe. Quando ficava em pé, no entanto, ela não o fazia com a postura ereta da Mãe, e sim com uma leve curva para a frente, como se, assim como a grama alta lá fora, fosse empurrada pelo vento. Naquele momento, ela não estava subdividida, e, sob a luz que entrava pela janela, consegui ver os minúsculos pelos brancos que havia em seu queixo.

"Eu não me apresentei corretamente", ela disse. "Pode me chamar de Helen. Meus modos foram lamentáveis."

"De forma alguma. A senhorita foi muito gentil. Mas receio que minha visita tenha causado atrito."

"Ah, mas atrito sempre há. Aliás, antes que você me pergunte… a resposta é sim. Eu sinto falta da Inglaterra. Principalmente das sebes. Na Inglaterra, pelo menos na região de onde venho, há verde em toda parte, e sempre dividido por sebes. Sebes, sebes em todo lugar. Tão ordenado. Agora olha isso aqui. É mato que não acaba mais. Acho até que deve haver cercas em algum lugar no meio disso tudo, mas é impossível saber!"

Ela ficou quieta, então eu disse: "Creio que de fato há cercas. Na verdade, são três campos separados, divididos por cercas". "Dá para derrubar uma cerca em instantes", ela disse. "E instalar outra em um lugar diferente. Mudar toda a configuração do terreno em um, dois dias. Uma terra de cercas é tão provisória. Dá para mudar tudo com a mesma facilidade com que se troca o cenário de uma peça. Eu era atriz, sabia? Às vezes atuava em teatros bem decentes. Em teatros miseráveis também. Mas uma cerca, o que é uma cerca? Cenografia. Essa é a beleza da Inglaterra. As sebes dão a sensação de que a história está efetivamente fincada na terra. Quando eu atuava, nunca esquecia as minhas falas. Meus colegas, os outros atores, viviam esquecendo. Eles não eram lá muito bons, em geral. Mas eu nunca esquecia. Nem uma fala sequer. Ao longo dos anos, pensei muitas vezes em perguntar à Chrissie sobre o que testemunhei. De vez em quando, ela vem me visitar, e o papo é sempre ótimo. Pensei várias vezes em perguntar, mas acabo me segurando. Penso: não, melhor não. Aliás, por acaso isso é da minha conta?"

"Acredito que a mãe de Rick agora mesmo estava querendo discutir a educação de Rick."

"Me chame de Helen, por favor. Sim, era isso. Como você viu, o Rick reluta até em tocar nesse assunto. Digo, sobre contar com a sua ajuda. Imagino que talvez fosse melhor falar com a Chrissie a respeito. Ou com a própria Josie. Não faço a mínima ideia. É muito confusa, a etiqueta social. Se fosse o caso de pedir um aspirador de pó emprestado… Mas é diferente, eu sei. Me perdoe. Que modos horríveis os meus. O Rick só precisa de um pouco de orientação. Comprei os melhores livros didáticos para ele. São livros da época em que as crianças ainda não eram elevadas, e são perfeitos pra ele. Mas todos os livros partem do pressuposto de que existe algum tipo de professor à espreita, rodeando a criança. Ele tem uma habilidade genuína, principalmente para física, engenharia, esse tipo de coisa, mas quando se depara com alguma coisa que não entende e não há ninguém que possa explicar, é aí que ele acaba desanimando. Eu sempre dizia para ele perguntar à Josie, mas é claro que ele fica furioso com isso."

"Então a srta. Helen deseja que eu ajude Rick com os livros didáticos?"

"É só uma ideia. Esses livros didáticos seriam moleza para você. É só para ele conseguir passar nos exames. Ele realmente precisa ser selecionado pela Atlas Brookings, entende? É sua única chance. Não estou sugerindo nada mais a longo prazo. Mas suponho que eu deva pedir à Chrissie antes."

"Se Rick pudesse frequentar a Atlas Brookings, seria ótimo. Nesse caso, sim, eu gostaria muito de auxiliar Rick, desde que isso não prejudique minha rotina de cuidar de Josie. Se Rick retomasse as visitas, talvez ele pudesse levar os livros de vez em quando."

Notei que minha resposta não havia deixado a srta. Helen satisfeita. Ela continuou observando Rick, que estava na plataforma de tábuas — ele não se movera nem um centímetro —, e então disse:

"Se me permite ser franca, esse não é o verdadeiro problema. Sim, aulas particulares seriam de grande ajuda. Mas o grande obstáculo é que, no momento, da forma como as coisas estão, *o Rick não quer tentar*. Se ele desse o melhor de si, eu sei que teria muita chance de conseguir. Principalmente porque tenho uma arma secreta para ajudá-lo. Para dar aquele empurrãozinho de que ele precisa, e me refiro a Atlas Brookings. Mas ele não quer tentar, não quer levar a sério. Ele não quer tentar por minha causa."

"Por sua causa?"

"Ele está convencido de que não pode ir embora e me deixar aqui. Eu sei me virar muito bem, é claro. Mas ele gosta de fingir que sou muito indefesa, e que acabaria me metendo em todo tipo de encrenca em sua ausência."

"A universidade Atlas Brookings é muito longe daqui?"

"Fica a um dia de carro. Mas a questão não é a distância. Ele está convencido de que não pode me deixar sozinha por mais de uma hora. Mas como ele vai crescer e sair pelo mundo se não consegue me deixar sozinha por mais de uma hora?"

Lá fora, Rick começou a descer pelas tábuas, indo em direção à grama bem devagar, como se estivesse sonhando acordado, e notei, pela forma como mantinha um braço rígido junto ao peito, que continuava segurando o desenho de Josie. Quando sua cabeça e seus ombros saíram do nosso campo de visão, a srta. Helen prosseguiu:

"O que eu realmente gostaria de pedir a você, Klara... O pedido verdadeiro, o mais profundo. Você pediria pra Josie tentar convencer o Rick? Ela é a única pessoa que poderia fazê-lo mudar de ideia. Ele é muito teimoso, entende? Além disso, pelo que me parece, tem muito medo. E quem pode julgá-lo? Ele sabe que o mundo lá fora não vai ser fácil. Mas a Josie é a única pessoa capaz de mudar a visão dele. Será que você falaria com ela? Sei que você tem uma grande influência sobre ela. Você faria isso por mim? Tocar nesse assunto com ela não só uma vez, mas várias vezes, para que ela exerça uma pressão real sobre o Rick?"

"Seria um prazer, é claro. Mas acredito que Josie já tenha falado com Rick exatamente nestes termos. Na verdade, o motivo do desentendimento atual entre eles pode ter relação com o fato de Josie ter se expressado com muita veemência a respeito desse mesmo assunto."

"Interessante saber disso. Se o que você diz é verdade, o que estou pedindo a você é mais importante do que nunca. Talvez a Josie esteja sentindo que precisa ceder para ambos fazerem as pazes. Talvez ela comece a pensar que errou em tomar a atitude que tomou. Bem, você tem que falar com ela. Dizer que ela precisa perseverar, mesmo que ele dê os chiliques de sempre. Há algo errado, meu bem?"

"Desculpe. Só estou um pouco surpresa."

"Ah, é? Por que você está surpresa, meu bem?"

"Bem, eu... Francamente, estou surpresa porque o pedido da srta. Helen a respeito de Rick parece muito sincero. Surpresa que uma pessoa possa desejar tanto um caminho que a sujeitaria à solidão."

"E é isso que a surpreende?"

"Sim. Até pouco tempo, eu não achava que os humanos fossem capazes de escolher a solidão. Que havia, em algumas ocasiões, forças mais poderosas do que o desejo de evitar a solidão."

A srta. Helen sorriu. "Você é mesmo um doce. Você não chegou a falar, mas sei o que está pensando. O amor de uma mãe pelo filho. Que ato nobre, passar por cima do medo da solidão. E talvez você não esteja enganada. Mas deixe eu lhe dizer, há vários outros excelentes motivos para que, levando uma vida como a minha, alguém prefira a solidão. Eu já fiz essa escolha várias vezes no passado. Quando, por exemplo, preferi não continuar com o pai do Rick. *Falecido* pai, infelizmente, apesar de o Rick não ter nenhuma lembrança dele. Ainda assim, ele foi meu marido por algum tempo, e até que não se saiu tão mal nesse papel. É graças a ele que conseguimos sobreviver desse jeito, embora nossa vida não seja exatamente luxuosa. Olha, o Rick está voltando. Ah, não está, não. Ele quer ficar emburrado lá fora um pouco mais."

Rick de fato tinha subido os degraus de tábua e olhado na direção da casa, mas em seguida se sentara no degrau mais alto, mais uma vez de costas para nós.

"Devo voltar para Josie", eu disse então. "A srta. Helen foi muito gentil em confidenciar a mim suas preocupações. Farei o que a senhorita pediu e falarei com Josie."

"E fale com ela repetidamente. Essa é a única chance que o Rick tem. Como eu disse, tenho uma arma secreta. Um contato. Quem sabe da próxima vez que a Chrissie levar a Josie à cidade, quando ela for posar mais uma vez para o retrato, eu e o Rick não possamos pedir uma carona? Aí o Rick poderia conhecer a minha arma secreta, e, assim eu espero, impressionar essa pessoa. Eu e a Chrissie já falamos a respeito. Mas tudo isso será em vão se o Rick não mudar seu comportamento."

"Entendo. Então até mais. Agora preciso ir."

Quando saí da casa e cheguei à plataforma, senti o vento soprando pelas frestas entre as tábuas com mais força do que antes. Os campos não estavam mais subdivididos em caixas, então consegui ver uma única imagem nítida que se estendia até o horizonte. Apesar dos ângulos alterados, o celeiro do sr. McBain estava onde eu esperava que estivesse, embora com uma forma ligeiramente modificada se comparada à forma vista da janela dos fundos do quarto de Josie.

Passei pelo refrigerador de teia de aranha e cheguei ao degrau mais alto, onde Rick estava sentado. Pensei que talvez ele ainda estivesse bravo e me ignorasse, mas ele levantou a cabeça e me olhou com olhos gentis.

"Sinto muito se minha visita causou atrito", eu disse.

"Não é culpa sua. Isso acontece com frequência."

Ambos olhamos os campos à nossa frente, e depois de um instante notei que o olhar dele, assim como o meu, recaía sobre o celeiro do sr. McBain.

"Você estava dizendo alguma coisa", ele disse. "Antes de a Mamãe descer. Dizendo que queria ir até aquele celeiro por algum motivo."

"Sim. E terá que ser no fim da tarde. É essencial planejar uma excursão como essa com precisão."

"E você tem certeza de que não quer que eu vá junto?"

"É muito gentil da parte de Rick. Mas se há trilhas informais que levam ao celeiro do sr. McBain, é melhor eu ir sozinha. Devo me preparar para todos os obstáculos que possam surgir."

"O.k. Se você prefere assim..." Ele estava com os olhos semicerrados, em parte por causa do desenho do Sol sobre seu rosto, mas também, logo me dei conta, porque mais uma vez ele me analisava com cuidado, talvez avaliando se eu seria capaz de fazer aquela jornada. "Olha", ele disse depois de algum tempo. "Não entendi direito que ideia é essa. Mas se vai ajudar a Josie a melhorar, então, bem, boa sorte."

"Obrigada. Agora devo retornar à casa."

"Sabe, eu fiquei pensando...", ele disse. "Acho que você poderia dizer pra Josie que eu gostei muito do desenho. Que eu fiquei agradecido. E que, se ela concordar, eu gostaria de fazer uma visita em breve e dizer isso pra ela pessoalmente."

"Josie vai ficar tão feliz quando souber."

"Talvez possa até ser amanhã."

"Sim, claro. Bem, então até mais. Foi uma excursão muito interessante para mim. Obrigada por seus bons conselhos."

"Até mais, Klara. Vai com cuidado."

A escolha do horário para minha jornada até o celeiro do sr. McBain, como eu dissera a Rick, era crucial, e, quando atravessei o cascalho em direção ao portão de porta-retratos pela segunda vez naquele dia, o medo de ter me equivocado em meus cálculos me invadiu a mente. O Sol já estava baixo à minha frente — e seria um erro presumir que seria tão fácil navegar pelo segundo e pelo terceiro campos quanto fora no primeiro.

Minha jornada teve um início auspicioso, já que a trilha não oficial que levava à casa de Rick não tinha mudado em relação ao que eu vira de manhã. Dessa vez, eu podia usar as duas mãos para afastar a grama, enquanto insetos de fim de tarde subiam voando. Vi mais insetos pairando no ar à minha frente e mudando de posição, inquietos, mas incapazes de abandonar seus grupos amigáveis.

Meu medo de não chegar ao celeiro do sr. McBain a tempo fez com que eu lançasse apenas um rápido olhar à casa de Rick ao passar por ela, e então avancei pela trilha informal, indo além de qualquer ponto aonde fora até então. Passei por outro portão de porta-retratos, depois a grama ficou alta demais e não consegui mais ver o celeiro. O campo ficou subdividido em caixas, algumas maiores que as outras, e segui em frente, consciente da atmosfera contrastante que havia entre uma caixa e outra. Num instante, a grama era macia e flexível, o solo, fácil de pisar; no outro, eu cruzava uma fronteira e tudo se escurecia, a grama passava a resistir aos meus movimentos e surgiam ruídos estranhos ao meu redor, e de repente eu sentia medo de ter cometido um grave erro de cálculo, de que não houvesse nenhum motivo válido para perturbar a privacidade dele como eu pretendia fazer, de que meus esforços trouxessem consequências extremamente negativas para Josie. Ao atravessar uma caixa especialmente desagradável, ouvi ao meu redor os lamentos de um animal que parecia sentir dor, e me veio à mente uma imagem de Rosa, sentada no chão acidentado de algum lugar ao ar livre com pedacinhos de metal espalhados ao seu redor, enquanto estendia ambas as mãos para segurar uma de suas pernas, que estava esticada e retesada à sua frente. A imagem passou na minha mente por apenas um segundo, mas o animal continuou fazendo aquele ruído, e senti o chão desabar sob meus pés. Eu me lembrei do boi horrendo na subida até Morgan's Falls, e de como era muito provável que tivesse emergido de debaixo do solo, e por um breve momento cheguei a pensar que o Sol, na verdade, não era nem um pouco gentil, e que esse era o verdadeiro motivo por trás da contínua deterioração da saúde de Josie. Mesmo em meio a essa confusão, eu estava convencida de que, caso conseguisse resistir e chegar a uma caixa mais gentil, ficaria em segurança. Eu também havia tomado consciência de uma voz que me chamava, e nesse instante avistei um objeto — que tinha o formato de um dos cones de trânsito dos homens da manutenção — posicionado na grama um pouco à minha frente. A voz vinha de trás desse cone, e, quando tentei me aproximar dele, percebi que eram, na verdade, dois cones, um encaixado dentro do outro, de forma a permitir que o mais alto realizasse um movimento de balanço, talvez para atrair a atenção dos transeuntes.

"Klara! Anda! Por aqui!"

Cheguei mais perto e então me dei conta de que não eram cones, e sim Rick, segurando a grama com uma das mãos e estendendo a outra para mim. Agora que eu o reconhecera, senti um estímulo maior para ir até ele, mas meus pés afundaram ainda mais, e eu sabia que, se desse mais um passo, acabaria perdendo o equilíbrio e caindo com tudo no chão. Eu também sabia que, embora parecesse estar ao meu alcance, Rick na realidade não se encontrava tão perto, por conta da fronteira feroz que separava nossas caixas. Mesmo assim, ele continuou com a mão estendida, e no ponto em que cruzava o limite e entrava na minha caixa, seu braço parecia alongado e contorcido.

"Klara, anda!"

Mas a essa altura eu tinha aceitado que logo cairia no chão, que o Sol estava bravo comigo e talvez não fosse gentil, e que Josie estava decepcionada comigo. Comecei a perder o senso de direção, e o braço de Rick ficou mais longo e torto até encostar em mim. Ele me impediu de cair, e meus pés se firmaram um pouco.

"Tudo bem, Klara. Por aqui."

Ele começou a me guiar — quase me carregando —, e de repente entrei numa caixa gentil, o desenho generoso do Sol me cobriu, e meus pensamentos voltaram a se ordenar.

"Obrigada. Obrigada por ter vindo ajudar."

"Eu te vi da janela do meu quarto. Você está bem?"

"Sim, agora está tudo bem de novo. O campo foi mais desafiador do que eu esperava."

"Acho que essas valas pequenas podem ser um desafio. Devo dizer que lá de cima você parecia uma daquelas moscas que ficam zunindo na vidraça, sem saber pra onde ir. Mas não é gentil falar isso, me desculpa."

Eu sorri e disse: "Estou me sentindo tão boba". Depois me ocorreu de olhar para cima para verificar a posição do Sol. "Essa jornada é tão importante", eu disse, olhando para ele mais uma vez. "Mas cometi um equívoco na estimativa e não vou conseguir chegar lá a tempo."

A grama ainda estava muito alta para que eu conseguisse ver o celeiro do sr. McBain, mas Rick olhava direto naquela direção, protegendo os olhos com uma das mãos, e me dei conta de que ele era alto o suficiente para vê-lo.

"Eu devia ter saído de casa mais cedo", disse, "independentemente do constrangimento que houvesse na volta. Mas eu estava esperando Josie dormir, para que Melania Empregada Doméstica acreditasse que eu estava saindo para outra missão na casa de Rick. Pensei que o tempo seria suficiente, mas os campos eram mais complexos do que eu havia imaginado."

Rick continuava olhando na direção do celeiro do sr. McBain. "Você fica repetindo que não vai conseguir chegar a tempo", ele disse. "Mas que horas exatamente você queria estar lá?"

"Bem na hora em que o Sol atinge o celeiro do sr. McBain. Mas antes de ele ir embora para descansar."

"Olha, não consigo entender nada disso. E entendo que você não possa me inteirar do assunto por algum motivo. Mas se você quiser, eu te levo lá."

"É muita gentileza. Mas mesmo que Rick me oriente, acredito que não dê mais tempo."

"Eu não vou te orientar. Vou te carregar. Nas costas. Ainda falta bastante, mas se nos apressarmos, acho que dá tempo."

"Você faria isso?"

"Você fala tanto que é importante. Importante para a Josie. Então eu gostaria de ajudar, sim. Não consigo entender o que está acontecendo, mas, até aí, estou acostumado a não entender nada. Se vamos mesmo, é melhor ir de uma vez."

Ele se virou e se agachou, ficando de cócoras. Entendi que a ideia era que eu subisse em seus ombros, e, assim que o fiz — agarrando-o com os braços e as pernas —, ele começou a andar.

Agora que estava mais alta, consegui enxergar melhor o céu do fim de tarde e o telhado do celeiro do sr. McBain à nossa frente. Rick avançava com confiança, chocando-se contra a grama, e como seus braços estavam ocupados me segurando, a maior parte do impacto recaía sobre sua cabeça e seus ombros. Lamentei que fosse assim e que não houvesse muito que eu pudesse fazer para afastar a grama.

Então olhei para cima, além da cabeça de Rick, e vi que o céu tinha se subdividido em segmentos de forma irregular. Alguns dos segmentos tinham um brilho alaranjado ou cor-de-rosa, enquanto outros mostravam pedaços do céu noturno, e num canto ou borda era possível ver partes da lua. À medida que Rick seguia em frente, os segmentos foram se sobrepondo e se deslocando várias vezes, mesmo quando passamos por outro portão de porta-retratos. Depois disso, a grama, em vez de se mostrar delicada e ondulante, avançou em nossa direção transformada em formas planas, provavelmente feitas de tábuas pesadas como aquelas usadas nas propagandas de rua, e temi que ferissem Rick enquanto ele se lançava contra elas. Então o céu e o campo deixaram de ser divididos e se tornaram uma única e ampla imagem, e o celeiro do sr. McBain se avultou diante de nós.

A inquietação que vinha crescendo em minha mente se tornou incontornável. Mesmo antes de Rick vir em meu socorro, eu já havia começado a me perguntar se o lugar de descanso do Sol de fato seria no interior do próprio celeiro. É claro que tinha sido eu, e não Josie, quem sugeriu essa ideia primeiro, na vez em que ficamos olhando juntas a paisagem pela janela dos fundos, então qualquer erro seria só meu. Josie nunca tentara me iludir, em nenhum momento, disso não havia dúvida. Ainda assim, era um desalento pensar que o Sol estava prestes a descer não no lugar ao qual eu me esforçava tanto para chegar, mas em um lugar ainda mais distante.

O que eu observava agora me obrigou a aceitar que meu medo se justificava. O celeiro do sr. McBain era diferente de todas as construções que eu já tinha visto. Lembrava a estrutura externa de uma casa que os homens ainda não haviam terminado. Havia um telhado cinza com um triângulo virado, como de costume, apoiado à direita e à esquerda em paredes de um tom mais escuro. Mas, além das partes que compunham o telhado, a estrutura não tinha paredes nem na frente, nem atrás. O vento atravessava a construção inteira quase sem obstáculos. E vi, à medida que nos aproximávamos, que o Sol estava agora atrás da estrutura do celeiro e voltara a lançar seus raios em nossa direção pela abertura dos fundos.

Enquanto isso, tínhamos chegado a uma clareira não muito diferente daquela sobre a qual a casa de Rick fora construída. Havia grama ali, mas tinha sido cortada, talvez pelo próprio sr. McBain, numa altura em que mal cobria os pés. O trabalho fora executado habilmente, porque era possível ver um desenho que se estendia até a entrada do celeiro, e como a luz do Sol agora atravessava o celeiro de ponta a ponta, sua sombra se espalhava pela grama em nossa direção.

Embora parecesse rude, comprimi meus braços e pernas para enviar um sinal urgente para Rick. "Pare, por favor!", sussurrei em seu ouvido. "Pare! Me coloque no chão, por favor!"

Ele me pôs no chão com cuidado, e ambos contemplamos o cenário à nossa frente. Nesse momento, tive que aceitar que o celeiro não poderia ser o verdadeiro lugar de descanso do Sol, mas me permiti aventar uma possibilidade encorajadora: que, fosse qual fosse o local em que o Sol se punha, o celeiro do sr. McBain era uma área que ele fazia questão de frequentar no fim de cada tarde, assim como Josie sempre ia ao banheiro da suíte antes de se deitar.

"Estou muito agradecida", eu disse, mantendo a voz baixa, apesar da acústica da área externa. "Mas, daqui em diante, é melhor que Rick me deixe e eu prossiga sozinha."

"Como você preferir. Se quiser, eu espero você aqui. Quanto tempo acha que vai levar?"

"É melhor que Rick volte para sua casa. Senão a srta. Helen ficará preocupada."

"A Mamãe vai ficar bem. Acho que é melhor eu esperar. Lembra como estava a situação antes de eu aparecer? E seu caminho de volta provavelmente será no escuro."

"Terei de lidar com isso. Rick já foi generoso demais. E é melhor que eu vá sozinha. Só por estarmos parados aqui dessa maneira, talvez já estejamos tirando muita privacidade."

Rick voltou a olhar para o celeiro do sr. McBain, depois deu de ombros. "Tá. Vou deixar você em paz. Seja lá o que for que você veio fazer."

"Obrigada."

"Boa sorte, Klara. De verdade."

Ele se virou e voltou a andar na direção da grama alta, e logo não pude mais vê-lo.

Assim que fiquei sozinha, comecei a concentrar todos os meus pensamentos na missão que me aguardava. Nesse momento me ocorreu que um transeunte que tivesse parado bem em frente ao celeiro apenas cinco minutos antes teria conseguido ver não só o céu do fim de tarde pela parte dos fundos, ou a continuação do campo, como também muito mais do interior sombreado do celeiro. Mas agora, com os raios do Sol vindo direto na minha direção, eu só conseguia distinguir algumas formas borradas que lembravam caixas empilhadas umas sobre as outras. E pensei novamente, com mais convicção do que nunca, que, mesmo levando em conta a grande generosidade do Sol, o que eu estava prestes a fazer envolvia riscos e exigiria toda a minha concentração. Ouvi atrás de mim a brisa que atravessava a grama e os gritos de pássaros distantes e, ordenando meus pensamentos, andei pela grama cortada em direção ao celeiro do sr. McBain.

O interior estava preenchido por uma luz alaranjada. Partículas de feno flutuavam pelo ar como insetos de fim de tarde, e seus desenhos recaíam por todo o assoalho de madeira do celeiro. Quando olhei para trás, minha própria sombra parecia uma árvore alta e afilada prestes a se partir com o vento.

Meu entorno tinha características peculiares. Logo ao entrar no celeiro, eu me deparei com divisões de luz e sombra de contraste tão intenso que minha visão levou alguns instantes para se ajustar. Ainda assim, não demorei a notar que os blocos de feno, cujo formato eu havia observado do lado de fora, agora estavam à minha esquerda, empilhados uns sobre os outros para criar uma espécie de plataforma — uma delas chegava ao meu ombro — na qual transeuntes poderiam subir, ou até se deitar e descansar. Mas os blocos de feno tinham sido empilhados deixando um vão entre eles e a parede que ficava logo atrás — talvez para que o sr. McBain pudesse ter acesso por aquele lado. Olhando por cima da plataforma de feno, agora eu via, afixadas nessa parede e cobrindo toda a sua extensão, as Prateleiras Vermelhas da nossa loja, inclusive com as xícaras de café de cerâmica enfileiradas e posicionadas de cabeça para baixo.

Do meu outro lado — à minha direita —, onde as sombras chegavam ao máximo de sua profundidade, vi uma parte da parede que era quase idêntica ao nicho da frente. Na verdade, tive quase certeza de que, se eu fosse até lá, encontraria, em meio às sombras, um AA parado em pé com uma postura altiva, no lugar onde — independentemente do que dissessem — era mais provável que clientes o vissem primeiro.

Também à minha direita, embora não distante quanto o nicho, estava o único item do celeiro que poderia ser considerado um móvel: uma pequena cadeira dobrável de metal, nesse momento aberta e seccionada por uma diagonal que separava a parte iluminada da parte sombreada. Essa cadeira também lembrava as que a Gerente guardava na sala dos fundos e, em certas ocasiões, abria e punha na loja, exceto pela pintura, que começara a descascar, revelando partes do metal que havia embaixo.

Decidi, depois de refletir um pouco, que não seria rude me sentar na cadeira enquanto aguardava o Sol. Quando o fiz, eu de fato esperava ver uma imagem atualizada do meu entorno, devido à mudança de ângulo, mas me surpreendi ao perceber que, em vez disso, tudo tinha ficado subdividido — e não apenas em caixas, como sempre acontecia, mas em segmentos de forma irregular. Dentro de alguns segmentos, eu via determinadas partes das ferramentas agrícolas do sr. McBain — o cabo de uma pá, a metade inferior de uma escada de metal. Em outro segmento, havia o que reconheci como sendo as bordas de dois baldes de plástico posicionados lado a lado, mas que, talvez por conta da iluminação inadequada, eram exibidas apenas como duas ovais que se cruzavam.

Eu sabia que o Sol estava muito perto de mim, e, embora em alguns momentos pensasse que eu deveria ficar de pé, como se estivesse recebendo um cliente, outra coisa me fazia pensar que eu tiraria menos privacidade — e correria menos risco de causar aborrecimentos — se permanecesse sentada. Então alinhei, da melhor maneira possível, minha própria forma com a da cadeira dobrável e esperei. Os feixes do Sol ficaram mais perceptíveis, e mais alaranjados, e até cogitei que os feixes pudessem estar fazendo com que partículas de feno se soltassem de seus blocos e flutuassem no ar, pois agora havia muito mais dessas partículas pairando à minha frente.

Nesse momento me passou pela cabeça que, se eu estivesse correta, e o Sol estivesse agora passando por dentro do celeiro do sr. McBain a caminho de seu verdadeiro lugar de descanso, eu não poderia correr o risco de ser excessivamente educada. Eu teria que aproveitar minha oportunidade com coragem, senão todos os meus esforços — e a ajuda de Rick — teriam sido em vão. Então organizei minhas ideias e comecei a falar. Não cheguei a dizer as palavras em voz alta, pois sabia que o Sol não precisava de palavras. Mas eu queria ser o mais clara possível, então formei as palavras, ou algo parecido com elas, de forma rápida e silenciosa em minha mente.

"Faça Josie melhorar, por favor. Como fez com o Mendigo."

Ergui um pouco a cabeça e vi, junto aos fragmentos das

ferramentas agrícolas e de blocos de feno, um pedaço de um semáforo e parte da asa de um dos pássaros-drone de Rick, e me lembrei da voz da Gerente quando dizia: "Isso não será possível", e do AA Menino Rex falando: "Você é tão egoísta, Klara". E disse: "Mas Josie ainda é criança e não fez nenhuma crueldade."

E eu me lembrei dos olhos da Mãe me examinando do outro lado da mesa de piquenique em Morgan's Falls, e do boi me encarando com raiva, como se eu não tivesse o direito de passar em frente a seu pasto, e percebi que talvez eu tivesse irritado o Sol ao me intrometer em seu caminho bem quando ele precisava descansar. Elaborei um pedido de desculpas em pensamento, mas agora suas sombras estavam ainda mais alongadas, de forma que, se eu esticasse os dedos à minha frente, sabia que a sombra de cada um deles se estenderia até alcançar a entrada do celeiro. E ficou claro que o Sol não estava disposto a fazer promessas em relação a Josie porque, apesar de toda a sua gentileza, ele ainda não era capaz de distinguir Josie dos outros humanos, alguns dos quais o tinham deixado muito bravo devido à Poluição e à falta de consideração, e de repente me senti boba por ter ido àquele lugar para fazer um pedido como aquele. Uma luz alaranjada ainda mais intensa preencheu o celeiro, e mais uma vez vi Rosa sentada no chão duro, com uma expressão de dor, esticando o braço para encostar em sua perna estendida. Baixei a cabeça na mesma hora e me encolhi toda até adquirir a menor forma possível nos limites da cadeira dobrável, mas em seguida voltei a lembrar que qualquer chance de fazer um apelo seria efêmera, e por isso, encontrando coragem, eu disse em quase palavras, forçando-as através de minha mente numa fração de segundo:

"Sei quão impertinente e rude eu fui, vindo até aqui. O Sol tem todo o direito de estar bravo, e compreendo plenamente que se recuse a sequer considerar meu pedido. Ainda assim, dada a sua imensa gentileza, pensei em pedir que adie sua jornada por mais um instante. Para ouvir mais uma proposta. Digamos que eu pudesse fazer alguma coisa especial para agradá-lo. Que lhe trouxesse grande satisfação. Se eu fosse capaz desse feito, em troca você cogitaria oferecer uma gentileza especial a Josie? Exatamente como fez aquela vez pelo Mendigo e seu cachorro?"

À medida que essas palavras avançavam pela minha mente, houve uma mudança perceptível ao meu redor. O brilho vermelho que havia dentro do celeiro continuava denso, mas agora apresentava um aspecto quase delicado — tanto que os vários segmentos nos quais meu entorno continuava subdividido pareciam estar flutuando em meio aos últimos raios do Sol. Avistei a metade inferior do Mostruário de Vidro — reconheci suas rodas — subindo lentamente até ficar obscurecida atrás de um segmento adjacente, e embora tenha levantado a cabeça e olhado ao meu redor, eu já não conseguia ver nenhum sinal daquele boi terrível. Então eu sabia que tinha adquirido uma vantagem crucial, mas não poderia desperdiçar sequer um mínimo instante, então prossegui, não mais formando meias-palavras, pois sabia que não havia tempo para isso.

"Sei como o Sol detesta Poluição. Como ela o entristece e o irrita. Bem, já vi e identifiquei a máquina que cria a Poluição. Digamos que eu consiga encontrar e destruir essa máquina. Dar um fim à Poluição que ela emite. Nesse caso, você cogitaria oferecer sua ajuda especial a Josie?"

O interior do celeiro estava ficando mais escuro, mas era uma escuridão amistosa, e logo os segmentos tinham desaparecido, fazendo com que o ambiente deixasse de ser subdividido. Eu sabia que o Sol seguira seu caminho e, levantando-me da cadeira dobrável, andei pela primeira vez até a entrada dos fundos do celeiro do sr. McBain. Nesse momento, vi que o campo se estendia um tanto até alcançar uma fileira de árvores — uma espécie de cerca macia —, e atrás dela o Sol, cansado e não tão intenso, descia até afundar no chão. O céu estava virando noite, revelando as estrelas, e percebi que o Sol lançava um sorriso gentil em minha direção à medida que descia para seu descanso.

Por gratidão e respeito, continuei de pé na entrada dos fundos até seu último brilho desaparecer no solo. Em seguida, andei pelo interior escuro do celeiro do sr. McBain, saindo da mesma forma que entrara.

A grama alta se movia ao meu redor com delicadeza quando voltei a me embrenhar nela. Atravessar os campos no escuro era uma tarefa desafiadora, mas o que tinha acabado de acontecer me deixou tão confiante que quase não senti medo. Ainda assim, quando o solo desnivelado me lembrou dos perigos que havia à minha frente, fiquei satisfeita em ouvir de repente a voz de Rick vindo de algum lugar próximo.

"É você, Klara?"

"Onde você está?"

"Aqui deste lado. À sua direita. Você falou pra eu voltar direto pra casa, mas ignorei seu conselho."

Fui andando na direção da voz, a grama ficou para trás e me vi numa clareira. Era como se um aspirador de pó a tivesse criado — uma pequena área circular na qual a grama voltava a ser da altura dos pés, e o céu noturno lá no alto revelava uma fatia curva da lua. Rick estava ali, e parecia estar sentado no chão, mas, ao me aproximar, vi que estava sobre uma grande pedra que ficava quase toda submersa na terra. Ele parecia calmo e sorriu para mim.

"Obrigada por ter esperado", eu disse.

"Foi por interesse próprio. Vai que você ficasse presa aqui fora a noite inteira e acabasse danificada. Eu estaria na merda por ter te trazido aqui."

"Acho que Rick esperou por questão de gentileza. Estou muito agradecida."

"Você encontrou o que foi procurar lá?"

"Ah, sim. Pelo menos acredito que sim. E creio que agora há motivo para termos esperança. Esperança de que Josie melhore. Mas primeiro preciso desempenhar uma tarefa."

"Que tipo de tarefa? Talvez eu possa ajudar."

"Desculpe, não posso discutir esse assunto com Rick. Acredito que esta noite chegamos a um acordo. Um contrato, digamos. Que pode ser prejudicado caso eu fale a respeito abertamente."

"O.k. Não quero comprometer nada. Mas se ainda tiver alguma coisa que eu possa fazer..."

"Se me permite ser franca, o mais importante que Rick pode fazer é se esforçar o máximo para ir à universidade Atlas Brookings. Isso permitirá a Josie e Rick seguirem lado a lado, e os desejos expressos no desenho gentil continuarão sendo possíveis."

"Meu Deus, Klara, pelo visto a Mamãe conseguiu fazer sua cabeça... Do jeito que ela fala, parece fácil. Mas você não faz ideia de como é difícil uma pessoa como eu entrar num lugar daqueles. Mesmo se eu entrasse, o que acontece com a Mamãe? Eu deixo ela aqui sozinha e pronto?"

"Talvez a srta. Helen seja mais forte do que Rick imagina. E mesmo que Rick não seja elevado, tem talentos especiais. Se ele se esforçasse bastante, acredito que poderia ser aceito pela universidade Atlas Brookings. Além do mais, a srta. Helen contou que dispõe de uma arma secreta para ajudá-lo."

"A arma secreta dela? É só um idiota que ela conhece e que ajuda a administrar o lugar. Uma paixão antiga dela. Não quero fazer parte disso. Olha, Klara, acho que precisamos voltar."

"Você tem razão. Ficamos muito tempo fora de casa. A srta. Helen pode estar preocupada. E se eu conseguir retornar antes de a mãe de Josie chegar em casa, isso evitaria perguntas constrangedoras."

No dia seguinte, quando a campainha tocou quase na metade da manhã, Josie pareceu adivinhar quem era e, saindo de sua cama, correu para chegar ao patamar da escada. Eu a segui, e, enquanto Rick passava por Melania Empregada Doméstica e entrava no hall, Josie se virou para mim com um sorriso animado. Logo depois, entretanto, ela deixou sua expressão se esvaziar por completo à medida que se aproximava da escada.

"Melania...", ela falou, olhando para baixo. "Por acaso você conhece esse cara esquisito?"

"Oi, Josie." Rick, olhando para nós lá de baixo, tinha um sorriso cauteloso no rosto. "Ouvi um boato de que fizemos as pazes."

Josie se sentou no último degrau, e, embora eu estivesse atrás dela, sabia que ela exibia seu sorriso mais gentil.

"Jura? Que estranho! Quem será que espalhou isso?"

O sorriso de Rick se tornou mais confiante. "Deve ser só fofoca. Aliás, adorei aquele desenho. Botei num porta-retratos ontem à noite."

"Ah, é? Naqueles porta-retratos que você mesmo faz?"

"Pra ser sincero, usei um dos antigos que a Mamãe tem. Há muitos espalhados pela casa. Tirei um desenho de uma zebra e pus o seu no lugar."

"Ótima troca."

Melania Empregada Doméstica tinha ido para a cozinha, e Rick e Josie continuaram sorrindo um para o outro, cada um de um lado da escada. Então Josie deve ter dado algum sinal, porque os dois avançaram rapidamente ao mesmo tempo, ela ficando de pé, ele se aproximando do corrimão.

Quando os dois entraram juntos no quarto, eu me lembrei da antiga instrução que Melania Empregada Doméstica havia me dado e entrei com eles. Por um bom tempo, tudo correu como antigamente, comigo sentada no Sofá Botão de frente para a janela dos fundos, Rick e Josie atrás de mim, rindo de coisas bobas. Em um dado momento, ouvi Josie dizer:

"Ei, Rick... Eu queria saber se esse é o jeito certo de segurar uma dessas." No reflexo, eu a vi com uma faca de mesa que tinha ficado para trás depois do café da manhã. "Ou é mais assim?"

"Como é que *eu* vou saber?"

"Achei que talvez você soubesse, por ser inglês e tudo mais. Minha professora de química falou que o certo é segurar *assim*. Mas ela não sabe de nada."

"Por que eu deveria saber? E por que você fica falando que eu sou inglês? Eu nunca cheguei a morar lá, você sabe disso."

"Era você mesmo quem dizia, Rick. Dois, três anos atrás? Você vivia repetindo que era muito inglês."

"É mesmo? Deve ter sido uma fase."

"Pois é, e durou meses. Você não parava de falar daquele jeito britânico. Por isso pensei que você poderia saber desse lance da faca."

"Mas por que uma pessoa inglesa saberia mais do que as outras?"

Alguns minutos depois, ouvi Rick andar pelo quarto, e ele disse:

"Sabe um dos motivos pra eu gostar tanto deste quarto? Ele tem o seu cheiro, Josie."

"Quê? Não acredito que você disse isso!"

"Mas foi com a melhor das intenções."

"Rick, você não pode falar uma coisa dessas pra uma menina!"

"Eu não diria isso pra qualquer menina. Só estou falando pra você."

"Como assim? Então eu não sou mais uma menina?"

"Bem, você não é *qualquer* menina. O que quero dizer é que... enfim, que faz um tempo que não venho aqui, e por isso esqueci algumas coisas sobre este quarto. O jeito dele, o cheiro dele."

"Nossa, que horror, Rick."

Mas havia riso em sua voz, e, depois de um momento de silêncio, Rick disse:

"Pelo menos não estamos mais brigados. Fico contente."

Houve mais silêncio, então Josie disse: "Eu também. Também fico contente". Em seguida, ela acrescentou: "Desculpa ter falado aquelas coisas sobre a sua mãe e tal. Ela é uma boa pessoa e eu não quis dizer nada daquilo. E desculpa por ficar doente toda hora. Deixando você preocupado".

Vi Rick, pelo vidro, dar um passo na direção de Josie e envolvê-la com um dos braços. Depois de um segundo, ele a envolveu também com o outro braço. Josie deixou que ele a abraçasse, mas não levantou os próprios braços para retribuir o gesto, da forma como fazia com a Mãe quando elas se despediam.

"Isso é pra você sentir melhor o meu cheiro?", ela perguntou depois de um tempo.

Rick não respondeu, mas disse: "Klara, você está aí?".

Quando eu me virei, eles se afastaram um pouco e ficaram me olhando.

"Sim?"

"Acho que é melhor, você sabe... dar privacidade, como você sempre fala."

"Ah, certo."

Os dois ficaram observando enquanto eu me levantava do Sofá Botão e passava por eles. Na soleira da porta, eu me virei e disse:

"Eu sempre quis dar privacidade. Mas havia uma preocupação a respeito da safadeza." Os dois pareceram intrigados, então prossegui: "Fui orientada a garantir que não houvesse qualquer safadeza. Por isso sempre fiquei dentro do quarto, até durante o jogo dos balões".

"Klara", Josie disse, "eu e o Rick não estamos planejando ter uma relação sexual, tá? Queremos falar algumas coisas, só isso."

"Sim, claro. Vou deixá-los a sós."

Então fui até o patamar da escada, fechando a porta atrás de mim.

Ao longo dos dias que se seguiram, pensei muitas vezes na Máquina Cootings e em como eu poderia destruí-la. Em minha mente, avaliei vários pretextos que me permitiriam acompanhar a Mãe até a cidade e, uma vez lá, ficar sozinha por tempo suficiente, mas nenhum deles parecia convincente. Josie, notando minha frequente desatenção, dizia: "Klara, você está aérea de novo. Será que sua energia solar está baixa?". Cogitei até confidenciar meus planos à Mãe, mas desisti dessa opção não só pelo perigo de irritar o Sol, mas também porque senti que a Mãe não entenderia nem acreditaria no acordo que eu havia feito. Mas então uma oportunidade se apresentou sem que eu precisasse me esforçar.

Certa noite, uma hora depois de o Sol ter ido descansar, eu estava em pé na cozinha ao lado do refrigerador, ouvindo seus sons reconfortantes. As luzes do teto não haviam sido acesas, então eu estava sob a meia-luz que vinha do corredor. A Mãe tinha voltado tarde de seu escritório não muito tempo antes, e eu descera até a cozinha para lhe permitir privacidade com Josie no quarto. Depois de um tempo, seus passos desceram a escada e se dirigiram à cozinha. Sua silhueta apareceu na porta, tornando a cozinha ainda mais escura, e ela disse:

"Klara, eu queria te avisar... Afinal, isso envolve você."

"Sim?"

"Na próxima quinta-feira, vou tirar o dia de folga. Pretendo levar a Josie à cidade e passar a noite lá. Estávamos falando disso agora mesmo. A Josie tem um compromisso."

"Um compromisso?"

"Como você sabe, estávamos no meio do processo de fazer um retrato da Josie. Das vezes que ela foi até a sua loja, estávamos na cidade por isso. Fizemos um longo intervalo por conta do estado de saúde dela, mas agora ela está mais forte, e quero que ela vá fazer mais uma sessão. O sr. Capaldi foi muito paciente e esperou até podermos voltar."

"Entendo. Então será necessário que Josie fique sentada sem se mexer por muito tempo?"

"O sr. Capaldi se esforça para não deixar a Josie cansada. Ele consegue tirar fotos e trabalhar a partir delas. Mesmo assim, ele precisa que ela vá até lá de vez em quando. Estou te contando isso porque quero que você acompanhe a Josie nessa viagem. Acho que ela vai gostar de ter a sua companhia."

"Ah, sim. Eu adoraria."

A Mãe deu mais um passo, entrando na cozinha, e consegui ver apenas um dos lados de seu rosto iluminado pela luz do corredor.

"Quero que você, Klara, fique com Josie enquanto ela estiver com o sr. Capaldi. Na verdade, o sr. Capaldi está muito animado pra te conhecer. Ele tem um interesse especial por AAS. Digamos que é o hobby dele. Tudo bem pra você?"

"Claro. Será um prazer conhecer o sr. Capaldi."

"Acho que ele vai te fazer algumas perguntas. Que têm a ver com a pesquisa dele. Porque, como eu disse, ele é fascinado por AAS. Você se importaria?"

"Não, claro que não. Acredito que ir até a cidade seria ótimo para Josie, agora que ela está um pouco mais forte."

"Ótimo. Ah, e talvez tenhamos passageiros. No carro, digo. Nossos vizinhos pediram carona."

"Rick e a srta. Helen?"

"Eles têm que resolver um assunto deles na cidade e ela não dirige mais. Não se preocupe, cabe todo mundo no carro. Você não vai precisar ir no porta-malas."

Ouvi mais coisas a respeito desse passeio no domingo seguinte, quando não só Rick como também sua mãe visitaram a casa na primeira metade da tarde. Mais uma vez, fui até o patamar da escada para dar privacidade a Josie e Rick no quarto. De pé junto ao corrimão, olhando o corredor de cima, consegui escutar as risadas da Mãe e da srta. Helen vindo da cozinha. Eu não conseguia ouvir bem o que diziam, a não ser quando uma ou a outra fazia algum comentário muito alto. A certa altura, a srta. Helen exclamou: "Ai, Chrissie, que absurdo!", e deu risada. Pouco depois, ouvi a Mãe, também rindo, dizer bem alto: "É verdade, mesmo, é a mais pura verdade!".

Como eu não conseguia ouvir muitas das palavras, nem ver as expressões da Mãe, não consegui chegar a uma estimativa confiável, mas tive a impressão de que, para a Mãe, aquele era o momento de maior ausência de tensão que eu havia testemunhado desde minha chegada. Eu estava tentando ouvir melhor quando a porta do quarto se abriu e Rick saiu lá de dentro.

"A Josie está no banheiro", ele disse, vindo em minha direção. "Achei que seria educado ficar aqui enquanto isso."

"Sim, é uma atitude gentil."

Ele seguiu meu olhar pelo corrimão, depois fez um gesto com a cabeça na direção das vozes de adultos lá embaixo.

"Elas sempre se deram bem", disse. "É uma pena que a sra. Arthur não apareça mais vezes. Faz tão bem pra Mamãe, ter alguém pra conversar assim. Ela sempre fica animada quando a sra. Arthur está por perto. Eu faço o que posso, mas nunca consigo fazer a Mamãe rir desse jeito. Acho que, como eu sou filho dela, é difícil ela relaxar comigo."

"Rick deve ser uma ótima companhia para a srta. Helen. Mas, como você está vendo, se você não estivesse com ela, ela poderia encontrar outras companhias com quem rir e conversar."

"Não sei. Talvez." Então disse: "Olha, eu andei pensando em tudo isso. No que você disse aquele dia. E agora concordei. Prometi pra Mamãe que vou tentar. Vou me esforçar ao máximo, dar o meu melhor, de verdade, pra entrar na Atlas Brookings".

"Que maravilha!"

Agora ele se debruçava ainda mais sobre o corrimão, talvez tentando captar palavras, e tive medo de que caísse, dada sua altura maior. Mas depois ele se endireitou, apoiando as duas mãos no corrimão.

"Eu até aceitei encontrar o tal do... *cara*", ele disse, baixando a voz. "Aquela antiga paixão dela."

"A pessoa arma secreta?"

"É, a arma secreta da Mamãe. Ela acha que ele pode mexer uns pauzinhos pra me ajudar. Até isso aceitei fazer."

"Mas isso pode resultar na melhor solução. Os desejos do desenho gentil de Josie podem se tornar mais próximos da realidade."

"Talvez agora elas estejam falando sobre isso lá embaixo. Sobre como acabei concordando com a ideia da Mamãe depois de todo esse tempo. De repente é isso que elas estão achando tão engraçado."

"Não acho que elas estejam rindo com crueldade. Acho que a srta. Helen deve estar feliz por causa da promessa de Rick. E esperançosa."

Ele ficou em silêncio por um instante, ouvindo as vozes que

vinham lá de baixo. Então disse: "Acho que vamos pegar uma carona até a cidade com a Josie e a sra. Arthur".

"Sim, eu sei. Fui convidada também."

"Que ótimo, então. Aí você e a Josie podem me dar apoio moral. Porque eu não estou com tanta vontade de implorar pra esse sujeito me ajudar."

De repente, a voz de Josie veio do quarto: "Legal! Então todo mundo desertou e me deixou aqui!". Depois, quando Rick se virou na direção da porta: "Ei, Klara, você também pode voltar. Está tudo bem. Não vamos realizar nenhum grande ato sexual".

Dois dias depois eu viria a saber mais sobre a ida à cidade, e dessa vez de forma surpreendente.

Era um dia de semana chuvoso e sem visitantes. Josie tinha ido para o Espaço Aberto depois do almoço para fazer uma aula particular no oblongo, e eu tinha subido para o quarto. Eu estava sentada no chão com várias revistas ao meu redor quando Melania Empregada Doméstica apareceu na soleira da porta. Ela me olhou de cima, com o rosto nem gentil nem carrancudo, e pensei que ela tivesse vindo me repreender pelas vezes que eu havia deixado Rick e Josie sozinhos no quarto, apesar de seus avisos sobre a safadeza. Mas ela entrou no quarto e disse numa espécie de sussurro ríspido:

"AA. Você quer ajudar dona Josie, né?"

"Sim, é claro."

"Então escuta. A senhora leva ela na cidade quinta. Eu falo que quero ir junto, a senhora fala não. Eu falo sim, a senhora fala não de novo. Ela fala não porque sabe muito bem que sou esperta. Ela fala que quer a AA junto. Então escuta aqui. Você não tira olho da dona Josie na cidade. Ouviu?"

"Sim, empregada doméstica." Também falei em voz baixa,

embora fosse impossível que Josie nos ouvisse. "Mas explique um pouco melhor, por favor. O que a preocupa tanto?"

"Escuta, AA. A senhora leva ela pra ver o sr. Capaldi. Cara do retrato. Esse tal sr. Capaldi é filho da puta nojento, isso sim. A senhora fala que você repara tudo. Então fica bem de olho no sr. Filho da Puta. Você quer ajudar dona Josie. A gente é do mesmo lado." Ela olhou rapidamente para a porta, embora nenhum som de Josie emergisse de sua aula no andar de baixo.

"Mas, empregada doméstica, o sr. Capaldi não está só fazendo o retrato de Josie?"

"Retrato porra nenhuma. AA, não tira o olho do sr. Filho da Puta senão acontece coisa ruim pra dona Josie."

"Mas certamente…" Baixei ainda mais a voz. "Certamente a Mãe nunca iria…"

"A senhora ama ela. Mas dona Sal morre e ela fica na merda. Entendeu, AA?"

"Sim. Então vou observar com muita atenção, como você diz, principalmente quando o sr. Capaldi estiver por perto. Mas…"

"*Mas* o quê, agora, AA?"

"Se o sr. Capaldi for como você diz. Será suficiente eu apenas observar?"

Pelo jeito que Melania Empregada Doméstica me encarava fixamente, um transeunte poderia pensar que ela estava me ameaçando, mas, nesse momento, entendi que ela estava tomada pelo medo.

"Como é que eu vou saber, porra? Quero ir com ela, a senhora fala nem pensar. AA que vai. Não entendo. Então você gruda na dona Josie, ainda mais quando o sr. Filho da Puta chega perto. Fica de olho, AA. A gente do mesmo lado."

"Empregada doméstica", eu disse. "Eu tenho um plano, um

plano especial para ajudar Josie. Não posso falar abertamente sobre isso. Mas se eu for à cidade com Josie e a mãe dela, talvez eu tenha a oportunidade de pôr o plano em prática."

"Plano? Escuta, AA. Se você ferra com tudo, eu desmonto você todinha."

"Mas se meu plano funcionar, Josie ficará bem e forte. Vai poder ir para a universidade e se tornar um adulto. Infelizmente, não tenho permissão para dizer mais. Mas se eu for à cidade, terei uma chance."

"O.k. O principal, AA, você fica de olho na dona Josie na cidade. Escutou?"

"Sim, empregada doméstica."

"E AA. Seu grande plano. Se ele deixa a dona Josie pior, eu venho aqui e te desmonto. Jogo você no lixo."

"Empregada doméstica", eu disse, sorrindo para ela de forma confiante pela primeira vez desde que chegara à casa, "obrigada pela conversa e por ter me alertado. E por confiar em mim. Vou fazer tudo o que estiver ao meu alcance para proteger Josie."

"O.k., AA. A gente do mesmo lado."

Houve outro incidente digno de nota nesse período que precedeu a ida à cidade e que sem dúvida me proporcionou uma lição importante. Ocorreu tarde da noite, quando um barulho que Josie fez me despertou. O quarto estava escuro, mas como Josie não gostava da escuridão total, a persiana que cobria a janela da frente estava um terço levantada, e a lua e as estrelas projetavam desenhos na parede e no piso. Quando olhei na direção da cama, vi que Josie tinha criado uma forma de monte com o edredom, e um barulho cantarolado vinha lá de dentro, como se ela estivesse tentando se lembrar de uma música e não quisesse perturbar o resto da casa.

Eu me aproximei da forma de monte e, em pé, toquei nela com delicadeza. Ela entrou em erupção na mesma hora, o edredom se desintegrou na escuridão e o choro de Josie preencheu o quarto.

"Josie, o que aconteceu?" Mantive minha voz baixa, mas com urgência. "A dor voltou?"

"Não! Sem dor! Mas eu quero a Mamãe! Chama a Mamãe! Eu preciso dela aqui!"

Sua voz não só estava alta, era como se tivesse sido dobrada sobre si mesma, de forma que duas versões de sua voz ressoassem juntas, com uma variação mínima de frequência entre elas. Eu nunca tinha visto Josie produzir essa voz e, por um segundo, hesitei. Ela se levantou e ficou ajoelhada sobre a cama, e nesse momento vi que o edredom, afinal, não tinha se desintegrado, mas estava numa grande bola atrás dela.

"Chama a Mamãe!"

"Mas sua mãe precisa descansar." Continuei falando num sussurro. "Eu sou a sua AA. É exatamente por isso que estou aqui. Eu sempre estou aqui."

"Eu não falei você. Eu preciso da Mamãe!"

"Mas Josie…"

Houve um movimento atrás de mim e fui empurrada para o lado, quase perdendo o equilíbrio. Quando me recuperei, vi à minha frente, na beirada mais próxima da cama, uma forma grande que se transformava, e que os pedaços de escuridão e luar que se moviam sobre sua superfície tornavam ainda mais complexa. Percebi que a forma era a Mãe e Josie se abraçando — a Mãe vestida com o que parecia serem roupas de corrida claras, Josie com seu pijama azul-escuro de sempre. Assim como seus membros, o cabelo delas tinha se entrelaçado, e em seguida a forma das duas começou a balançar devagar, não muito diferente de quando suas despedidas se prolongavam.

"Eu não quero morrer, Mãe. Não quero."

"Está tudo bem. Tudo bem." A voz da Mãe era suave, e tinha o mesmo nível que eu tinha usado.

"Eu não quero, Mãe."

"Eu sei. Eu sei. Tudo bem."

Eu me afastei delas em silêncio, indo em direção à porta e então até o patamar escuro. Fiquei em pé junto ao corrimão, olhando os estranhos desenhos noturnos no teto e no corredor lá embaixo, e fiquei repassando em minha mente as implicações do que acabara de acontecer.

Depois de algum tempo, a Mãe saiu do quarto em silêncio e, sem olhar na minha direção, dirigiu-se à escuridão do pequeno corredor que levava a seu próprio quarto. Agora o silêncio emanava de trás da porta de Josie, e, quando voltei para o quarto, o edredom e a cama estavam em ordem, e Josie dormia, novamente respirando em paz.

PARTE QUATRO

O Apartamento da Amiga ficava em um conjunto de casas geminadas. Da janela de seu Lounge Principal eu podia ver outras casas geminadas similares do outro lado da rua. Havia seis delas enfileiradas, e a fachada de cada uma tinha sido pintada de uma cor ligeiramente diferente para impedir que um morador subisse os degraus errados e entrasse na casa de um vizinho por engano.

Fiz esse comentário em voz alta a Josie naquele dia, quarenta minutos antes de sairmos para nos encontrar com o homem do retrato, o sr. Capaldi. Ela estava deitada no sofá de couro atrás de mim, lendo um livro que havia retirado das estantes pretas. O desenho do Sol recaía sobre seus joelhos erguidos, e ela estava tão concentrada na leitura que só emitiu um ruído vago em resposta. Fiquei contente com isso, porque mais cedo a espera a deixara muito tensa. Ela ficou visivelmente relaxada quando me postei diante da janela tripla, sabendo que eu a avisaria assim que o táxi do Pai aparecesse lá fora.

A Mãe também estivera tensa, embora eu não soubesse ao certo se era porque o encontro com o sr. Capaldi se aproximava ou porque o Pai chegaria a qualquer momento. Ela havia deixado o Lounge Principal algum tempo antes, e eu conseguia ouvir sua voz ao telefone, vinda do cômodo ao lado. Eu poderia ter ouvido as palavras se encostasse a cabeça na parede, e até cogitei fazer isso, considerando a possibilidade de que ela estivesse falando com o sr. Capaldi. Mas pensei que isso poderia deixar Josie ainda mais ansiosa e, de qualquer maneira, me ocorreu que era mais provável que a Mãe estivesse falando com o Pai, para lhe explicar como chegar ao Apartamento da Amiga.

Ao me dar conta de que Josie esperava que eu a alertasse sobre a chegada do táxi do Pai, deixei de lado meus planos de examinar o Apartamento da Amiga em detalhes e me concentrei na vista da janela tripla. Não me importei em fazer isso, principalmente porque sempre havia alguma chance de que a Máquina Cootings passasse por ali, e mesmo que eu não pudesse de fato correr atrás dela, essa visão seria um passo importante.

Àquela altura, porém, eu tinha aceitado que as chances de a Máquina Cootings passar pelo Apartamento da Amiga eram mínimas. Mais cedo, durante nossa viagem de carro até a cidade, eu estivera otimista em demasia porque, antes mesmo de chegar à região central, passamos por inúmeros homens da manutenção, e até quando era impossível ver os homens, suas barreiras estavam lá, fechando uma ou outra rua. Foi então que comecei a pensar que a Máquina Cootings surgiria a qualquer momento. Mas, embora eu olhasse pela minha janela lateral e tivéssemos passado duas vezes por máquinas de outro tipo, ela nunca apareceu. Depois o trânsito ficou mais lento e havia menos homens da manutenção. A Mãe e a srta. Helen, na frente, falavam uma com a outra da forma relaxada de sempre, enquanto ao meu lado, na parte de trás, Josie e Rick mostravam coisas um para o outro com vozes delicadas. Às vezes, eles se cutucavam quando passávamos por alguma coisa e riam juntos, embora não tivessem trocado nenhuma palavra. Passamos por um parque florido cor-de-rosa, depois por um edifício com uma placa que dizia PROIBIDO PARAR EXCETO CAMINHÕES, e na frente a srta. Helen e a Mãe também riam, embora houvesse cautela em suas vozes. "É só ser mais rígida com ele, Chrissie", a srta. Helen disse. Em seguida, vieram placas com caracteres chineses e bicicletas acorrentadas a postes, depois começou a chover — ainda que o Sol continuasse dando o seu melhor —, e casais guarda-chuva apareceram e turistas cobrindo a cabeça com revistas, e vi um AA correndo para se abrigar ao lado de seu adolescente. "Nada a ver, Rick", Josie disse sobre alguma coisa, aos risos. A chuva parou quando chegamos a uma rua com edifícios tão altos que as calçadas de ambos os lados ficavam à sombra, e havia homens de regatas sentados nos degraus em frente aos edifícios, conversando e nos vendo passar. "Sério, Chrissie, pode nos deixar em qualquer lugar", a srta. Helen dizia. "Já fizemos vocês darem uma volta muito grande." Vi dois prédios cinza lado a lado que não eram da mesma altura, e alguém tinha feito uma pintura de desenho animado na parede do edifício mais alto, na parte que ia além do prédio vizinho, talvez para tornar a discrepância menos incômoda. Minha mente se enchia de alegria toda vez que eu via uma placa de SUJEITO A GUINCHO, embora essas fossem um pouco diferentes das que ficavam diante de nossa loja. Josie se inclinou para a frente e fez um comentário bem-humorado, e ambos os adultos riram. "Então vemos vocês amanhã no sushi", a Mãe disse à srta. Helen. "Fica bem ao lado do teatro. É bem fácil de encontrar." E a srta. Helen falou: "Obrigada, Chrissie, será de grande ajuda para mim. E para o Rick também". Passamos por uma praça com chafariz, depois por um parque repleto de folhas, onde avistei mais dois AAS, e por uma rua movimentada com edifícios altos.

"Ele está atrasado", Josie disse do sofá, e ouvi o baque seco de seu livro caindo no tapete. "Mas acho que isso não é incomum."

Percebi que ela estava tentando fazer piada a respeito, então eu ri e disse: "Mas estou certa de que ele está muito ansioso para rever Josie. Você deve se lembrar de como o trânsito andava devagar quando estávamos vindo para cá. A mesma coisa deve estar acontecendo com ele agora".

"Meu Pai nunca chega aos lugares na hora certa. E isso depois que a Mamãe prometeu pagar o táxi dele. Tá. Vou passar um tempo sem pensar em nada que tenha a ver com ele. Não merece tanta atenção."

Quando ela esticou o braço para recolher o livro caído, eu me virei mais uma vez para a janela tripla. A vista da rua a partir do Apartamento da Amiga era bastante diferente da que se tinha da loja. Táxis eram raros, mas outros tipos de carro — de todos os tamanhos, formas e cores — passavam às pressas, parando à extrema esquerda do meu campo de visão, onde um semáforo de haste longa pendia sobre a rua. Havia menos corredores e turistas, mas mais pedestres com fones de ouvido — e mais ciclistas, alguns deles carregando objetos em uma mão e guiando com a outra. Uma vez, não muito depois do comentário de Josie sobre o atraso do Pai, um ciclista passou levando debaixo do braço uma grande tábua na forma de um pássaro achatado, e tive medo de que o vento empurrasse a tábua e o fizesse perder o equilíbrio. Mas ele foi habilidoso e desviou dos carros a toda velocidade até ficar na frente, bem embaixo do semáforo pendente.

A voz da Mãe no cômodo ao lado se tornara ansiosa, e eu sabia que Josie conseguia ouvir tudo, mas quando olhei ao redor ela ainda parecia compenetrada no livro. Uma mulher guiada por um cão passou, depois uma van com os dizeres CAFÉ E DELICATESSEN GIO na lateral. Então um táxi diminuiu a velocidade bem em frente à casa. O Lounge Principal era mais alto que a calçada, de modo que não pude ver o interior do táxi, mas a voz da Mãe cessou, e tive certeza de que era o Pai quem chegava.

"Josie, ele está aqui."

De início, ela continuou a leitura. Depois respirou fundo, endireitou a postura e deixou o livro cair no tapete mais uma vez. "Aposto que você vai achar ele um bobão", ela disse. "Tem gente que acha ele um bobão. Mas na verdade ele é superinteligente. É só dar uma chance pra ele."

Vi uma figura alta e encurvada de casaco impermeável cinza sair do táxi segurando uma sacola de papel. Ele ergueu a cabeça e olhou para a nossa casa geminada com uma expressão confusa, e imaginei que não soubesse qual era a casa, já que as casas deste lado da rua eram similares às do outro lado. Ele segurava a sacola de papel com cuidado, da forma como as pessoas carregam um cachorrinho cansado de andar. Ele escolheu os degraus corretos, e talvez até tenha me visto, embora eu tivesse me afastado da janela assim que dei meu aviso a Josie. Então pensei que agora a Mãe voltaria ao Lounge Principal, e seus passos ressoaram, mas ela continuou no corredor. Pelo que pareceu muito tempo, Josie e eu — e a Mãe no corredor — esperamos em silêncio. Então a campainha tocou e, mais uma vez, ouvimos os passos da Mãe, e logo as vozes das duas.

Elas falavam uma com a outra num tom delicado. A porta que separava o corredor do Lounge Principal estava parcialmente aberta, e Josie e eu — ambas paradas no meio do cômodo — ficamos muito atentas aos sinais. Então o Pai entrou, agora sem o casaco impermeável, mas ainda segurando o saco de papel com as duas mãos. Ele vestia um casaco de escritório de nível razoavelmente alto, mas embaixo dele havia uma blusa marrom puída que chegava ao queixo.

"Oi, Josie! Meu animal selvagem preferido!"

Não havia dúvida de que ele queria cumprimentar Josie com um abraço, e procurava um lugar onde deixar o saco de papel, mas Josie deu um passo adiante e pôs os braços ao redor dele com saco de papel e tudo. Enquanto ele recebia o abraço, seus olhos saíram vagando pelo cômodo e recaíram sobre mim. Em seguida, ele desviou o olhar e fechou os olhos, apoiando a bochecha no topo da cabeça de Josie. Eles ficaram assim por um tempo, bastante imóveis, sem sequer balançarem devagar como a Mãe e Josie às vezes faziam em suas despedidas matinais.

A Mãe estava igualmente imóvel, em pé um pouco longe deles, com uma prateleira preta em cada ombro, o rosto sério enquanto observava. O abraço continuou, e, quando olhei de novo para a Mãe, toda aquela parte do cômodo tinha se subdividido, seus olhos apertados repetidos em várias caixas, e em algumas delas os olhos observavam Josie e o Pai, enquanto nas outras olhavam para mim.

Até que finalmente afrouxaram o abraço, e o Pai sorriu e levantou o saco de papel ainda mais alto, como se precisasse de oxigênio.

"Olha, animal", ele disse a Josie. "Trouxe pra você a minha última invenção."

Ele entregou o saco para Josie, segurando a parte de baixo até que ela fizesse o mesmo, e eles se sentaram lado a lado no sofá para espiar dentro. Em vez de tirar o item do saco, Josie rasgou as laterais do papel, revelando um espelhinho redondo de aparência grosseira que ficava sobre um pequeno suporte. Ela o apoiou no joelho e perguntou: "E o que é isso, Pai? Pra se maquiar?".

"Se você quiser. Mas você não viu direito. Dá mais uma olhada."

"Nossa! Que incrível. Como é que faz isso?"

"Não é estranho que todos nós toleremos isso? Esses espelhos que mostram a coisa errada? Esse aqui mostra como você é de verdade. E não pesa mais que um espelhinho de maquiagem normal."

"Que genial! Você que inventou?"

"Eu queria poder dizer que sim, mas o mérito é do meu amigo Benjamin, um dos caras da comunidade. Ele deu a ideia, mas não sabia direito como fazer funcionar no mundo real. Aí eu cuidei dessa parte. Acabou de sair do forno, na semana passada. O que você achou, Josie?"

"Nossa, é uma obra-prima. Agora vou ficar toda hora me olhando no espelho em público. Obrigada! Você é um gênio mesmo. O espelho tem bateria?"

O Pai e Josie ficaram mais um tempo falando do espelho, e de vez em quando paravam para trocar cumprimentos divertidos, como se estivessem se vendo pela primeira vez naquele momento. Seus ombros se tocavam e, à medida que os dois falavam, ficavam ainda mais grudados um no outro. Continuei em pé no meio do cômodo, e o Pai às vezes olhava para mim, então pensei que, a qualquer momento, Josie nos apresentaria. Mas a chegada do Pai a deixara animada, ela continuou falando depressa com ele, e logo o Pai parou de olhar na minha direção.

"O meu novo professor de física, Pai, aposto que não sabe nem metade do que você sabe. Ele é estranho. Se não fosse super-recomendado, eu falaria tipo: Mãe, temos que mandar prender esse sujeito. Não, não, não se preocupa, ele não faz nada inadequado. Mas é óbvio que ele deve estar inventando alguma coisa na garagem dele pra explodir a gente, sabe? E como anda o joelho?"

"Ah, muito melhor, obrigado. Na verdade está ótimo."

"Lembra aquele cookie que você comeu da última vez que a gente saiu? Aquele que parecia o presidente da China?"

Embora a fala de Josie fosse rápida e sem interrupções, notei que ela avaliava cada palavra em sua mente antes de falar. Então a Mãe — que tinha ido para o corredor — voltou vestindo seu casaco, e também trazia a jaqueta mais quente de Josie. Cortando a conversa de Josie com o Pai, ela disse:

"Poxa, Paul. Você não disse oi pra Klara. Essa aqui é a Klara."

O Pai e Josie ficaram em silêncio, ambos olhando para mim. Então o Pai disse: "Klara. Oi". O sorriso que ele exibia desde que entrara no apartamento havia desaparecido.

"Não queria apressar vocês", a Mãe disse. "Mas você chegou atrasado, Paul. Temos um compromisso."

O sorriso do Pai voltou, mas agora havia raiva em seus olhos. "Não vejo a minha filha há quase três meses e não posso conversar cinco minutos com ela?"

"Paul, foi você que insistiu em ir com a gente hoje."

"Acho que eu tenho o direito de ir, Chrissie."

"Ninguém está dizendo o contrário. Mas não vamos nos atrasar por sua causa."

"Esse cara é tão ocupado…"

"Não nos faça chegar atrasadas, Paul. E se comporte quando estivermos lá."

O Pai olhou para Josie e encolheu os ombros. "Viu só? Já me dei mal", ele disse, e riu em seguida. "Então vem, animal, é melhor a gente ir."

"Paul", a Mãe disse, "você não falou com a Klara."

"Acabei de dar oi pra ela."

"Vai, conversa um pouco mais com ela."

"Parte da família. É isso que você está querendo dizer?"

A Mãe ficou olhando para ele, depois pareceu mudar de ideia a respeito de alguma coisa e sacudiu a jaqueta de Josie no ar.

"Vamos, querida. Temos que ir."

Enquanto esperávamos pelo carro da Mãe do lado de fora, o Pai — novamente usando seu casaco impermeável — ficou em pé com um braço ao redor do ombro de Josie. Os dois estavam à beira da calçada, enquanto eu permanecia mais atrás, quase junto às grades da casa geminada, os pedestres passando entre nós. Devido às nossas posições e à estranha acústica ao ar livre, tive dificuldade de ouvir o que falavam. Em dado momento, o Pai ficou de frente para mim, mas continuou falando com Josie enquanto seus olhos me examinavam. Depois, uma senhora de pele negra com brincos grandes passou por nós, e quando ela se foi o Pai tinha voltado a me dar as costas.

Quando o carro da Mãe chegou, eu e Josie nos sentamos no banco de trás. Assim que saímos, tentei fazer contato visual com ela para acalmá-la caso estivesse ansiosa a respeito do retrato para o qual posaria. Mas ela estava olhando pela janela de seu lado do carro e não olhou em minha direção.

O carro da Mãe avançava lentamente, saindo de uma fila de veículos para acabar preso em outra. Passamos por portas com persianas fechadas e janelas riscadas com X. Começou a chover de novo, os casais guarda-chuva apareceram e as pessoas guiadas por cães andavam apressadas. Uma hora surgiu ao meu lado — tão perto que eu poderia ter encostado nele se tivesse aberto minha janela — um muro encharcado e coberto de coisas escritas em letras rabiscadas de desenho animado.

"Não está tão ruim", a Mãe dizia ao Pai. "Estamos em número reduzido. O orçamento de cada campanha caiu em quase quarenta por cento. Nosso problema com a equipe de RP já é crônico. Mas, fora isso, sim… está tudo bem."

"O Steven continua marcando presença?"

"Com certeza. Continua sendo a pessoa agradável de sempre."

"Sabe, Chrissie… Fico me perguntando se vale a pena. Você insistir assim."

"Não sei se entendi. No que estou insistindo?"

"Na Goodwins. No departamento jurídico em que você trabalha. Nesse mundo todo... do trabalho. Nisso de todas as horas que você passa acordada serem determinadas por um contrato que você assinou há muito tempo."

"Por favor, não vamos voltar a esse assunto. Lamento muito pelo que aconteceu com você, Paul. Lamento e ainda sinto raiva. Mas continuo *insistindo*, como você diz, porque no dia em que eu parar, o mundo da Josie, o *meu* mundo, vai desmoronar."

"Como você tem tanta certeza disso, Chrissie? Olha, eu sei que é um grande passo. Só estou sugerindo que você pense um pouco mais a respeito. Que tente ver as coisas sob uma nova perspectiva."

"Nova perspectiva? Para com isso, Paul. Não venha me dizer que você está feliz com o que aconteceu. Tanto talento! Tanta experiência..."

"Sinceramente? Acho que as substituições foram a melhor coisa que já me aconteceu. Estou muito bem longe de lá."

"Como pode dizer isso? Você fazia parte do primeiro escalão. Conhecimento sem igual, habilidades de especialista. Como é possível você não ser útil pra ninguém?"

"Chrissie, vou te dizer, você está muito mais amargurada com isso do que eu. As substituições me fizeram ver o mundo de um jeito completamente novo, e acredito que realmente me ajudaram a distinguir o que é importante do que não é. E onde estou vivendo agora tem muitas pessoas ótimas que pensam da mesmíssima forma. Todas trilharam o mesmo caminho, algumas com carreiras bem mais importantes que a minha. E todos temos a mesma opinião, e acredito sinceramente que não estamos nos iludindo. Nossa situação é bem melhor hoje em dia."

"É mesmo? Todo mundo acha isso? Até aquele seu amigo, aquele que era juiz em Milwaukee?"

"Não estou dizendo que seja fácil sempre. Todo mundo tem

seus dias ruins. Mas, em comparação ao que era antes, sentimos que… que estamos vivendo de verdade pela primeira vez."

"É ótimo ouvir isso de um ex-marido."

"Desculpe. Olha, deixa isso pra lá. Eu quero fazer umas perguntas. Sobre esse retrato."

"Agora não, Paul. Não aqui."

"Hum. Certo."

"Pai", Josie chamou ao meu lado. "Pode perguntar o que quiser. Não estou prestando atenção."

"Até parece que você não está prestando atenção", o Pai disse, depois riu.

"Chega de falar sobre o retrato, Paul", a Mãe disse. "Você me deve essa."

"Eu te devo? Não acho que eu esteja te devendo nada, Chrissie."

"Agora não, Paul."

Então eu me dei conta de que a placa de SUJEITO A GUINCHO pela qual estávamos passando era aquela mesma que eu conhecia tão bem, e no mesmo instante o Edifício RPO apareceu do lado de Josie, e os táxis conhecidos estavam por todo lado. Mas quando me virei, animada, em direção à nossa loja, percebi que havia algo errado.

Claro, eu nunca tinha visto a loja a partir da rua, mas, mesmo assim, não havia nenhum AA nem Sofá Listrado na vitrine. Em vez deles, havia um mostruário de garrafas coloridas e uma placa dizendo ILUMINAÇÃO EMBUTIDA. Virei a cabeça para continuar olhando, e na mesma hora Josie disse:

"Ei, Klara, sabe onde estamos?"

"Sim, é claro." Mas já tínhamos passado pela faixa de pedestres e não cheguei a ver se os pássaros estavam empoleirados no semáforo. Na verdade, eu tinha ficado tão surpresa com a nova aparência da loja que não observara as coisas ao redor tanto quanto gostaria. E então já estávamos numa parte completamente diferente da rua, e eu me virei de novo para ver, pelo vidro traseiro, o Edifício RPO ficando cada vez menor.

"Sabe o que eu acho?" Havia preocupação na voz de Josie. "Que a sua antiga loja pode ter mudado de lugar."

"Sim. Talvez."

Mas não tive mais tempo de pensar na loja, porque o que vi em seguida — entre os dois bancos da frente — foi a Máquina Cootings. Eu a reconheci antes de estarmos perto o suficiente para ler o nome na lataria. Lá estava ela, lançando a Poluição por três tubos, como sempre fizera. Eu sabia que devia sentir raiva, mas, ao me deparar com ela logo depois da surpresa envolvendo a loja, senti quase uma espécie de gentileza em relação àquela máquina horrível. Depois que já estávamos longe, a Mãe e o Pai continuavam falando com tensão, e Josie, ao meu lado, disse: "Essas lojas, o jeito que mudam o tempo todo. Aquele dia que fui te procurar, era isso que eu temia. Que a loja tivesse sumido e levado você e os seus amigos junto".

Sorri para ela, mas não disse nada. Na frente, as vozes dos adultos ficaram mais altas.

"Olha, Paul, já falamos sobre isso muitas vezes. A Josie, a Klara e eu vamos entrar lá e fazer tudo conforme o planejado. Você concordou, lembra?"

"Concordei, mas ainda posso dar minha opinião, não posso?"

"Não, aqui você não pode! Não agora e não dentro da porcaria do carro!"

Durante todo esse tempo, Josie vinha me dizendo alguma coisa, mas acabou se distraindo. Agora que os adultos ficaram em silêncio, ela disse: "Se você quiser, Klara, a gente pode ir procurar amanhã, se der tempo".

Quase pensei que ela estivesse falando da Máquina Cootings, mas logo me dei conta de que ela se referia às novas instalações para onde a Gerente e os outros AAs poderiam ter ido. Pensei que era precipitado concluir que eles tinham se mudado só porque a vitrine parecia diferente, e eu estava prestes a dizer isso quando ela se debruçou em direção aos adultos.

"Mãe? Só se der tempo amanhã… A Klara quer descobrir o que aconteceu com a loja dela. Será que a gente poderia fazer isso?"

"Se você quiser, querida. Esse foi o nosso trato. Hoje vamos encontrar o sr. Capaldi e você faz o que ele pedir. Amanhã faremos o que você quiser."

O Pai sacudiu a cabeça e se virou para sua própria janela, mas, como Josie estava sentada bem atrás dele, ela não conseguiu ver a expressão dele.

"Não se preocupe, Klara." Ela esticou o braço e encostou no meu. "Amanhã a gente procura a loja."

A Mãe manobrou o carro, deixando a estrada e entrando num pequeno quintal cercado por tela de arame. Havia uma placa de proibido estacionar presa a uma cerca, mas ela parou o carro de frente para a placa, ao lado do único outro veículo que havia ali. Quando saímos, o chão era duro e rachado em vários trechos. Josie começou a andar com seu jeito cauteloso ao lado do Pai, na direção de um edifício de tijolos que ficava de frente para o quintal, e, talvez por conta do chão irregular, o Pai a segurou pelo braço. A Mãe, em pé ao lado do carro, observou essa cena e ficou um instante sem se mexer. Então, para minha surpresa, ela se aproximou de mim e tomou meu braço, e começamos a andar juntas, como se imitássemos o Pai e Josie.

Não havia outros edifícios em nenhum dos lados, e eu o designei como edifício, e não casa, porque os tijolos não eram pintados e as saídas de incêndio escuras subiam fazendo zigue-

-zague. Havia cinco andares e uma laje plana no topo, e tive a impressão de que não havia edifícios vizinhos porque algum evento lamentável ocorrera e os homens da manutenção tiveram que removê-los. Enquanto eu desviava das rachaduras, a Mãe se inclinou na minha direção, chegando mais perto.

"Klara", ela disse em voz baixa. "Não esquece. O sr. Capaldi vai querer te perguntar algumas coisas. Na verdade, pode ser que sejam várias. É só você responder. Tudo bem, querida?"

Foi a primeira vez que ela me chamou de "querida". Eu respondi: "Sim, claro", e então o edifício de tijolos estava à nossa frente, e notei que cada janela continha um desenho de papel quadriculado.

Havia uma porta no nível do solo, ao lado de duas latas de lixo, e, quando Josie e o Pai a alcançaram, eles se viraram e ficaram esperando, como se coubesse à Mãe nos conduzir para dentro do edifício. Percebendo isso, ela me soltou e foi em direção à porta sozinha. Ela ficou ali parada por alguns instantes e então apertou o botão da porta.

"Henry", ela disse ao se aproximar do alto-falante fixado à parede. "Chegamos."

O interior da casa do sr. Capaldi nada tinha a ver com seu exterior. Na Sala Principal, o piso era quase do mesmo tom branco das imensas paredes. Holofotes potentes presos ao teto lançavam sua luz sobre nós, de forma que era difícil olhar para cima sem ter a visão ofuscada. Havia pouquíssima mobília para um espaço tão amplo: um grande sofá preto e, diante dele, uma mesa de centro sobre a qual o sr. Capaldi havia posicionado duas câmeras e suas respectivas lentes. A mesa de centro, assim como o Mostruário de Vidro da nossa loja, tinha rodinhas que permitiam que ela se movesse com facilidade.

"Henry, não queremos que a Josie fique muito cansada", a Mãe disse. "Será que podemos começar?"

"Claro." O sr. Capaldi fez um sinal em direção ao canto mais distante, onde havia duas tabelas presas à parede, uma ao lado da outra. Notei que em cada uma havia várias linhas retas que se cruzavam em ângulos diferentes. Uma cadeira de metal leve tinha sido deixada em frente às tabelas, e também uma luminária de tripé. Mas a luminária de tripé não estava acesa, e o canto da sala parecia um lugar sombrio e solitário. Josie e a Mãe olharam naquela direção com expressões apreensivas, e o sr. Capaldi, talvez se dando conta disso, encostou em alguma coisa na mesa baixa e a luminária de tripé ganhou vida, lançando uma luz forte sobre todo o canto, criando novas sombras.

"Vai ser bem descontraído", o sr. Capaldi disse. Ele estava em vias de ficar careca e tinha uma barba que quase escondia a boca. Estimei que tivesse cinquenta e dois anos. Seu rosto estava sempre prestes a sorrir. "Nada muito cansativo. Então, se a Josie estiver pronta, acho que podemos começar. Josie, será que você poderia vir aqui?"

"Henry, espera", a Mãe disse, a voz ecoando pelo cômodo. "Antes eu queria ver o retrato. O que você fez até agora."

"Claro", o sr. Capaldi disse. "Mas é importante você compreender que estou no meio do processo. E nem sempre é fácil pra um leigo entender que essas coisas tomam forma aos poucos."

"Eu gostaria de dar uma olhada mesmo assim."

"Vou levá-la lá em cima. Na verdade, Chrissie, você sabe que não precisa de permissão. É você quem manda aqui."

"É meio assustador", Josie falou, "mas eu também queria dar uma olhadinha."

"Não, não, querida. Eu prometi para o sr. Capaldi que você ainda não veria nada."

"Eu tendo a concordar", o sr. Capaldi disse. "Se você não se importar, Josie. Na minha experiência, se a pessoa a ser retratada vê o retrato antes da hora, a coisa complica. Preciso que você fique completamente relaxada na hora de posar."

"Relaxada em relação a quê, afinal?", o Pai perguntou, com uma voz alta que fazia eco. Ele não havia tirado o casaco impermeável, embora o sr. Capaldi tivesse dito duas vezes para que ele o pendurasse no cabideiro da entrada. Ele foi se aproximando aos poucos das tabelas e começou a analisá-las com o cenho franzido.

"O que eu quero dizer, Paul, é que se a pessoa a ser retratada, nesse caso a Josie, ficar muito consciente de si, pode perder a naturalidade ao posar. É só isso que eu quis dizer com 'relaxada'."

O Pai continuou observando as tabelas na parede. Então sacudiu a cabeça do mesmo jeito que fizera no carro.

"Henry?", a Mãe disse. "Posso entrar no seu ateliê agora? E ver o que você anda fazendo?"

"Claro. Venha comigo."

O sr. Capaldi conduziu a Mãe até uma escada de metal que levava a uma varanda. Fiquei olhando os pés dos dois subirem pelas frestas entre os degraus. Chegando à varanda, o sr. Capaldi pressionou um teclado ao lado de uma porta roxa, houve um breve zunido e ambos entraram.

A Porta Roxa se fechou atrás deles, e eu me aproximei do sofá preto no qual Josie estava sentada. Eu queria fazer um comentário bem-humorado para acalmá-la, mas o Pai, que estava no canto iluminado, falou antes.

"Acho que a ideia, animal, é que você seja fotografada várias e várias vezes em frente a essas tabelas." Ele deu mais um passo adiante. "Viu só? Medidas marcadas em cada uma das linhas."

"Sabe, Pai", Josie disse, "a Mamãe falou que você achava uma boa vir hoje com a gente aqui. Mas acho que não foi a melhor decisão. A gente podia ter se encontrado em algum outro lugar. Feito alguma outra coisa."

"Não se preocupe, faremos outra coisa depois. Alguma coisa melhor que isso." Então ele se virou e olhou para ela, sorrindo com uma expressão gentil. "Esse retrato... Digamos que ele seja concluído. O que me incomoda é que não vou poder ficar com ele pra mim. Porque a sua mãe vai querer pra ela."

"Você pode ir lá em casa ver o retrato quando quiser", Josie disse. "Você pode usar isso como desculpa. Pra visitar mais vezes."

"Olha, Josie, eu sinto muito. Por tudo ter acabado assim. Eu queria poder passar mais tempo com você. Muito mais tempo."

"Tudo bem, Pai. Agora está dando tudo certo. Ei, Klara. O que você achou do meu pai, hein? Nem é tão maluco assim, né?"

"É um grande prazer conhecer o sr. Paul."

O Pai continuou olhando as tabelas como se eu não tivesse dito nada e apontou um dedo para um detalhe. Quando ele finalmente se virou para me encarar, seus olhos já tinham perdido as dobras de sorriso.

"Também é um prazer conhecer você, Klara", ele disse. Então olhou para Josie. "Quer saber, animal? Vamos acabar logo com isso aqui. Aí, só nós dois, podemos ir a algum lugar, comer alguma coisa. Tem um lugar que acho que você vai gostar."

"Vamos, claro. Se a Mamãe e a Klara acharem que não tem problema."

Ela se virou para olhar por cima do ombro, e nesse exato momento, na varanda, a Porta Roxa se abriu e o sr. Capaldi saiu de dentro dela. Da soleira da porta, ele falou como que para dentro do ateliê:

"Pode ficar aí o tempo que quiser. É melhor eu ir ver a Josie."

Ouvi a voz da Mãe dizendo alguma coisa, e em seguida ela também apareceu na varanda. Ela tinha perdido sua habitual postura de costas retas, e o sr. Capaldi lhe estendeu uma mão, como se estivesse pronto para pegá-la nos braços se ela caísse.

"Tudo bem aí, Chrissie?"

A Mãe passou pelo sr. Capaldi e começou a descer os degraus, segurando o corrimão. No meio do caminho, fez uma pausa para puxar os cabelos para trás, depois desceu o restante dos degraus.

"E aí, o que achou?", Josie perguntou com olhos ansiosos.

"Achei bom", a Mãe respondeu. "Vai ficar bom. Paul, se você quiser ver, pode ir."

"Daqui a pouco, quem sabe", o Pai disse. "Capaldi, eu agradeceria muito se você terminasse rápido hoje. Quero levar a Josie pra um café com bolo."

"Tudo bem, Paul. Tudo está sob controle. Tem certeza de que está tudo bem aí, Chrissie?"

"Claro que sim", a Mãe disse, mas veio correndo até o sofá preto.

"Josie", o sr. Capaldi disse. "Antes de começarmos, o que eu queria era que a Klara me fizesse um favorzinho. Tenho uma tarefa pra ela. Acho que ela poderia fazer isso enquanto tiramos as nossas fotos. Pode ser?"

"Por mim tudo bem", Josie disse. "Mas é melhor perguntar pra Klara."

Mas agora o sr. Capaldi se dirigiu ao Pai. "Paul, sendo cientista, como eu, acho que você deve concordar comigo. Eu acredito que os AAs têm muito mais a nos oferecer do que sabemos hoje em dia. Não devíamos temer a potência intelectual deles. Devíamos aprender com eles. Os AAs têm muito a nos ensinar."

"Eu era engenheiro, nunca fui *cientista*. Acho que você sabe disso. Mas, enfim, os AAs nunca foram minha especialidade."

O sr. Capaldi encolheu os ombros e, levando uma das mãos ao rosto, pareceu analisar a textura da própria barba. Então se voltou para mim e disse: "Klara, eu idealizei uma pesquisa pra você. Uma espécie de questionário. Já está ali na tela, é só começar. Se você puder preencher, eu ficaria muito grato".

Antes que eu pudesse responder, a Mãe disse: "É uma boa ideia, Klara. Assim você faz alguma coisa enquanto a Josie posa para o retrato".

"Claro. Eu adoraria ajudar."

"Obrigado! Não é nada muito difícil, prometo. Na verdade, Klara, eu até prefiro que você não se esforce demais. A pesquisa funciona melhor se você responder de forma espontânea."

"Entendo."

"Não chegam nem exatamente a ser perguntas. Mas por que não vamos lá em cima e eu te mostro? Pessoal, Josie, vai demorar só um minutinho. Eu vou mostrar pra Klara como funciona e já, já eu desço. Josie, você está com uma cara tão boa hoje! Por aqui, Klara."

Pensei que ele talvez me levasse até a Porta Roxa, mas fomos na direção oposta do cômodo, onde outra escada de metal levava a outra varanda. O sr. Capaldi subiu antes, depois eu o segui, dando cada passo com cuidado. Quando voltei a olhar para baixo, vi Josie, a Mãe e o Pai nos observando, a Mãe ainda sentada no sofá preto. Acenei para Josie, mas ninguém se mexeu lá embaixo. Então Josie gritou: "Seja boazinha, Klara!".

"Por aqui, por favor, Klara." A varanda era estreita e feita de algum metal escuro, como a escada. O sr. Capaldi segurava uma porta de vidro que levava a um cômodo ainda menor que o banheiro do quarto da Josie e dominado por uma poltrona de frente para uma tela. "Senta aqui, por favor. Já está tudo pronto."

Eu me sentei, com meu ombro encostado numa parede branca. Abaixo da tela havia uma pequena saliência que exibia três controles.

O cômodo não era grande o suficiente para que o sr. Capaldi também entrasse, então a porta de vidro continuou aberta enquanto ele me dava as instruções, às vezes se aproximando para manusear os controles. Prestei atenção no que ele dizia, embora tivesse me dado conta de que, lá embaixo, a Mãe e o Pai tinham voltado a usar vozes tensas. Por trás das palavras do sr. Capaldi, ouvi a Mãe dizer: "Você não é obrigado a ficar, Paul".

"Não é coerente", o Pai dizia. "Só estou apontando a falta de coerência."

"Eu não estou tentando ser coerente. Só estou tentando encontrar um jeito de seguirmos em frente. Por que tornar a situação mais difícil do que já é, Paul?"

Ao meu lado, o sr. Capaldi riu, interrompeu as instruções e disse: "Minha nossa... É melhor eu descer lá embaixo e arbitrar! Tudo certo aqui, Klara?".

"Obrigada. Entendi tudo."

"Que ótimo. Se tiver alguma dúvida, é só me chamar."

Quando ele fechou a porta, ela chegou a roçar meu ombro, mas eu conseguia ver através do vidro, o suficiente para observar o sr. Capaldi descendo da varanda. Em seguida, permiti que meu olhar fosse além, atravessando o espaço vazio, e chegasse à varanda do outro lado e à Porta Roxa da qual a Mãe saíra havia pouco.

Comecei o questionário do sr. Capaldi. Às vezes a pergunta surgia na tela como escrita. Em outras havia diagramas em movimento, ou a tela escurecia e sons com muitas camadas emergiam dos alto-falantes. Um rosto — de Josie, da Mãe, de um estranho — aparecia e depois sumia. De início, respostas curtas, de cerca de doze caracteres e símbolos eram apropriadas, mas, conforme as perguntas se tornavam mais complexas, eu me vi dando respostas mais longas, algumas chegando a centenas de caracteres e símbolos. Durante todo o tempo as vozes que vinham lá de baixo continuaram tensas, mas, com a porta de vidro fechada, eu não conseguia entender o que diziam.

Na metade da minha tarefa, detectei um movimento através do vidro e vi que o sr. Capaldi chamava o Pai até a varanda oposta. Continuei minha tarefa, mas, tendo compreendido seu objetivo principal, não precisei mais prestar tanta atenção a ela, e assim pude observar o Pai, que puxava o tecido do casaco com nervosismo, aproximando-se da Porta Roxa. Ele tinha as costas viradas para mim e eu estava observando através de um vidro fosco, então não pude ter certeza, mas ele parecia ter sido tomado por um súbito mal-estar.

Mesmo assim, o sr. Capaldi, ao lado dele na varanda, parecia despreocupado, sorrindo e falando com alegria. Então ele levou a mão até o teclado ao lado da Porta Roxa. De dentro do meu cubículo, não consegui ouvir o zunido da fechadura sendo destravada, mas, quando voltei a olhar na direção deles, o Pai tinha entrado e o sr. Capaldi estava na soleira da porta olhando para dentro e dizendo alguma coisa. Em seguida, vi o sr. Capaldi dar um passo para trás de repente, e o Pai saiu e, embora eu não pudesse ter certeza por conta do vidro fosco, ele já não se mostrava tomado por um mal-estar, e sim por uma energia renovada. Ele parecia não se importar por quase ter empurrado o sr. Capaldi, e se pôs a descer os degraus de metal numa velocidade imprudente. O sr. Capaldi, olhando para ele, balançou a cabeça como um pai ou uma mãe faria quando o filho faz birra numa loja, depois fechou a Porta Roxa.

A essa altura, as imagens na tela estavam mudando ainda mais depressa, mas minhas tarefas continuavam sendo óbvias, e depois de vários minutos, sem perder o foco, abri um pouco a porta de vidro ao meu lado. Dessa forma, consegui ouvir melhor as vozes que vinham lá de baixo.

"O que você está enfatizando, Paul", o sr. Capaldi dizia, "é como qualquer trabalho que façamos pode marcar a nossa imagem. É isso, não é? Ficamos marcados, e às vezes de forma injusta."

"Esse é um jeito bem sagaz de deturpar o que eu disse, Capaldi."

"Paul, pelo amor de Deus...", a Mãe disse.

"Me desculpe, Capaldi, se isso soa indelicado. Mas posso ser sincero? Acho que você está deliberadamente distorcendo o que eu disse."

"Não, Paul, nesse caso é você que não está entendendo. Todo trabalho envolve questões éticas. Isso vale tanto para trabalhos remunerados quanto não remunerados."

"É muito gentil da sua parte, Capaldi."

"Paul, pelo amor de Deus...", a Mãe disse. "O Henry só está fazendo o que a gente pediu. Nem mais, nem menos."

"Não é à toa, Capaldi... *Henry*, desculpe... Não é à toa que um cara como você tem dificuldade de entender o que eu estou dizendo."

Empurrei minha cadeira para trás com as rodinhas, me levantei e fui até a varanda, passando pela porta de vidro. Eu já tinha estabelecido que a varanda era um circuito retangular que tocava todas as quatro paredes. Agora, optando pela parte dos fundos, eu me mantive perto da parede branca, tomando cuidado para não fazer a malha de metal ressoar sob os meus pés ou cruzar os feixes dos holofotes para não criar sombras ondulantes lá embaixo. Consegui chegar à Porta Roxa sem que ninguém percebesse e inseri o código que eu já tinha observado duas vezes. Houve o breve zumbido de sempre, mas ele também passou despercebido às pessoas que estavam lá embaixo. Então entrei no ateliê do sr. Capaldi e fechei a porta atrás de mim.

O cômodo tinha forma de L, e a parte que estava diante de mim se dobrava, levando a uma extensão que ia além dos limites do prédio. Na direção dessa esquina havia dois balcões, cada um preso a uma parede, repletos de formas, tecidos, pequenas facas e ferramentas. Mas eu não tinha tempo para me concentrar nesses objetos e segui na direção da esquina, sempre me lembrando de pisar com cuidado, pois o chão era feito da mesma malha de metal.

Virei a esquina do L e vi Josie ali, suspensa no ar. Ela não estava muito no alto — seus pés estavam na altura dos meus ombros —, mas, como estava inclinada para a frente, com os braços estendidos e os dedos abertos, parecia ter ficado paralisada no ato da queda. Pequenos feixes que vinham de vários ângulos a iluminavam, impedindo que buscasse refúgio. Seu rosto era muito parecido com o da verdadeira Josie, mas, como nos olhos não havia um sorriso gentil, a curva ascendente dos lábios lhe conferia uma expressão que eu nunca tinha visto. O rosto parecia decepcionado e amedrontado. As roupas não eram roupas de verdade, e sim peças feitas de papel crepom que imitavam uma camiseta no torso e shorts um pouco largos na parte de baixo. O papel era amarelo-claro e translúcido e, sob a luz direta, fazia as pernas e os braços dessa Josie parecerem ainda mais frágeis. Seu cabelo tinha sido amarrado atrás da cabeça, tal como a verdadeira Josie o prendia nos dias em que estava doente, e esse era o único detalhe que não parecia convincente; o cabelo era feito de uma substância que eu nunca tinha visto num AA, e eu sabia que essa Josie não ficaria nem um pouco satisfeita com ele.

Tendo feito minhas observações, minha intenção era voltar ao cubículo antes que minha ausência fosse notada. Voltei andando com cuidado, passei pelas duas bancadas de trabalho e abri só um pouco a Porta Roxa. Ela fez seu barulho de sempre, mas, pelas vozes lá embaixo, notei que ninguém tinha ouvido. Também percebi que a atmosfera estava ainda mais carregada de tensão.

"Paul", a voz da Mãe quase gritava, "você está empenhado em dificultar tudo desde o começo."

"Vamos, Josie", o Pai disse. "Vamos embora. Já."

"Mas, Pai…"

"Josie, vamos embora agora. Confia em mim, eu sei o que estou fazendo."

"Não acho que você saiba", a Mãe disse, e o sr. Capaldi falou por cima da voz dela: "Paul, por favor, tente se acalmar. Se houve algum mal-entendido, eu assumo toda a responsabilidade e peço desculpas".

"De que outras informações você precisa, afinal?", o Pai perguntou, e agora ele também gritava, mas talvez fosse porque estava andando pelo ambiente. "Me surpreende que você não esteja pedindo uma amostra do sangue dela."

"Paul, seja sensato", a Mãe disse. O Pai e Josie estavam dizendo alguma coisa ao mesmo tempo, mas então o sr. Capaldi falou por cima deles:

"Tudo bem, Chrissie, deixa eles irem. Deixa eles irem, não muda nada."

"Mãe? Por que eu não vou com o Papai agora? Aí pelo menos vocês param de gritar. Se eu continuar aqui, as coisas só vão piorar."

"Eu não estou brava com você, querida. Só com o seu pai. Ele que é a criança aqui."

"Vamos, animal. Vamos embora."

"Mãe, a gente se vê depois, tá? Até mais, sr. Capaldi…"

"Deixa eles irem, Chrissie. Apenas deixa eles irem."

Quando a porta da entrada se fechou atrás deles, o som ecoou pelo edifício inteiro. Nessa hora, lembrei que o carro era da Mãe e me perguntei se o Pai tinha dinheiro para pagar o táxi que os levaria aonde ele pretendia ir. Me pareceu um pouco estranho que Josie não tivesse pensado em me levar com ela, mas a Mãe ainda estava ali, e eu me lembrei do dia em que tínhamos ido a Morgan's Falls.

Saí para a varanda, agora sem tentar me esconder nem suavizar meus passos. Debruçando-me sobre o corrimão de ferro, vi que a Mãe tinha se sentado no lugar em que Josie estivera sentada antes — na cadeira de metal que ficava de frente para as tabelas. O sr. Capaldi andou até ficar bem embaixo de mim, e pude ver a parte de cima de sua cabeça careca, mas não sua expressão. Em seguida, ele continuou andando devagar na direção da Mãe, como se a lentidão fosse um sinal de sua gentileza, e parou ao lado da luminária de tripé.

"Vejo que você está começando a se questionar", ele disse com uma voz nova e suave. "Deixa eu te falar. Já vi esse tipo de coisa acontecer muitas vezes. E são aqueles que insistem, que têm fé, que ganham no final."

"Com toda certeza estou começando a me questionar."

"Você não pode deixar que o Paul influencie você. Não se esqueça. Você pensou em todos os detalhes, e ele não. Ele está confuso."

"Não é o Paul. O Paul que se dane. É aquele... aquele retrato lá em cima."

Ao dizer isso, ela olhou para cima, na minha direção, e me viu. Ela me encarou através das luzes ofuscantes do teto, e nesse momento o sr. Capaldi também se virou para mim. Depois ele observou a Mãe com uma expressão de curiosidade. A Mãe continuou com o olhar fixo em mim, agora levando a mão à testa.

"Muito bem, Klara", ela disse, afinal. "Pode descer."

Enquanto descia os degraus de metal, eu me surpreendi ao ver que, em vez de raiva, a Mãe demonstrava ansiedade. Cruzei o espaço, mas parei a alguns passos dela. Foi o sr. Capaldi quem falou antes.

"O que você acha, Klara? Estou fazendo um bom trabalho?"

"Ela se parece perfeitamente com Josie."

"Bom, acho que isso é um 'sim'. Aliás, Klara, como foi com a pesquisa?"

"Eu a concluí, sr. Capaldi."

"Agradeço sua cooperação. E você armazenou os dados corretamente?"

"Sim, sr. Capaldi. Minhas respostas estão armazenadas."

Houve um silêncio, enquanto a Mãe continuava a olhar para mim de sua cadeira e o sr. Capaldi, do lado da luminária de tripé. Percebi que esperavam que eu falasse um pouco mais, então prossegui:

"É uma pena que Josie e o Pai tenham ido embora. Talvez o sr. Capaldi precise interromper temporariamente seu trabalho."

"Tudo bem", ele disse. "Não é nenhum grande contratempo."

"Eu preciso saber", a Mãe disse. "Preciso saber, Klara, o que você achou. Do que você viu."

"Peço desculpas por ter examinado o retrato sem pedir permissão. Mas, dadas as circunstâncias, acredito que tenha sido melhor."

"Certo", a Mãe disse, e mais uma vez notei que ela estava com medo, e não com raiva. "Então conte o que achou. Ou melhor, o que acha que viu lá em cima."

"Eu suspeitava há algum tempo que o retrato do sr. Capaldi não fosse uma pintura nem uma escultura, e sim uma AA. Entrei para confirmar minha suposição. O sr. Capaldi realizou um trabalho preciso ao recriar a aparência externa de Josie de forma precisa. Talvez os quadris devam ser um pouco mais estreitos."

"Obrigado", o sr. Capaldi disse. "Vou levar em conta sua sugestão. Ainda não está pronto."

De repente, a Mãe baixou o rosto e o cobriu com as mãos, deixando o cabelo cair sobre elas. O sr. Capaldi se voltou para ela com uma expressão preocupada, mas não saiu do lugar. A Mãe não estava chorando, no entanto, e falou por entre as mãos, com a voz abafada:

"Talvez o Paul tenha razão. Talvez isso tudo tenha sido um erro."

"Chrissie. Você não pode perder a fé."

Ela voltou a levantar a cabeça, e agora seus olhos estavam furiosos. "Não é questão de fé, Henry. Porra, como é que você tem tanta certeza de que vou conseguir aceitar aquela AA lá em cima, independentemente de quão parecida ela fique? Não deu certo com a Sal, por que vai dar certo com a Josie?"

"O que fizemos com a Sal não serve de comparação. Já falamos sobre isso, Chrissie. O que fizemos com a Sal era uma boneca. Uma boneca para pessoas de luto, nada mais que isso. Desde então, evoluímos muito, muito. O que você tem que entender é o seguinte: a nova Josie não vai ser uma imitação. Ela *realmente vai ser a Josie*. Uma *continuação* da Josie."

"Você quer que eu acredite nisso? *Você* acredita nisso?"

"Eu acredito. Acredito com todo o meu ser. Acho bom que a Klara tenha ido lá e visto. Precisamos da colaboração dela, faz tempo que precisamos. Porque é a Klara que vai fazer toda a diferença. É ela que vai garantir que seja tudo muito, muito diferente dessa vez. Você não pode perder a fé, Chrissie. Você não pode fraquejar agora."

"Mas eu vou acreditar nisso? Quando chegar a hora. Será que eu vou mesmo acreditar?"

"Com licença", eu disse. "Gostaria de dizer que é possível que a senhora nunca precise da nova Josie. A Josie atual pode ficar saudável. Acredito que há uma grande chance de isso acontecer. Eu preciso, é claro, da oportunidade, da chance de fazer com que isso aconteça. Mas, como a senhora está tão angustiada, gostaria de dizer isso agora. Se esse dia tão triste chegar, e Josie for obrigada a falecer, farei tudo o que estiver ao meu alcance. O sr. Capaldi tem razão. Não vai ser como da última vez, com a Sal, porque agora a senhora terá a minha ajuda. Agora entendo por que a senhora me pediu, em todos os momentos, para observar e aprender a Josie. Espero que esse dia tão triste nunca chegue, mas, se ele chegar, vou utilizar tudo o que aprendi para treinar a nova Josie, a Josie que está lá em cima, para que ela seja o mais parecida possível com a anterior."

"Klara", a Mãe disse com uma voz mais firme, e de repente ela ficou subdividida em muitas caixas, bem mais do que tinha ficado no Apartamento da Amiga quando o Pai chegou. Em várias das caixas, seus olhos estavam apertados, enquanto em outras, bem abertos e grandes. Em uma das caixas, só havia espaço para um único globo ocular que observava fixamente. Eu conseguia ver partes do sr. Capaldi nas beiradas de algumas caixas, por isso soube que ele tinha levantado a mão num gesto vago.

"Klara", a Mãe disse. "Você fez boas deduções. Sou grata pelo que acabou de falar. Mas tem uma coisa que você precisa saber."

"Não, Chrissie, ainda não."

"Por que não? Que merda! Você mesmo disse que precisamos da colaboração da Klara. Que é ela que vai fazer toda a diferença."

Houve um momento de silêncio, depois o sr. Capaldi disse: "O.k. Se é isso que você quer... Conta pra ela".

"Klara", a Mãe disse. "Nós viemos aqui hoje, o motivo principal... Não foi pra Josie posar mais. Viemos aqui por sua causa."

"Entendo", eu disse. "Entendi do que se tratava a pesquisa. Era para avaliar quão bem eu conheço Josie. Se entendo como ela toma suas decisões e por que tem seus sentimentos. Acho que os resultados mostrarão que estou apta a treinar a Josie lá de cima. Mas repito que é errado perder as esperanças."

"Você ainda não entendeu direito", o sr. Capaldi disse. Embora ele estivesse em pé diante de mim, sua voz parecia estar vindo dos limites da minha visão, porque os olhos da Mãe continuavam sendo a única coisa que eu via. "Deixa que eu explico pra ela, Chrissie. Vai ser mais fácil se eu falar. Klara, nós não estamos pedindo pra você treinar a nova Josie. Estamos pedindo que você *se torne* ela. A Josie que você viu lá em cima, como você percebeu, está vazia. Se esse dia chegar — espero que não chegue, mas se chegar —, queremos que você habite aquela Josie com tudo o que aprendeu."

"Vocês querem que eu a habite?"

"A Chrissie escolheu você especialmente por isso. Ela acreditou que você teria a melhor chance de aprender a Josie. Não só de forma superficial, mas profunda e inteiramente. Aprender a Josie até que não haja mais diferença entre a primeira Josie e a segunda."

"O Henry está te contando isso agora", a Mãe disse, e de repente ela deixou de estar subdividida, "como se tudo tivesse sido planejado com cuidado. Mas não foi, nem um pouco. Eu nem sabia se acreditava que isso ia funcionar. Talvez eu tenha acreditado em algum momento. Mas, depois de ver aquele retrato lá em cima, eu já não sei mais."

"Então você entende o que estamos te pedindo, Klara", o sr. Capaldi disse. "Não se trata simplesmente de imitar o comportamento externo da Josie. Estamos pedindo que você continue a Josie pra Chrissie. E pra todos que amam a Josie."

"Mas será que isso vai ser possível?", a Mãe perguntou. "Será que ela realmente poderia continuar a Josie pra mim?"

"Ela pode, sim", o sr. Capaldi respondeu. "Agora que a Klara concluiu a pesquisa lá em cima, vou conseguir te mostrar provas científicas de que isso é verdade. Provas de que ela já está se tornando capaz de acessar os impulsos e desejos da Josie, e de uma forma bastante abrangente. O problema, Chrissie, é que você é igual a mim. Ambos somos sentimentais demais. Não conseguimos evitar. A nossa geração ainda nutre aqueles sentimentos antigos. Tem um lado nosso que não consegue abrir mão disso. O lado que quer seguir acreditando que existe alguma coisa inalcançável dentro de cada um de nós, algo que é único e impossível de transferir. Mas isso não existe, e hoje sabemos disso. *Você* sabe. Para as pessoas da nossa idade, é muito difícil abrir mão disso. *Mas temos que conseguir*, Chrissie. Não há nada lá, nada dentro da Josie que esteja fora do alcance, que as Klaras que existem por aí não possam continuar. A segunda Josie não será uma cópia. Será exatamente a mesma, e você terá todo o direito de amá-la assim como ama a Josie agora. Não é de fé que você precisa. É de racionalidade. Eu tive que fazer isso, foi difícil, mas agora funciona muito bem pra mim. E vai funcionar pra você."

A Mãe se levantou e começou a andar pelo cômodo. "Talvez você tenha razão, Henry, mas estou muito cansada pra continuar pensando nisso. E preciso falar com a Klara, falar com ela a sós. Peço desculpas, hoje a situação saiu de controle." Ela foi até o lugar onde tinha deixado sua bolsa, pendurada num dos ganchos da entrada.

"Acho ótimo que a Klara saiba de tudo", o sr. Capaldi disse. "Na verdade, estou aliviado." Ele foi seguindo a Mãe, como se não quisesse ficar sozinho. "Klara, talvez as informações que obtivemos nos mostrem as áreas em que você precisa se empenhar um pouquinho mais. Mas é ótimo que possamos falar abertamente sobre isso."

"Vamos, Klara. Vamos embora."

"Então, Chrissie... Ainda está tudo bem em relação aos nossos planos?"

"Tudo certo. Mas agora preciso dar um tempo."

Ela tocou o ombro do sr. Capaldi, e depois saímos pela entrada principal, que ele correu para abrir. Ele nos acompanhou até o elevador e deu um aceno simpático antes de as portas se fecharem.

Na descida, a Mãe tirou o oblongo da bolsa e ficou olhando para ele. Ela voltou a guardá-lo quando as portas do elevador se abriram, e nós saímos, andando pelo concreto rachado no qual o Sol fazia seus desenhos vespertinos através das cercas de arame. Pensei que talvez Josie e o Pai pudessem estar nos esperando, mas não havia ninguém, só a sombra de uma árvore recaindo sobre o carro da Mãe e os ruídos da cidade que havia ali perto.

"Klara, querida. Senta na frente."

Mas quando estávamos sentadas lado a lado, olhando a placa de proibido estacionar pelo para-brisa, a Mãe não deu partida no carro. Observei o edifício do sr. Capaldi, os desenhos do Sol nas paredes e as saídas de incêndio, e achei curioso que o edifício fosse tão sujo na parte de fora. A Mãe tinha voltado a olhar seu oblongo.

"Eles foram comer hambúrguer em algum lugar. A Josie disse que está ótima. E que *ele* também está bem."

"Espero que estejam se divertindo."

"Eu tenho umas coisas pra te falar. Mas vamos sair deste lugar."

Deixamos o quintal e partimos em direção à vizinhança, mas precisamos parar para uma mulher com bicicleta de cesta que cruzava nosso caminho. Paramos de novo alguns minutos depois, debaixo de um semáforo de haste longa, ainda que não houvesse nenhum outro carro por perto. Logo depois de o semáforo mudar de cor, passamos por um grande edifício marrom afastado da calçada e sem nenhuma janela, mas que tinha uma chaminé central muito grande, e cruzamos uma área debaixo do viaduto cheia de sombras, poças d'água e skatistas pulando. Voltamos à superfície e nos deparamos com os desenhos do Sol ao lado de um edifício com uma placa de ESTAMOS CONTRATANDO, e logo estávamos entre os pedestres, e a calçada tinha árvores pequenas. Depois de um tempo, a Mãe diminuiu a velocidade e parou ao lado de uma placa que dizia NOSSA CARNE É MOÍDA AQUI. Os outros carros tiveram que desviar de nós de forma ruidosa, mas não havia nenhuma placa de proibido estacionar. Pelo para-brisa, podíamos ver outra área debaixo do viaduto, agora à nossa frente, e os carros que passavam por nós faziam fila para entrar nela.

"É aqui. Eles estão lá dentro." Então ela disse: "O Paul tem um bom argumento. Às vezes eles precisam ficar sozinhos. Só os dois. Eles precisam disso. Não devemos ficar com eles o tempo todo. Entende, Klara?".

"Claro."

"Ela sente falta do pai. É natural. Então vamos ficar sentadas aqui por um tempo."

Lá no alto, a cor do semáforo mudou, e ficamos observando os carros seguirem rumo à escuridão sob o viaduto.

"Você deve estar chocada com tudo isso", ela disse. "Deve ter muitas perguntas."

"Acho que eu entendo."

"Ah, é? Você entende? Entende o que eu estou te pedindo? E sou *eu* quem está pedindo. Não é o Capaldi, nem o Paul. No fim das contas, sou eu. A questão só diz respeito a mim. Estou pedindo que você tente fazer isso tudo dar certo. Porque se acontecer, se acontecer de novo, não tem outro jeito de eu sobreviver. Eu consegui dar a volta por cima com a Sal, mas não vou conseguir de novo. Então eu te peço, Klara. Faça o melhor que você puder por mim. Me disseram na loja que você era excepcional. E eu te observei o suficiente pra saber que talvez isso seja verdade. Se você se dispuser a isso, quem sabe? Pode dar certo. E eu serei capaz de amar você."

Nós não nos encaramos; continuamos olhando pelo para-brisa. Ali perto, do meu lado do carro, um homem de avental saiu do edifício Nossa Carne É Moída Aqui e começou a varrer a calçada.

"Eu não culpo o Paul. Ele tem direito de sentir o que quiser. Depois da Sal, ele disse que a gente não devia correr esse risco. E daí se a Josie não for elevada? Existem muitas crianças que não são. Mas eu nunca iria conseguir me contentar com isso. Eu queria o melhor pra Josie. Que ela tivesse uma vida boa. Você entende, Klara? Eu decidi isso, e agora a Josie está doente. Por causa da minha decisão. Você entende o que eu sinto?"

"Sim. Lamento muito."

"Não estou pedindo pra você lamentar. Estou pedindo pra você fazer o que está ao seu alcance. E pensar no que isso vai significar para você. Nada neste mundo vai ser mais amado que você. Talvez um dia eu me relacione com outro homem. Quem sabe? Mas eu te prometo que nunca vou amar esse homem do jeito que vou amar você. Você vai ser a Josie e eu sempre vou te amar mais que tudo. Então faz isso por mim. Estou pedindo pra você fazer isso por mim. Continuar a Josie pra mim. Vai, fala alguma coisa."

"Eu me pergunto. Se eu fosse mesmo continuar a Josie, se eu fosse habitar a nova Josie, o que aconteceria com… isso tudo?" Ergui meus braços no ar, e pela primeira vez a Mãe olhou para mim. Observou meu rosto, depois minhas pernas. Então desviou o olhar e disse:

"Que importância isso tem? É só tecido. Olha, de repente você pode refletir sobre outra questão. Talvez não seja tão importante pra você, isso de eu te amar. Mas tem outra coisa. Aquele menino. O Rick. Eu percebo que ele tem alguma importância pra você. Não diga nada, deixa eu falar. O que eu estou dizendo é que o Rick venera a Josie, sempre venerou. Se você continuar a Josie, você vai ter não só a mim, mas a ele também. O que importa que ele não seja elevado? Daremos um jeito de viver juntos. Longe de… longe de tudo. Vamos ficar lá, só nós, longe de tudo isso. Você, eu, o Rick, a mãe dele, se ela quiser. Talvez funcionasse. Mas você tem que fazer dar certo. Você tem que aprender a Josie direito. Entendeu, querida?"

"Até hoje", eu disse, "até agora há pouco, eu acreditava que fosse meu dever salvar Josie, fazer Josie ficar bem. Mas talvez essa seja uma opção melhor."

A Mãe se virou devagar, esticou os braços e começou a me abraçar. O equipamento do carro nos separava, por isso ela não conseguiu me abraçar totalmente. Mas seus olhos estavam fechados do mesmo jeito que ficavam quando ela e Josie se balançavam de leve num abraço demorado, e senti que a gentileza dela me invadia.

Os motoristas que pretendiam entrar na área debaixo do viaduto estavam irritados por ter que desviar do carro da Mãe. Vários me lançaram olhares pouco amigáveis quando passavam, mesmo vendo que eu era passageira e não a responsável.

O que me preocupava, no entanto, não eram os carros que passavam e os motoristas pouco amigáveis, e sim o que estava acontecendo dentro do Nossa Carne É Moída Aqui. Se minha mente não estivesse temporariamente preenchida pelas palavras da Mãe e por seu abraço, talvez eu tivesse conseguido convencê-la a não entrar. Mas, assim que o abraçou terminou — e a despeito de seus comentários sobre Josie e o Pai precisarem de um tempo a sós —, ela desapareceu de repente, saindo do carro e batendo a porta com força.

Conforme os minutos se passavam, eu relembrei os momentos de tensão no edifício do sr. Capaldi e me perguntei se, apesar de uma possível indelicadeza, talvez minha própria ida até o interior do Nossa Carne É Moída Aqui fosse necessária, de forma a evitar cenas similares passíveis de perturbar Josie. Mas, antes que eu pudesse decidir, o Pai apareceu na calçada, do outro lado da minha janela. Ele apontou o dispositivo da chave para o carro e, vendo que nada acontecia, observou-o mais de perto e apertou de novo. Dessa vez, houve ruídos de destravamento ao meu redor — a Mãe devia ter me trancado no carro —, e, dando a volta até chegar do lado do tráfego, entrou no carro rapidamente. Ele se acomodou no banco do motorista, mas mal olhou em minha direção, preferindo manter os olhos fixos na área debaixo do viaduto. Então levou uma mão ao volante e começou a tamborilar os dedos ali.

"É incrível que ela ainda tenha este carro", ele disse. "Eu a ajudei a escolher. Ela passou um tempo querendo um modelo alemão, mas falei que esse era mais confiável. Bem, eu não estava errado. Pelo menos o carro durou mais do que *eu*."

"Como o sr. Paul é especialista em engenharia", eu disse, "ele deve dar ótimos conselhos na escolha de um automóvel."

"Nem tanto. Nunca trabalhei com motor de carro." Ele continuou passando a mão no volante, agora com certa tristeza.

"Josie e a Mãe também virão daqui a pouco?", perguntei.

"Quê? Ah, não. Acho que elas não devem vir tão cedo." Então disse: "Na verdade, a Chrissie sugeriu que eu desse uma volta de carro. Ela quer que eu fique bem longe enquanto conversa melhor com a Josie". Ele pareceu menos bravo do que quando estava no edifício do sr. Capaldi; na verdade, agora ele tinha um ar quase sonhador. "Pra falar a verdade, não achei tão ruim que a Chrissie tenha entrado lá. Qualquer um pensaria que eu não iria gostar, ela interromper assim. Mas o fato é que eu e a Josie não estávamos tendo a conversa mais descontraída do mundo. Ela tinha me colocado contra a parede, na verdade." Então ele finalmente olhou para mim. "Olha, desculpe se me comportei mal com você. Sinto que talvez eu tenha sido rude."

"Não se preocupe, por favor. Agora entendo muito bem por que o sr. Paul pode ter ficado com receio de me cumprimentar de maneira calorosa."

"Eu nunca fui bom nisso de, enfim, de demonstrar empatia pela sua classe. Queira me desculpar. Não, não achei ruim que a Chrissie tenha nos interrompido. Porque a Josie estava me fazendo umas perguntas bem difíceis, e eu não fazia ideia, nenhuma ideia, de como responder. A Josie não é boba, não." Ele voltou a olhar para a área debaixo do viaduto e continuou tamborilando com os dedos no volante. "Depois daquela *visita*, eu queria que a gente relaxasse um pouco. Tomasse um café, comesse alguma coisa. Mas aí ela me perguntou por que, se o Capaldi está tentando ajudar a gente como eu tenho falado, eu odeio tanto ele."

"O que o sr. Paul respondeu?"

"Eu nunca soube mentir pra ela. Então acho que eu estava, enfim, tentando sair pela tangente. E eu vi que ela tinha entendido tudo. Foi bem nessa hora que a Chrissie chegou."

"Josie desconfia desse… desse plano? Para o caso de ela precisar falecer?"

"Não sei. Talvez desconfie, mas não tem coragem de encarar o que está acontecendo. Mas boba ela não é. Cada pergunta difícil... Por que eu era tão contra alguém fazer um retrato dela? Bem, agora deixa a Chrissie tentar responder." De repente ele inseriu o dispositivo da chave na ignição. "Fomos orientados a sair de cena por um tempo. Até, para ser mais preciso" — ele olhou para o relógio de pulso — "as quinze para as seis. Depois, a ideia é nos encontrarmos num sushi bar. Todo mundo, pelo jeito. A Josie, a Chrissie, os vizinhos também. Então, a não ser que você queira ficar parada dentro do carro por uma hora, é melhor darmos uma volta."

Ele deu a partida, mas a fila de carros tinha ficado tão longa que ainda não conseguíamos nos mover. Pus o cinto de segurança e esperei. Então o semáforo mudou de cor mais adiante e o carro, com um solavanco, começou a andar.

Desenhos de luz e sombra se moviam ao nosso redor, e depois saímos da área debaixo do viaduto e chegamos a uma avenida cheia de edifícios altos e marrons. Passamos por uma grande criatura com muitos membros e olhos, e de repente, enquanto eu a observava, uma rachadura surgiu bem no meio dela. À medida que ela se dividia, percebi que desde o começo se tratava de duas pessoas separadas — um corredor e uma mulher com um cachorro — que andavam em direções opostas, mas que, por um instante, calharam de estar passando uma pela outra. Depois veio uma loja com uma placa que dizia COMA AQUI OU LEVE PARA CASA e, logo em frente, um boné de beisebol perdido na calçada.

"Você quer ir a algum lugar em especial?", o Pai perguntou.

"A Josie falou alguma coisa sobre sua antiga loja. Disse que passamos por ela hoje mais cedo."

Assim que eu o ouvi falando a respeito, percebi a oportunidade que isso representava, e exclamei, talvez mais alto do que deveria: "Ah, sim!". Depois, me controlando, disse mais baixo: "Se o senhor não se importar, eu adoraria".

"Ela disse que talvez a loja não esteja mais lá. Que pode ter mudado de lugar."

"Não tenho certeza. Mas, mesmo assim, se o sr. Paul pudesse nos levar até a região, eu ficaria muito feliz."

"Tudo bem. Temos tempo de sobra."

No cruzamento seguinte, ele virou à direita, dizendo: "Eu me pergunto como a Chrissie está se virando. O que elas estão falando agora. Talvez ela tenha conseguido mudar de assunto".

Agora o trânsito estava mais intenso, e avançamos lentamente atrás dos outros veículos. Às vezes o Sol era visível, mas ele já estava baixando, e os edifícios altos muitas vezes ficavam na frente dele. As calçadas estavam repletas de funcionários de escritório no fim do expediente, e passamos por um homem numa escada que fazia alguma coisa num letreiro vermelho e brilhante que dizia FRANGO DE ROTISSERIA. As faixas de pedestres e as placas de SUJEITO A GUINCHO iam ficando para trás, e eu sentia que estávamos chegando perto da loja.

"Posso te fazer uma pergunta?", o Pai disse.

"Sim, claro."

"Acho que a Josie ainda está no escuro a respeito disso, ou quase. Mas não sei você. O que você já tinha conseguido deduzir. O que descobriu hoje. Talvez você não se importe em me dizer o que sabe."

"Antes de visitar o sr. Capaldi hoje", disse, "eu suspeitava de algumas coisas, mas desconhecia muitas outras. Agora, depois da visita, entendo o receio do sr. Paul. E consigo entender a frieza inicial que reservou a mim."

"Peço desculpas mais uma vez. Então… Eles te explicaram tudo. Onde você entra nesse plano."

"Sim. Acredito que tenham me contado tudo."

"E o que você acha? Acredita que pode dar conta disso? De desempenhar esse papel?"

"Não será fácil. Mas creio que, se eu continuar observando Josie com atenção, estarei apta."

"Então vou te perguntar outra coisa. É o seguinte. Você acredita no coração humano? Não estou falando do órgão em si, claro. Estou falando no sentido poético. O coração humano. Você acha que existe uma coisa assim? Uma coisa que faz com que cada um de nós seja especial, único? E digamos que exista. Você não acha então que, para de fato aprender a Josie, você teria que aprender não só os maneirismos dela, mas também o que ela tem de mais profundo? Você não teria que aprender o coração dela?"

"Sim, sem dúvida."

"E isso seria difícil, não? É algo que foge ao alcance até mesmo das suas maravilhosas capacidades. Porque uma imitação não bastaria, por melhor que fosse. Você teria que aprender o coração dela, e aprender por completo, senão você nunca vai se tornar a Josie nos aspectos que realmente importam."

Um ônibus tinha parado ao lado de algumas caixas de frutas abandonadas. Quando o Pai manobrou o carro para desviar dele, o veículo de trás emitiu sons furiosos de buzina. Depois houve mais buzinas furiosas, mas dessa vez vinham de longe e não se dirigiam a nós.

"O coração a que o senhor se refere", eu disse, "talvez seja, de fato, a parte de Josie mais difícil de aprender. Talvez seja como uma casa com muitos cômodos. Ainda assim, uma AA dedicada, tendo o tempo necessário, pode andar por todos esses cômodos, observando cada um com muito cuidado, até que passem a ser como sua própria casa."

O Pai acionou nossa própria buzina para um carro que vinha de uma rua lateral e tentava se enfiar na fila.

"Mas então digamos que você entrasse em um desses cômodos", ele disse, "e descobrisse outro cômodo dentro dele. E, dentro desse, mais outro. E cada vez mais cômodos dentro de outros cômodos. Será que não seria assim, tentar aprender o coração da Josie? Mesmo que você ficasse andando por esses cômodos, será que não haveria sempre muitos outros nos quais você ainda não entrou?"

Pensei nisso por um momento e respondi: "Claro, é inevitável que o coração humano seja complexo. Mas deve haver um limite. Mesmo que o sr. Paul esteja falando no sentido poético, as coisas que há para aprender em algum momento chegarão ao fim. O coração de Josie pode até se assemelhar a uma estranha casa com cômodos dentro de outros cômodos. Mas se essa for a melhor maneira de salvar Josie, eu me esforçarei ao máximo. E acredito que há uma grande probabilidade de que eu seja bem--sucedida."

"Hum."

Pelos próximos instantes, seguimos sem falar nada. Depois, quando passamos por um edifício que dizia BUTIQUE DE UNHAS, e logo em seguida por uma fileira de muros com pôsteres descascando, ele disse: "Segundo a Josie, sua loja fica neste bairro".

Talvez fosse verdade, mas o entorno ainda não me parecia familiar. Eu disse a ele: "O sr. Paul foi muito franco ao falar comigo. Talvez agora ele também me permita ser franca com ele".

"Fique à vontade."

"Minha antiga loja não foi o verdadeiro motivo pelo qual eu lhe pedi para me trazer a este bairro."

"Não?"

"Hoje mais cedo, quando estivemos nesta região, não muito longe da loja, passamos por uma máquina. Ela estava sendo usada pelos homens da manutenção, e criava uma Poluição terrível."

"O.k. Vai em frente."

"Não é fácil explicar. Mas é muito importante que o sr. Paul acredite no que vou dizer agora. Essa máquina precisa ser destruída. Esse é o verdadeiro motivo de eu ter pedido que me trouxesse aqui. Ela deve estar em algum lugar aqui perto. É fácil de reconhecer, porque leva o nome Cootings na lataria. Tem três tubos, e todos os três emitem uma Poluição terrível."

"E você quer encontrar essa máquina agora?"

"Sim. E destruí-la."

"Porque ela causa Poluição."

"É uma máquina terrível." Eu estava debruçada, já olhando de um lado para outro.

"E como você pretende destruí-la, exatamente?"

"Não tenho certeza. É por isso que decidi ser franca com o sr. Paul. Estou pedindo que ele me ajude. O sr. Paul é um engenheiro especialista, além de um adulto."

"Você está pedindo pra eu te ensinar a depredar uma máquina?"

"Mas antes precisamos encontrá-la. Podemos, por exemplo, virar nessa rua?"

"Eu não posso virar ali. É contramão. Eu detesto poluição tanto quanto você. Mas você não acha que seria passar um pouco dos limites?"

"Não posso oferecer uma explicação mais detalhada. Mas o sr. Paul precisa confiar em mim. É muito importante para Josie. Para a saúde dela."

"Como é que isso vai ajudar a Josie?"

"Desculpe, não posso explicar. O sr. Paul tem que confiar em mim. Se conseguirmos encontrar e destruir a Máquina Cootings, acredito que isso fará com que Josie se recupere completamente. Então não será mais preciso se preocupar com o sr. Capaldi e seu retrato, ou minha capacidade de aprender Josie."

O Pai ficou pensando a respeito. "Muito bem", ele disse depois de um tempo. "Não custa tentar. Onde foi que você disse que tinha visto essa coisa?"

Continuamos avançando e vi o Edifício RPO — e o Edifício Saídas de Incêndio bem ao lado — se aproximar depressa. O Sol recaía atrás deles da maneira habitual, e de repente passamos pela própria loja. Vi mais uma vez o mostruário de garrafas coloridas e o letreiro de ILUMINAÇÃO EMBUTIDA, mas eu estava tão compenetrada em encontrar a Máquina Cootings que mal prestei atenção neles. Quando passamos pela faixa de pedestres, o Pai disse: "Acho que talvez essa rua seja exclusiva para táxis. Olha lá. Só tem táxi".

"Nessa entrada, talvez. Por favor, se for possível."

A Máquina Cootings não estava onde eu a vira mais cedo, e, conforme as ruas voltavam a ser desconhecidas, eu procurava em todas as direções. O Sol às vezes brilhava intensamente entre os vãos que separavam os edifícios, e eu me perguntava se ele queria me encorajar ou se só estava observando e monitorando meu progresso. Quando viramos outra esquina, mais uma vez sem sinal da Máquina Cootings, meu crescente desespero talvez tenha se tornado evidente, porque o Pai disse, no tom de voz mais gentil com que se dirigira a mim até aquele momento:

"Você acredita mesmo nisso, não é? Que isso vai ajudar a Josie."

"Sim. Sim, eu acredito."

Nesse instante, algo pareceu se transformar dentro do Pai. Ele endireitou a postura, sentando-se mais para a frente — e então, como eu, começou a olhar de um lado para outro com olhos urgentes.

"Esperança", ele disse. "Essa desgraça nunca deixa a gente em paz." Ele sacudiu a cabeça quase com amargura, mas agora parecia invadido por uma nova força. "Tá. Você disse que é um veículo. Um veículo que os operários usam nas obras."

"Ela tem rodas, mas não acho que seja exatamente um veículo. Eles precisam transportá-la para todos os lugares. Há a palavra 'Cootings' escrita na lataria e é amarelo-clara."

Ele olhou o relógio de pulso. "Os caras da obra já devem ter encerrado por hoje. Deixa eu ver se dou um jeito."

O Pai começou a dirigir com mais habilidade. Ultrapassamos os outros veículos, os transeuntes e as vitrines, e entramos nas ruas menores, que ficavam à sombra de edifícios sem janelas, passando por grandes muros cheios de coisas escritas em letras de desenho animado. Em alguns momentos, o Pai parava, dava a ré e manobrava devagar entre espaços estreitos ao lado de cercas de tela de arame, do outro lado das quais era possível observar caminhões estacionados e carros sujos.

"Viu alguma coisa?"

Sempre que eu sacudia a cabeça, ele fazia o carro avançar com um tranco, de um jeito que me deixava com medo de batermos num hidrante ou na quina de um edifício quando dávamos a volta de forma brusca. Procuramos em mais quintais e, em dado momento, passamos por entre dois portões abertos e meio tortos, ainda que em um deles houvesse uma placa pendurada que dizia ENTRADA PROIBIDA, e avançamos por um pátio cheio de veículos, caixas empilhadas e um guindaste ao fundo. Mas não havia nem sinal da Máquina Cootings, então o Pai nos levou a uma vizinhança sombria cheia de calçadas quebradas e transeuntes solitários. Ele entrou em mais uma ruazinha estreita, que ficava ao lado de um imenso edifício Alugam-se Salas Comerciais, e atrás desse edifício havia mais um pátio delimitado por uma cerca de tela de arame.

"Ali! Sr. Paul, olha ela ali!"

O Pai parou o carro com um solavanco. O pátio estava localizado do meu lado, então encostei a cabeça na janela, e o Pai, atrás de mim, se ajeitou para conseguir enxergar melhor.

"Aquela ali? Com aqueles tubos?"

"Sim. Encontramos."

Eu não tirava os olhos da Máquina Cootings, enquanto o Pai dava a ré devagar. Então paramos mais uma vez.

"A entrada principal está fechada com uma corrente", ele disse. "Mas a entrada lateral, logo ali…"

"Sim, a entrada menor está aberta. Um transeunte poderia entrar a pé."

Desafivelei o cinto de segurança e estava prestes a sair do carro, mas, nesse momento, senti a mão do Pai no meu braço.

"Se eu fosse você, não entraria lá antes de ter decidido exatamente o que fazer. O lugar parece estar caindo aos pedaços, mas nunca se sabe... Pode ter algum alarme, algum sistema de vigilância. Talvez você não tenha tempo pra ficar andando e pensando no que fazer."

"Sim, o senhor tem razão."

"Você tem certeza de que essa é a máquina certa?"

"Certeza absoluta. Posso vê-la daqui e não há dúvida."

"E, pelo que você diz, danificar a máquina vai ajudar a Josie?"

"Sim."

"E como você propõe que isso seja feito?"

Olhei a Máquina Cootings parada quase no meio do pátio, separada dos outros veículos estacionados. O Sol caía a meia distância por entre os dois edifícios-silhueta com vista para o pátio. Por ora, nenhum dos prédios bloqueava seus raios, e as bordas dos veículos estacionados brilhavam.

"Eu me sinto tão boba", eu disse por fim.

"Não, não é fácil", o Pai disse. "Além do mais, o que você está propondo seria considerado crime de depredação de patrimônio."

"Sim. Entretanto, se as pessoas que estão lá naquelas janelas altas conseguissem ver alguma coisa, tenho certeza de que ficariam felizes em ver a Máquina Cootings sendo destruída. Elas devem saber que a máquina é horrível."

"Pode ser que sim. Mas o que você propõe?"

Agora o Pai estava recostado em seu banco, com um braço bastante relaxado sobre o volante, e tive a impressão de que ele já havia chegado a uma possível solução, mas, por algum motivo, ainda não queria revelar qual era.

"O sr. Paul é um engenheiro especialista", eu disse enquanto me virava para ele. "Imaginei que pudesse pensar em alguma solução."

Mas o Pai continuou olhando o pátio pelo para-brisa. "Eu

não consegui explicar pra Josie agora há pouco no café", ele disse. "Não consegui explicar pra ela por que odeio tanto o Capaldi. Por que não consigo ser civilizado com ele de jeito nenhum. Mas eu queria tentar explicar pra *você*, Klara. Se você não se importar."

Essa mudança de tópico era extremamente inoportuna, mas, como eu não queria desperdiçar a boa vontade do Pai, não disse nada e esperei.

"Acho que odeio o Capaldi porque, lá no fundo, desconfio que talvez ele esteja certo. Que o que ele diz é verdade. Que agora a ciência conseguiu provar, de uma vez por todas, que a minha filha não tem nada de único, nada que nossas ferramentas modernas não possam escavar, copiar, transferir. Que as pessoas têm convivido umas com as outras por todo esse tempo, por séculos, se amando e se odiando, tudo com base em uma premissa equivocada. Uma espécie de superstição que a gente passou adiante por muito tempo, quando não sabia o que estava fazendo. É isso que o Capaldi acha, e um lado meu tem medo de que ele tenha razão. A Chrissie, por outro lado, é diferente de mim. Talvez ela ainda nem saiba, mas ela nunca vai se deixar convencer. Se chegar a hora, mesmo que você desempenhe seu papel à perfeição, Klara, mesmo que ela queira muito que dê certo, a Chrissie não vai conseguir aceitar. Ela é muito… antiquada. Mesmo que ela saiba que está indo contra a ciência e a matemática, ainda assim ela não vai conseguir. É demais pra ela. Mas eu sou diferente. Eu tenho… uma espécie de frieza dentro de mim que ela não tem. Talvez por ser um engenheiro especialista, como você diz. Por isso acho tão difícil agir de forma civilizada com gente como o Capaldi. Quando essas pessoas fazem o que fazem, falam o que falam, parece que estão tirando de mim o que eu tenho de mais precioso na vida. Faz sentido o que estou dizendo?"

"Sim, entendo os sentimentos do sr. Paul." Deixei que alguns segundos silenciosos se passassem, depois prossegui: "Por tudo o que o sr. Paul está dizendo, me parece que é ainda mais importante que a teoria que o sr. Capaldi propõe nunca seja posta à prova. Se conseguirmos fazer Josie ficar saudável, o retrato, meu aprendizado de Josie, nada disso terá importância. Então eu lhe peço novamente. Por favor, me aconselhe sobre como posso destruir a Máquina Cootings. Tenho a impressão de que o sr. Paul tem uma ideia de como fazê-lo".

"Sim, uma possibilidade me passou pela cabeça. Mas torci pra que outra melhor aparecesse. Infelizmente, parece que não vai acontecer."

"Conte-me, por favor. Alguma coisa pode mudar a qualquer momento e perderemos essa oportunidade."

"O.k. Bem, é o seguinte. Dentro dessa máquina, deve haver um gerador Sylvester. Médio porte. É econômico e robusto, mas não é dos mais seguros. Isso significa que a máquina suporta quantidades ilimitadas de poeira, fumaça, chuva. Mas se alguma coisa, digamos, com um alto conteúdo de acrilamida entrasse nela, uma solução P-E-G Nove, por exemplo, ela não daria conta. Seria como pôr gasolina em um motor a diesel, só que muito pior. Se você introduzisse P-E-G Nove nela, a máquina iria se polimerizar muito rápido. O dano provavelmente seria fatal."

"Solução P-E-G Nove."

"Isso."

"O sr. Paul sabe onde conseguir a solução P-E-G Nove de forma rápida?"

"Por acaso, sei, sim." Ele continuou me olhando por um segundo e disse: "Você tem uma certa quantidade de P-E-G Nove aí. Dentro da sua cabeça".

"Entendo."

"Geralmente há uma pequena abertura, pelo que sei. Bem aí, na nuca, onde a cabeça encontra o pescoço. Essa não é a minha área de atuação. O Capaldi saberia bem melhor. Mas meu palpite é que você pode perder uma pequena quantidade de P-E-G Nove sem que isso afete seu bem-estar de forma significativa."

"Se... Se conseguíssemos extrair a solução de mim, seria o suficiente para destruir a Máquina Cootings?"

"Essa realmente não é a minha área. Mas meu palpite é que você deve ter cerca de quinhentos mililitros dentro de você. Menos da metade disso já seria suficiente para incapacitar uma máquina de médio porte como aquela. Dito isso, devo enfatizar que não estou apoiando essa decisão. Qualquer coisa que possa colocar as suas habilidades em perigo também poria em risco o plano do Capaldi. E a Chrissie não gostaria disso."

Minha mente estava sendo tomada por um grande medo. Ainda assim, eu disse: "Mas o sr. Paul acredita que, se conseguirmos extrair a solução, podemos destruir a Máquina Cootings".

"É nisso que acredito. Sim."

"É possível que o sr. Paul tenha sugerido essa opção não só para destruir a Máquina Cootings, mas também para danificar Klara, e por consequência o plano do sr. Capaldi?"

"Esse mesmo pensamento também me passou pela cabeça. Mas, se eu quisesse mesmo danificar você, Klara, acho que há maneiras bem mais simples. Pra ser sincero, você me fez voltar a ter esperança. Esperança de que o que você está dizendo possa ser verdade."

"Como extrairíamos a solução?"

"Só uma pequena incisão. Embaixo da orelha. Pode ser em qualquer uma das duas. Precisaríamos de uma ferramenta, alguma coisa com uma ponta ou borda afiada. Só precisamos perfurar a camada externa. Embaixo dessa parte, bem, deve haver uma pequena válvula que eu possa afrouxar e depois apertar de novo com os dedos." Ele vinha procurando alguma coisa no porta-

-luvas do carro da Mãe enquanto falava, e então mostrou uma garrafa plástica de água. "Muito bem, com isso já conseguimos pegar a solução. E, não é o ideal, mas também temos uma chave de fenda bem pequena. Se eu afiasse a ponta só mais um pou-co…" Ele parou de falar, apontando a ferramenta para a luz. "Depois, é só ir até lá e derramar a solução com cuidado em um dos bocais. É melhor usarmos o do meio. É mais provável que esse esteja diretamente conectado ao gerador Sylvester."

"Vou perder minhas habilidades?"

"Como eu disse, seu desempenho geral não deve ser muito prejudicado. Mas essa não é minha área de atuação. Pode haver algum efeito sobre a sua capacidade cognitiva. Mas, já que a sua fonte de energia principal é solar, não deve haver um impacto significativo."

Ele baixou a janela de seu lado e, esticando o braço para fora do carro, esvaziou a garrafa, deixando a água cair no chão.

"A decisão é sua, Klara. Se você quiser, podemos ir embora daqui. Temos, deixa eu ver… vinte minutos até o nosso rendez--vous com o resto do grupo."

Voltei a olhar para o pátio através da cerca de tela de metal, tentando controlar meu medo. A visão que eu tinha do carro permanecia sem divisões, e o Sol continuava observando tudo por entre os dois edifícios-silhueta.

"Sabe, Klara… Eu nem sei o que tudo isso significa. Mas quero o que é melhor pra Josie. Igual a você. Então estou dispos-to a agarrar qualquer chance que aparecer."

Eu me virei para ele com um sorriso e assenti. "Sim", eu disse. "Então vamos tentar."

Sentada ao lado da janela do sushi bar, olhando as sombras que cresciam cada vez mais do lado de fora do teatro, eu me entusiasmara com a possibilidade de que o Sol, como era de imaginar, não demorasse a derramar sua nutrição, por aquela mesma janela, para Josie, que agora estava sentada diante de mim, do outro lado da mesa. Mas me ocorreu que o Sol devia estar muito cansado — que ele tinha terminado seu expediente —, e que, ao mesmo tempo, era desrespeitoso e incoerente esperar uma resposta tão imediata. Uma pequena esperança continuava presente em meu pensamento, e observei Josie com atenção, mas logo aceitei que precisaria esperar até o primeiro horário da manhã seguinte.

Eu também havia percebido que a razão pela qual eu não conseguia enxergar muito bem pela janela do sushi bar era porque ela estava empoeirada e suja, e não devido ao que ocorrera no pátio. Na verdade, embora o vento o balançasse sem parar, eu ainda conseguia ler o cartaz de pano que pairava sobre a entrada do teatro que dizia GENUINAMENTE GENIAL! E não tinha dificuldade para decifrar as pessoas que chegavam e se juntavam àquelas que já estavam do lado de fora do teatro. Sempre que mais pessoas chegavam, havia mais cumprimentos e gritos bem-humorados. Eu não era capaz de distinguir as palavras que falavam, mas havia um vidro grosso entre nós, e isso também era condizente com as condições daquele momento.

O que fizemos no pátio não nos atrasou demasiado, mas, quando o Pai e eu finalmente conseguimos encontrar o sushi bar correto, Josie, Rick, a Mãe e a srta. Helen já estavam sentados havia vários minutos ao redor da mesa ao lado da janela. O Pai os cumprimentou com alegria, como se não tivesse havido nenhuma tensão no edifício do sr. Capaldi, mas pouco depois a Mãe se levantou e se juntou às pessoas que se aglomeravam do lado de fora, levando o oblongo ao ouvido.

Agora, do outro lado da mesa, o Pai estava folheando o caderno de Rick, emitindo sons de aprovação. Mas eu me preocupei com o silêncio atípico de Josie, e logo o Pai também se atentou a isso.

"Tudo bem com você, animal?"

"Tudo bem, Pai."

"Faz um tempão que a gente está na rua. Você quer voltar para o apartamento?"

"Eu não estou cansada. Não estou doente. Estou bem, Pai. Só me deixa ficar aqui sentada."

Rick, sentado ao lado de Josie, também a observava com preocupação. "Ei, Josie, será que você quer terminar pra mim?" Ele disse isso em voz baixa, quase sussurrando no ouvido dela, e lhe entregou o resto do bolo de cenoura que estava comendo. "De repente te dá um pouco de energia."

"Eu não preciso de energia, Ricky. Estou ótima. Só quero ficar aqui sentada, só isso."

O Pai observou Josie com atenção, depois voltou a olhar o caderno de Rick.

"Esses aqui são muito interessantes, Rick."

"Ricky, meu querido", a srta. Helen disse, "só agora me ocorreu. Foi uma excelente ideia trazer seus diagramas. Mas talvez seja melhor não mostrar ao Vance, a não ser que ele peça explicitamente para ver."

"Mãe, a gente já falou sobre isso."

"É que pode parecer inapropriado. Muito precipitado. Afinal de contas, teoricamente estamos numa simples reunião entre amigos. Um encontro espontâneo."

"Mãe, como pode ser um encontro espontâneo se foi tudo planejado com tanto cuidado, e a gente veio especialmente pra isso?"

"Só estou dizendo, meu querido, que você precisa tentar se comportar *como se fosse* espontâneo. Assim vai funcionar melhor com o Vance. Só se ele pedir explicitamente para ver algum dos seus trabalhos..."

"Entendido, Mãe. Está tudo sob controle."

Rick parecia tenso, e eu quis fazer algo para lhe transmitir confiança, mas, como estava do outro lado da mesa, eu não conseguia alcançar seu braço ou ombro com a mão. O Pai tinha voltado a olhar para Josie, no entanto ela não me parecia doente, e sim perdida em pensamentos.

"Drones nunca foram minha área", o Pai disse depois de um tempo. "Mas fiquei bastante empolgado e impressionado com seu trabalho, Rick." Depois para a srta. Helen: "Seja ele elevado ou não, essa habilidade genuína precisa ser reconhecida. A não ser que o mundo de hoje tenha enlouquecido *de vez*".

"O senhor sempre me apoiou, sr. Arthur", Rick disse. "Desde quando comecei a me interessar por tudo isso. Muito do que o senhor me mostrou naquela época serviu de base para o que o senhor está vendo agora."

"Gentileza sua, Rick, mas tenho certeza de que está exagerando. A tecnologia de drones nunca foi minha área de atuação, e duvido que eu tenha ajudado muito. Mas fico contente em ouvir isso."

Nesse momento, consegui ver pela janela os últimos desenhos do Sol naquele dia recaindo sobre as mulheres de terno preto com gravata-borboleta, os funcionários de colete do teatro que entregavam folhetos, os casais de trajes brilhantes e os músicos com violões pequenos que andavam pela multidão, e trechos da música que tocavam passavam pelo vidro.

"Ei, animal. Por acaso a sua mãe falou alguma coisa que te chateou? Nem parece você, sentada assim tão quieta."

"Eu estou bem, Pai. Só que eu não sou tipo um programa de tv, sabe? Não posso ser incrível e divertida o dia inteiro. Às vezes só quero sentar e ficar numa boa."

"Você sabe que sentimos sua falta, não sabe, Paul?", a srta. Helen disse. "Já faz o quê, quatro anos? Olha, mais gente chegando. Quando será que vão deixar as pessoas entrarem? Que bom que aqui carros não são permitidos. Cadê a Chrissie? Ainda está lá fora?"

"Estou vendo ela daqui, Mãe. Ela continua no celular."

"Estou tão feliz que ela tenha vindo hoje. Dá tanto ânimo. Ela é uma amiga tão boa. E também agradeço a todos vocês, por estarem aqui, dando tanto apoio ao Rick e a mim." Ela olhou ao redor da mesa e pareceu fazer questão de que seu olhar me incluísse. "Não vou fingir que não estou ficando nervosa. Com o horário quase chegando. E não só pelo Rick, pra ser sincera. Eu já te contei, Paul? Esse homem que vamos encontrar hoje, eu e ele já tivemos uma relação *tórrida*. E não durou só um fim de semana, alguns meses, foram anos…"

"Mãe, por favor…"

"Se você tiver a oportunidade de conversar com ele, Paul, acho que vocês vão descobrir muitas coisas em comum. Por exemplo, ele também tem uma certa propensão ao fascismo. Sempre teve, mesmo que eu tentasse não ver…"

"Mãe, pelo amor de Deus…"

"Calma lá, Helen", o Pai disse. "Por acaso você está insinuando que eu…"

"É só por causa do que você falou agora há pouco, Paul. Sobre a sua comunidade."

"Não, Helen, isso eu não vou tolerar. Ainda mais na frente das crianças. O que eu estava falando não tem nada a ver com fascismo. Não temos uma postura agressiva, a não ser que um dia sejamos obrigados a nos defender. Onde você mora, Helen, pode ser que vocês ainda não precisem se preocupar, e eu espero, sinceramente, que continue assim por um bom tempo. Onde eu moro a coisa é diferente."

"Então por que você não sai de lá, Pai? Por que continuar morando num lugar com tanta gangue e tiroteio?"

O Pai pareceu satisfeito ao ver que Josie enfim se juntava à conversa. "Porque aquela é a minha comunidade, Josie. Não é tão ruim quanto as pessoas falam. Eu gosto de lá. Estou compartilhando a minha vida com ótimas pessoas, e a maioria delas teve uma trajetória igual à minha. Hoje em dia, todos nós sabemos que é possível levar uma vida honesta e satisfatória de muitas maneiras."

"Mas, Pai, então você está dizendo que gostou de ter perdido o seu emprego?"

"Em muitos sentidos sim, Josie. E não é que eu *perdi* o emprego. Foi tudo parte das mudanças. Todo mundo precisou encontrar novas formas de levar a vida."

"Eu peço desculpas, Paul", a srta. Helen disse, "por insinuar que você e os seus novos amigos eram fascistas. Eu não devia ter dito isso. É que você mesmo falou que vocês todos são brancos oriundos de antigas elites profissionais. Foi o que disse. E que estavam precisando se armar para enfrentar os outros *tipos*. O que de fato soa um tanto fascista…"

"Helen, eu não vou aturar isso. A Josie sabe que não é assim que funciona, mas não quero nem que ela ouça o que você está dizendo. Também não quero que o Rick ouça isso. Porque não é verdade. Existem grupos diferentes onde moramos, não vou negar. Eu não inventei as regras, é só a divisão natural. E se um outro grupo não nos respeitar, e não respeitar nossa maneira de viver, esse outro grupo precisa saber que não vamos abaixar a cabeça, que vamos lutar."

"A Mamãe está falando bobagem", Rick disse. "Ela está ficando ansiosa, só isso. O senhor vai precisar perdoar ela."

"Não se preocupe, Rick. Eu conheço a sua mãe há muito tempo e a considero muito."

"É Vance o nome dele", a srta. Helen disse. "O homem que estamos esperando. Eu e o Rick somos gratos a vocês todos por estarem aqui nos dando apoio moral, mas daqui para a frente estamos por nossa conta. Paul, houve uma época em que o Vance ficou perdidamente apaixonado por mim. Rick, meu bem, não faça essa cara. O Rick nunca conheceu o Vance, isso tudo foi antes de ele nascer. Ah, teve aquela ocasião... eu acho, mas essa não conta. Quando você vir o Vance, Paul, me atrevo a dizer que vai se perguntar que diabos vi naquele homem. Mas garanto que, antigamente, ele era ainda mais bonito do que você. O curioso é que, quanto mais bem-sucedido na vida ele se tornou, menos bonito ficou. Agora ele é rico e poderoso, mas tem uma aparência terrível. Ainda assim, vou tentar enxergar o moço bonito que ele foi um dia, no meio daquelas pelancas todas. Só me pergunto se ele vai fazer a mesma gentileza por mim."

"O que está acontecendo lá fora, animal? Consegue ver a sua mãe?"

"Ela continua no celular."

"Deve estar brava comigo. Acho que ela nem vai voltar enquanto eu estiver aqui."

Talvez o Pai estivesse esperando que alguém o desmentisse, mas ninguém o fez. A srta. Helen até ergueu uma sobrancelha e emitiu um rápido som de risada. Em seguida disse:

"Quase na hora, Rick, meu querido. Acho que é melhor irmos lá para fora."

Quando eu a ouvi dizer isso, um medo tomou conta da minha mente; eu já não tinha tanta certeza de que os efeitos do que ocorrera no pátio não estavam ficando mais pronunciados a cada minuto que passava, e que meu novo estado não se tornaria óbvio para todos se eu tentasse abordar o terreno desconhecido ao ar livre.

"Eu fico me perguntando", a srta. Helen disse, "se, quando

o Vance sugeriu de nos encontrarmos em frente a um teatro, ele imaginou que poderia haver um espetáculo prestes a começar e uma aglomeração. Deveríamos ir lá fora. Ele pode chegar mais cedo e ficar confuso com toda essa gente."

Rick pôs uma das mãos no ombro de Josie e perguntou em voz baixa: "Tem certeza de que você está bem, Josie?".

"Eu juro que estou bem. Então vai lá e dá o seu melhor, Ricky. É isso que eu quero, mais do que tudo."

"Exatamente", o Pai disse. "E não esqueça. Você tem talento. Bem, acho que é melhor todos irmos agora."

Ele se levantou e, enquanto fazia isso, seu olhar recaiu sobre mim, analisando-me com mais atenção do que o normal. Na mesma hora fiquei preocupada, temendo que os outros percebessem, ainda que a incisão estivesse bem escondida sob o meu cabelo. Então, mais uma vez, o Pai voltou a olhar para Josie.

"Animal, precisamos levar você de volta. Vamos atrás da sua mãe."

Quando saímos do sushi bar, o Sol estava fazendo seus últimos desenhos do dia, e eu perdi qualquer esperança de que ele fosse mandar sua ajuda especial no pouco tempo que restava. Nesse momento, pude ouvir sem obstáculos as vozes e a música das pessoas do teatro, e percebi que o poste que ficava na entrada do estabelecimento aos poucos ia se tornando sua principal fonte de luz. Por um instante, cheguei a pensar que as pessoas do teatro estivessem tentando fazer um círculo ao redor do poste, de acordo com posições combinadas previamente, mas então o padrão se desfez e vi que a forma da aglomeração mudava de maneira aleatória.

O Pai e a srta. Helen estavam poucos passos à minha frente, indo em direção às pessoas, e Rick e Josie vinham logo atrás, andando tão perto que, se eu fosse obrigada a parar de repente, haveria uma colisão. Pude ouvir Josie dizendo:

"Não, Rick, depois. Aí eu te conto. Por enquanto, o que posso dizer é que a minha Mãe está num daqueles dias bem esquisitos dela."

"Mas o que ela falou? O que aconteceu?"

"Olha, Ricky, não é isso que importa agora. O que importa é esse cara que você vai encontrar e o que você vai dizer pra ele."

"Mas eu estou vendo que você ficou chateada..."

"Não fiquei chateada, Ricky. Mas *vou ficar* chateada, e muito, se você não se esforçar e não fizer o seu melhor na conversa com esse cara. Isso é importante. Importante pra você e pra *nós dois*."

Eu tinha pensado que, assim que eu as observasse sem o vidro entre nós, as pessoas do teatro se tornariam mais definidas. Mas, agora que eu estava em meio a elas, suas figuras ficaram mais simplificadas, como se fossem construídas com cones e cilindros feitos de papel-cartão. Suas roupas, por exemplo, estavam desprovidas das dobras e pregas habituais, e até seus rostos, sob a luz do poste, pareciam ter sido criados a partir de superfícies planas posicionadas de forma engenhosa em arranjos complexos para dar a impressão de que tinham contorno.

Continuamos andando até o ruído nos cercar por todos os lados. Em dado momento, parei e estiquei o braço, procurando o de Josie, mas ela já não estava atrás de mim. E, ainda que a tenha ouvido dizer: "Olha lá a Mamãe" para Rick, quando me virei não vi nem um nem outro, e sim uma testa lisa vindo na direção do meu rosto. Alguém me empurrou por trás, mas sem crueldade, depois escutei a voz do Pai e, virando-me novamente, eu o vi junto à srta. Helen, ambos parados ao lado do cotovelo de um desconhecido. Consegui ouvir o Pai dizendo:

"Eu não quis dizer isso na frente da crianças. Mas, Helen,

escuta. Não tem problema você me chamar de fascista. Pode me chamar do que quiser. Mas o lugar onde você mora hoje talvez não continue tão tranquilo pra sempre. Você soube do que aconteceu aqui mesmo, nesta cidade, na semana passada? Não estou dizendo que vocês já estão em perigo, mas é preciso pensar no futuro. Quando falo com a Chrissie sobre isso, ela só dá de ombros. Mas vocês precisam pensar a respeito disso. Pense no futuro do Rick, assim como no seu."

"Ah, Paul, mas eu *penso* no futuro, sim. Por que você acha que viemos aqui hoje? Por que você acha que estou aqui, procurando um amante do meu passado? Estou pensando no futuro, e estou planejando, e se eu fiz do jeito certo, logo o Rick estará em outro lugar. E não em uma comunidade em que as pessoas estão se armando, espero. Quero que o Rick se dê bem na vida, e para isso preciso da ajuda do Vance. Onde é que ele pode ter se enfiado? Talvez tenha ido ao teatro errado."

"O Rick se tornou um ótimo rapaz. Espero que ele consiga encontrar um caminho em meio a este caos que legamos à geração dele. Mas se as coisas não derem tão certo, Helen, seja pra você ou pra ele, quero que você entre em contato comigo. Posso arranjar um lugar para os dois na nossa comunidade."

"É muita delicadeza da sua parte, Paul. E peço desculpas se fui indelicada agora há pouco. Acho que você vai ficar surpreso, mas não estou ressentida pelo que aconteceu conosco. Se uma criança tem mais habilidade que a outra, nada mais justo que a mais inteligente tenha acesso às oportunidades. E às responsabilidades também. Isso eu aceito. O que eu não aceito é o Rick não poder ter uma vida decente. Me recuso a aceitar que o mundo se tornou tão cruel. O Rick não foi elevado, mas ainda pode chegar longe, pode viver muito bem."

"Eu desejo o melhor pra ele. Só estou dizendo que existem muitas formas de ser bem-sucedido na vida."

Havia vários rostos se movendo ao meu redor, mas, nesse momento, um novo rosto apareceu na frente dos outros e veio se aproximando até quase encostar no meu. Só então reconheci Rick e deixei escapar um ruído de surpresa.

"Klara, você sabe o que deu na Josie?", ele perguntou. "Aconteceu alguma coisa hoje mais cedo?"

"Eu não sei sobre o que Josie e a Mãe conversaram", respondi. "Mas tenho excelentes notícias. A tarefa que me foi confiada naquela tarde em que você me ajudou a chegar ao celeiro do sr. McBain foi concluída. Era uma tarefa que eu queria muito concluir, mas por muito tempo não soube como. Rick, aconteceu mesmo."

"Que ótimo. Só não sei direito sobre o que você está falando."

"Ainda não posso explicar. E fui obrigada a revelar parte da informação. Mas isso não importa mais, porque agora podemos voltar a ter esperança."

Cada vez mais cones e cilindros — ou o que pareciam fragmentos deles — se espremiam no pouco espaço que restava ao meu redor. Então percebi que um desses fragmentos — uma forma que se aproximou e substituiu Rick — era, na verdade, Josie. Assim que a reconheci, ela se tornou imediatamente mais definida, e não tive mais dificuldade para firmá-la em minha mente.

"Olha, Klara, esta aqui é a Cindy. Ela estava servindo a nossa mesa agora há pouco, lembra? Ela sabe o que aconteceu com a sua antiga loja."

Senti alguém tocar no meu braço e exclamar: "Nossa, eu *amava* a sua loja!". Quando eu me virei na direção da voz, vi dois tubos altos, um enfiado dentro do outro, o de cima levemente inclinado na minha direção. Quando sorri e disse "Como vai?", os tubos continuaram:

"Eu estava falando para a sua dona… Passei por lá no último

fim de semana, e parece que virou uma loja de móveis! Aliás, tenho certeza de que já vi você naquela vitrine, sabia?"

"A Klara quer saber pra onde eles se mudaram. Você sabe, Cindy?"

"Hum. Não sei se eles se *mudaram*..."

Alguém estava puxando meu braço, mas a essa altura havia tantos fragmentos diante de mim que eles pareciam compor uma parede sólida. Eu também tinha começado a suspeitar que muitas dessas formas não chegavam a ser tridimensionais, que na verdade haviam sido desenhadas em superfícies planas usando técnicas de sombreamento que davam a ilusão de profundidade e faziam com que parecessem redondas. Nesse momento, percebi que a figura que estava ao meu lado, me levando para longe, era a Mãe. Ela dizia, quase no meu ouvido:

"Klara, eu sei que falamos muita coisa hoje mais cedo. No carro, digo. Mas você tem que entender que eu estava pensando em três, quatro coisas ao mesmo tempo. O que eu quero dizer é que você não deve levar muito a sério nada do que conversamos. Você entende, né?"

"Quando ficamos sozinhas no carro, a senhora diz? Quando estacionamos perto do viaduto?"

"Sim, é disso que estou falando. Não estou dizendo que vamos desistir de nada. É só pra você saber, o.k.? Ah, essa história toda está ficando muito confusa. E o Paul também não ajuda. Olha ele. O que ele está falando pra ela agora?"

Não muito longe de nós, o Pai se debruçava para aproximar o rosto do de Josie, dizendo alguma coisa com uma expressão séria.

"Ele anda falando tanta merda", a Mãe disse, e começou a andar na direção deles. Mas antes que ela o fizesse, um braço saiu do meio da multidão e agarrou seu pulso.

"Chrissie", a voz da srta. Helen disse, "deixe os dois sozinhos por um minuto. Hoje em dia eles quase não se veem."

"Me parece que hoje o Paul já distribuiu a típica sabedoria dele pra muita gente", a Mãe disse. "E olha lá. Estão brigando."

"Eles não estão brigando, Chrissie. Garanto que não estão. Então deixe os dois conversarem um pouco."

"Helen, eu não preciso que você faça a tradução simultânea pra mim. Eu ainda sou capaz de interpretar o comportamento da minha filha e do meu marido."

"*Ex*-marido, Chrissie. E ex é sempre imprevisível, como estou sentindo na pele neste exato momento. O Vance jurou que não nos deixaria esperando, e veja no que deu. Não fomos casados, como você e o Paul foram, então o gosto amargo na boca tem um sabor diferente. Mas não subestime a minha situação, Chrissie. Eu não o vejo há catorze anos, e da última vez foi por acaso, de passagem. Será possível que tenhamos passado um pelo outro nessa multidão sem nos reconhecermos?"

"Você se arrepende, Helen?", a Mãe perguntou de forma repentina. "Você sabe do que estou falando. Você se arrepende? De não ter seguido adiante com o Rick?"

Por um momento, a srta. Helen continuou olhando em direção ao lugar onde o Pai e Josie conversavam. Depois disse: "Sim. Pra ser sincera, Chrissie, a resposta é sim. Mesmo depois de ver o que isso causou a você. Eu sinto… Sinto que não fiz o melhor que podia por ele. Que nem cheguei a pensar direito nisso tudo, como você e o Paul fizeram. Eu estava com a cabeça em outro lugar e deixei o momento passar. Talvez esse seja meu arrependimento, mais do que qualquer outra coisa. Que eu nunca tenha amado meu filho o suficiente pra tomar uma decisão de verdade, qualquer uma."

"Tudo bem." A Mãe pousou uma mão gentil na parte superior do braço da srta. Helen. "Tudo bem. É difícil, eu sei."

"Mas agora estou fazendo o melhor que posso. Desta vez estou fazendo o melhor por ele. Eu só preciso que o Amante Antigo apareça. Ah! Olha ele ali. Vance! Vance! Com licença…"

"Você gostaria de assinar nossa petição?" O homem que aparecera diante da Mãe tinha o rosto pintado de branco e os cabelos pretos. A Mãe deu um passo rápido para trás, como se o material do rosto branco fosse grudar nela e perguntou: "Petição para quê?".

"Estamos protestando contra a proposta de demolir o Edifício Oxford. Há atualmente quatrocentas e trinta e três pessoas pós-empregadas morando nele, oitenta e seis delas crianças. Nem a Lexdell, nem o governo municipal propuseram boas soluções para realocar esses moradores."

Não ouvi mais nada do que o homem preto e branco estava dizendo para a Mãe, porque o Pai entrou na minha frente e disse para ela:

"Meu Deus, Chrissie, o que você andou falando pra nossa filha?" Ele estava se esforçando para falar baixo, mas parecia irritado. "Ela está se comportando de um jeito muito esquisito. Por acaso você *contou* pra ela?"

"Não contei, Paul, não." A Mãe disse isso com um tom de incerteza atípico. "Pelo menos não sobre… *aquilo* tudo."

"E o que exatamente você…"

"Falamos sobre o retrato, só isso. Não podemos viver escondendo tudo dela. Ela desconfia de muitas coisas. Se não contarmos nada, ela vai deixar de confiar em nós."

"Você falou com ela sobre o *retrato*?"

"Só contei que não era uma pintura. Que era uma espécie de escultura. Ela se lembra da boneca da Sal, é claro…"

"Meu Deus do céu, pensei que tínhamos concordado que…"

"A Josie não é uma criancinha, Paul. Ela consegue deduzir

muita coisa. Ela quer que sejamos sinceros com ela, e não está errada…"

"Rick!" Eu reconheci a voz da srta. Helen atrás de mim. "Rick! Vem cá! O Vance está aqui, eu o encontrei. Venha dar oi. Ah, Chrissie, quero que você conheça o Vance. Um velho amigo, um amigo querido. Aqui está ele."

O sr. Vance estava usando um terno de alto nível com uma camisa social branca e gravata azul. Era tão calvo quanto o sr. Capaldi, e mais baixo que a srta. Helen. Estava olhando ao redor como se algo o intrigasse.

"Olá, prazer em conhecê-la", ele disse à Mãe. E depois à srta. Helen: "O que está acontecendo? Todo mundo aqui veio para esse espetáculo?".

"Eu e o Rick estávamos aqui esperando por você, Vance. Exatamente como você falou pra fazermos. Que maravilha vê-lo de novo! Você não mudou quase nada."

"Você também está com uma cara ótima, Helen. Mas o que está acontecendo? Onde está o seu filho?"

"Ricky! Aqui!"

Nessa hora, pude ver Rick, em pé, um pouco adiante, erguendo a mão em resposta. Então ele começou a andar por entre os fragmentos e vir em nossa direção. Eu não sabia ao certo se o sr. Vance, que olhava na direção correta, havia reconhecido Rick ou não. De qualquer forma, naquele momento, um dos funcionários de colete do teatro apareceu e se pôs entre o sr. Vance e Rick, que se aproximava.

"Vocês já têm ingressos para esse espetáculo?", o funcionário de colete perguntou. "Ou, se tiverem, gostariam de fazer um upgrade?"

O sr. Vance ficou olhando para ele e não respondeu. Então Rick passou pelo funcionário de colete, e o sr. Vance disse: "Oi! Esse é o seu filho? Ele parece ótimo!".

"Obrigada, Vance", a srta. Helen respondeu em voz baixa.

"Olá, senhor", Rick disse, e seu sorriso era parecido com aquele que ele mostrara ao cumprimentar os adultos no encontro de interação de Josie.

"Oi, Rick. Sou o Vance. Um amigo muito, muito antigo da sua mãe. Já ouvi falar bastante de você."

"O senhor foi gentil em vir nos encontrar."

"Até que *enfim* eu te achei!" De repente Josie preencheu o espaço diante de mim. Ao lado dela estava a garota de dezoito anos que eu percebi ser Cindy, a garçonete, agora muito menos simplificada do que da última vez que eu a vira.

"Então, não acho que a sua loja *mudou* de lugar", Cindy disse. "Mas abriram uma nova dentro da Delancey's, e talvez alguns dos AAs da sua antiga loja tenham sido mandados pra lá."

"Com licença." Uma mulher de vestido azul de alto nível, que pelas minhas estimativas tinha quarenta e seis anos, surgiu na minha frente, mas com o rosto virado para Josie e Cindy. "Gostaríamos de saber se vocês pretendem entrar com essa máquina no teatro."

"E se a gente for entrar, é da sua conta?", Cindy respondeu.

"Esses ingressos são concorridos", a mulher disse. "Não é certo que sejam utilizados por máquinas. Se vocês entrarem com essa máquina, precisaremos nos opor."

"Não sei o que isso tem a ver com você…"

"Tudo bem", Josie disse. "A Klara não vai entrar no espetáculo, nem eu…"

"A questão não é essa", Cindy disse. "Isso me tira do sério." Então ela se dirigiu à mulher: "Eu não te conheço! Quem é você? Pra chegar falando com a gente desse jeito…".

"Então essa máquina é sua?", a mulher perguntou a Josie.

"A Klara é a minha AA, se é isso que quer saber."

"Primeiro eles roubam os empregos. Depois as poltronas do teatro?"

"Klara?" O Pai tinha aproximado o rosto do meu. "Você continua se sentindo bem?"

"Sim, estou bem."

"Tem certeza?"

"Talvez eu tenha ficado um pouco desorientada mais cedo. Mas agora estou bem."

"Que bom. Olha, preciso ir embora daqui a pouco. Então queria saber se você poderia me contar. O que foi que fizemos lá naquele lugar, exatamente? E o que podemos esperar que aconteça depois daquilo?"

"O sr. Paul confiou em mim, e isso foi maravilhoso. Infelizmente, como eu disse antes, não posso lhe dizer mais nada a respeito sem pôr em risco justamente o que conquistamos. Mas acredito que agora há esperança de verdade. Por favor, tenha paciência e espere por boas notícias."

"Como você preferir. Vou passar no apartamento amanhã de manhã pra me despedir da Josie. Então talvez eu te veja amanhã."

A voz da Mãe disse em algum lugar atrás de mim: "Falaremos disso no apartamento. Não podemos falar aqui".

"Mas era só isso que eu queria dizer", disse a voz de Josie. "Eu realmente não quero que você deixe ela trancada, igual você fez com a da Sal. Quero que a Klara fique com o meu quarto só pra ela e que ela possa ir aonde quiser."

"Mas por que estamos falando disso? Você vai melhorar, querida. Não precisamos pensar em *nada* disso…"

"Ah, Klara, estávamos te procurando." A srta. Helen tinha surgido ao meu lado. "Klara, olha, eu estava falando com a Chrissie. Agora você vem conosco."

"Com vocês?"

"A Chrissie quer levar a Josie de volta para o apartamento e conversar com ela a sós, sem toda essa confusão. Então você vai ficar conosco por enquanto. A Chrissie vai voltar para te buscar em meia hora." Então, inclinando-se para a frente, ela falou no meu ouvido em voz baixa: "Viu só? O Rick e o Vance estão se entrosando! E igualmente, querida, o Rick vai gostar muito de ter a sua companhia enquanto ele enfrenta tudo isso. Nada garante que não será uma provação."

"Sim, é claro. Mas a Mãe..."

"Ela virá buscar você daqui a pouco, não se preocupe. Ela só precisa de uns minutinhos a sós com a Josie."

"O que eu quero, mais que tudo", o sr. Vance disse em meio a uma gargalhada, vindo em nossa direção, "é sair deste tumulto. Ali, aquela lanchonete. Já está ótimo. Só precisamos de um lugar para sentar, conseguir olhar um para o outro e conversar."

Havia braços me rodeando, e percebi que Josie me puxava para um abraço não muito diferente do que ela me oferecera naquele dia na loja, depois de sua grande decisão. Mas dessa vez ela falou no meu ouvido, de forma que só eu escutasse:

"Não se preocupa. Eu nunca vou deixar nada de ruim acontecer com você. Eu vou falar com a Mamãe. Agora vai com o Rick. Pode confiar em mim."

Então ela me soltou, e a srta. Helen, com delicadeza, começou a me puxar para longe.

"Vamos, Klara, querida."

Saímos da multidão do teatro, o sr. Vance abrindo caminho até a lanchonete, a srta. Helen se apressando para caminhar ao lado dele. Rick e eu seguimos os adultos alguns passos atrás, e à medida que o vazio e o ar frio nos envolveram, senti meu senso de orientação retornando. Quando olhei para trás, fiquei surpresa ao ver como a rua estava muito escura e silenciosa, exceto por aquele único amontoado de gente ao redor do poste de luz. Na verdade, quando nos afastamos ainda mais, aquela aglomeração

— da qual eu fizera parte até pouco tempo — pareceu uma daquelas nuvens de insetos que eu tinha visto algumas vezes no campo no fim da tarde, pairando no céu, cada criatura dentro dela concentrada em mudar de posição, no anseio de encontrar outra melhor, mas nunca indo além dos limites do todo que formavam juntas. Vi Josie acenando com uma expressão intrigada à beira da multidão, e a Mãe, em pé ao lado dela, com as duas mãos apoiadas nos ombros de Josie, observando-nos com olhos inexpressivos.

A escuridão se alastrou, e os ruídos da multidão do teatro ficaram mais fracos, mas eu sabia que minhas habilidades de observação não haviam sido tão prejudicadas porque ainda via com clareza a lanchonete iluminada para a qual nos dirigíamos. Eu percebia que ela tinha o formato de uma fatia de torta apontada em nossa direção, e que a rua se bifurcava de ambos os lados, e que as janelas da lanchonete corriam paralelas às duas calçadas divergentes, de forma que, para qualquer lado que andassem, os transeuntes sempre poderiam olhar para seu interior iluminado — para os assentos de couro reluzente, os tampos de mesa lustrosos e o balcão transparente e brilhante atrás do qual o gerente da lanchonete esperava os clientes com seu avental e seu boné brancos.

Sem nenhum veículo passando e com os edifícios do entorno tão escuros, a lanchonete era a única fonte de luz dessa área, lançando formas inclinadas sobre o pavimento. Eu me perguntei que lado da bifurcação o sr. Vance escolheria, mas, quando chegamos mais perto, notei que havia uma porta na própria esquina pontuda. Eu só não havia percebido isso antes, pensei, porque a porta era tão parecida com as janelas da lanchonete — era quase toda de vidro e tinha palavras pintadas de ponta a ponta. O sr.

Vance abriu a porta e ficou de lado para que a srta. Helen entrasse primeiro.

Quando entrei logo depois de Rick, achei as luzes tão fortes e amarelas que não consegui me adaptar imediatamente. Só com o tempo pude distinguir as fatias de torta de fruta, todas com o mesmo formato da própria lanchonete, que ficavam expostas dentro do balcão transparente, e o Gerente da Lanchonete — um homem grande de pele negra — parado, quase sem se mexer, atrás dele, com o rosto virado para longe de mim. Então percebi que ele observava o sr. Vance e a srta. Helen, que escolhiam uma mesa numa das cabines e se acomodavam em seus lugares, de frente um para o outro.

Vi a silhueta de Rick andando pelo piso brilhoso e sentando-se ao lado de sua mãe. Enquanto isso, o que Josie dissera na despedida voltou ao meu pensamento, e me perguntei de que assunto importante a Mãe queria tratar com ela no Apartamento da Amiga, e por que minha ausência era necessária.

A srta. Helen e o sr. Vance continuaram se entreolhando silenciosamente durante o tempo que levei para chegar à mesa. Senti que não conhecia o sr. Vance o suficiente para me sentar ao lado dele. Além disso, ele ocupava o centro do assento que deveria acomodar duas pessoas, e percebi que eu não conseguiria me sentar sem perturbar seu conforto. Por isso, eu me sentei sozinha na mesa vizinha, do outro lado do corredor.

O sr. Vance enfim parou de olhar para a srta. Helen e, virando-se, deu instruções ao Gerente da Lanchonete. Só nesse momento me ocorreu que, embora não houvesse outros clientes além de nós, todas as mesas e assentos tinham sido cuidadosamente preparados para o caso de outras pessoas chegarem. Nessa hora, pensei que o Gerente da Lanchonete talvez fosse uma pessoa solitária, ou pelo menos que ficava solitário enquanto estava em sua lanchonete, iluminada dos dois lados para qualquer pessoa que passasse por ela durante a noite.

"Senhor?", Rick disse. "Sou muito grato ao senhor por esse tempo que está me oferecendo. E por cogitar me ajudar."

"Sabe, Rick...", o sr. Vance disse com um tom sonhador. "Faz um bom tempo que eu não vejo a senhora sua mãe."

"Obrigado, senhor. E o senhor nunca chegou a me conhecer, a não ser de passagem quando eu tinha dois anos, ou algo do tipo. Isso só mostra o quanto está sendo generoso por ter concordado em me encontrar dessa forma. Mas a Mamãe sempre fala que o senhor é uma pessoa muito generosa, mesmo."

"É um alívio saber que a sua mãe fala bem de mim. Mas talvez ela também tenha falado uma ou outra coisa negativa?"

"Ah, não. Minha mãe sempre falou só coisas boas a seu respeito."

"É mesmo? E todos esses anos eu pensando que... Bem, deixa pra lá. Helen, já estou bastante impressionado com esse seu menino."

A srta. Helen vinha observando o sr. Vance atentamente. "Eu nem preciso dizer que também estou muito agradecida, Vance. Eu te agradeceria ainda mais, mas essa é a oportunidade do Rick, e eu não quero falar por ele."

"Bem colocado, Helen. Então, Rick, por que você não me fala do que se trata?"

"Não sei bem por onde começar, mas é o seguinte. Tenho grande interesse por tecnologia de drones. Pode-se dizer que é uma paixão. Venho desenvolvendo um sistema próprio, e agora tenho minha equipe de pássaros-drone..."

"Um segundo. Quando você diz 'sistema próprio', Rick, você está dizendo que fez algo que ninguém tinha feito antes?"

O rosto de Rick foi atravessado pelo pânico, e ele olhou em minha direção. Eu sorri para ele, tentando comunicar que o sorriso não era só meu, que também vinha em nome de Josie. Tendo compreendido ou não, ele pareceu se sentir incentivado.

"Não, senhor, creio que não", ele respondeu com uma breve risada. "Não estou querendo dizer que sou um gênio. Mas o que posso dizer é que criei, sim, meu sistema de drones sozinho, sem ajuda de nenhum professor. Usei várias fontes que encontrei na internet. E a minha mãe também tem me apoiado muito, ela encomendou alguns livros bem caros. Na verdade, eu trouxe alguns desenhos, caso o senhor queira saber mais ou menos como funciona. Olha. Mas não, não acho que eu esteja fazendo nada tão inovador, e sei que tenho poucas chances de chegar a fazer algo assim sem a devida orientação."

"Compreendo. E agora seu objetivo é conseguir uma vaga numa boa universidade. Para fazer jus ao seu talento."

"Bem, mais ou menos isso. Eu e a minha mãe pensamos que talvez a Atlas Brookings, por ser uma universidade generosa e progressista…"

"Generosa e progressista o suficiente para abrir as portas a todos os alunos de alto potencial, inclusive alguns que não tiveram o privilégio da edição genética."

"Exato, senhor."

"E sem dúvida você deve saber, Rick, porque sua mãe deve ter dito, que sou o atual presidente do Comitê dos Fundadores da universidade. Ou seja, o órgão que gerencia as bolsas de estudo."

"Sim, senhor. Foi isso que ela me contou."

"Vejamos, Rick. Eu espero que a sua mãe não esteja insinuando que possa haver algum tipo de favorecimento no processo seletivo da Atlas Brookings."

"Nem a minha mãe, nem eu pediríamos que o senhor me ajudasse por meio de qualquer favorecimento, senhor. Só estou pedindo que me ajude caso avalie que mereço uma vaga na Atlas Brookings."

"Bem colocado. Tudo bem, vamos dar uma olhada no que você trouxe."

Rick já tinha colocado seu caderno sobre a mesa, e agora o sr. Vance o abria. Ele observou o diagrama da página que aparecera quando o livro fora aberto, e, em seguida, ao virar a página e encontrar outro, pareceu se interessar pelo que via. Ele continuou folheando o caderno com gestos delicados, às vezes voltando para páginas anteriores. Em dado momento, murmurou sem levantar os olhos:

"Todos esses se referem ao que você planeja criar no futuro?"

"A maioria, sim. Mas alguns projetos eu já tirei do papel. Como esse da página seguinte."

A srta. Helen observava em silêncio, com um sorriso amigável no rosto, ora olhando para o sr. Vance, ora para o caderno do Rick. Nesse momento voltei a sentir, de forma breve mas muito vívida, a mão do Pai segurando minha cabeça no ângulo necessário, e ouvi o ruído gotejante do fluido entrando na garrafa de plástico que ele segurava junto ao meu rosto com a outra mão.

"Vejamos, Rick", o sr. Vance disse, "eu não sou nenhum especialista nesses assuntos. Mas me parece que os seus drones têm alta capacidade de vigilância."

"Isso, os pássaros são dispositivos que coletam dados. Mas não quer dizer que tenham que ser usados para atividades que invadam a privacidade das pessoas, necessariamente. Eles têm muitos usos possíveis. Serviços de segurança, e até de babá eletrônica… Mas, é verdade, existem pessoas lá fora nas quais é melhor ficar de olho."

"Criminosos, você quer dizer."

"Ou paramilitares. Ou cultos estranhos."

"Compreendo. De fato, os desenhos são muito interessantes. Então você acha que não há grandes questões éticas envolvidas?"

"Não tenho dúvida, senhor, de que há várias questões éticas.

Mas, no fim, cabe aos parlamentares decidirem como essas coisas serão regulamentadas, não a pessoas como eu. Por enquanto, eu só quero aprender tudo o que puder, pra poder levar meu conhecimento além."

"Bem colocado." O sr. Vance assentiu e continuou olhando o caderno de Rick.

O solitário Gerente da Lanchonete tinha se aproximado com sua bandeja nas mãos e começou a dispor as bebidas pela mesa, posicionando-as diante da srta. Helen, do sr. Vance e de Rick. Todos agradeceram com vozes abafadas, e em seguida ele se afastou de novo.

"Você deve saber, Rick", o sr. Vance disse, "que minha intenção aqui não é dificultar as coisas pra você. Eu só estou, digamos, testando você um pouquinho, para conhecer melhor o seu caráter." E virando-se para a srta. Helen: "E até agora ele teve um desempenho excelente".

"Vance, meu querido. Quer alguma coisa pra acompanhar esse café? Talvez um daqueles donuts que estou vendo ali? Você sempre teve uma queda por donuts."

"Obrigado, Helen, mas tenho um jantar em seguida." Ele olhou o relógio, depois voltou a olhar para Rick. "Agora pense no seguinte, Rick. A Atlas Brookings acredita que existem muitos jovens talentosos por aí, iguaizinhos a você, que, por questões financeiras ou outros motivos, nunca tiveram os benefícios do AGE. A universidade também acredita que hoje em dia a sociedade está cometendo um erro grave ao impedir que esses talentos floresçam. Infelizmente, a maior parte das outras instituições pensa diferente. Isso significa que recebemos muito mais candidaturas de pessoas como você do que temos capacidade de absorver. Conseguimos eliminar de imediato os que não têm nenhuma chance, mas, depois disso, sinceramente, vira uma loteria. Vejamos, Rick... Você acabou de dizer que sua intenção aqui não é ser favorecido. Então eu pergunto o seguinte. Se é isso mesmo, *por que é que eu estou sentado aqui na sua frente?*"

Com essas palavras, o sr. Vance alterou o clima do encontro de forma tão repentina que eu quase deixei escapar um som de surpresa. Rick também pareceu alarmado. Só a srta. Helen pareceu não estar surpresa, e sim estar confirmando algo que temia havia muito tempo e que finalmente tinha ocorrido. Ela sorriu e disse:

"Vou responder essa pergunta por ele, Vance. *Sim*, estamos pedindo um favor a você. Sabemos que isso está a seu alcance. Então, estamos pedindo sua ajuda. Deixe-me dizer isso de outra forma. *Eu* estou pedindo. Estou pedindo que você ajude o meu filho a ter uma chance neste mundo."

"Mãe..."

"Não, meu querido, é isso mesmo. Cabe a mim, e não a você, pedir isso ao Vance. E nós estamos, *sim*, pedindo que ele exerça um tipo de favorecimento. É evidente que estamos."

Eu havia me enganado ao pensar que éramos os únicos clientes do Gerente da Lanchonete. Nesse momento, reparei que, na terceira mesa da fileira em que a minha se encontrava, havia uma mulher de quarenta e dois anos sentada sozinha. Eu não a notara antes porque ela se comprimia contra a janela, a testa encostando no vidro, para ver a escuridão do lado de fora. Eu me perguntei se era possível que o Gerente da Lanchonete também não a tivesse visto, e que ela tivesse ficado se sentindo ainda mais solitária, pensando que o Gerente da Lanchonete a ignorava de propósito.

"Sabe, Helen", o sr. Vance disse, "você empregou uma tática muito estranha agora. O favorecimento, como qualquer outra forma de corrupção, funciona melhor quando não lhe damos esse nome. Mas deixemos isso de lado." O sr. Vance se inclinou para a frente. "Pensei que era o Rick quem estava me pedindo um favor. Ele é um jovem formidável, muito simpático. Até aí estava tudo indo bem. Mas olha o que você fez. Você acabou de me dizer que estamos falando de um favor que eu faria a você. A você, Helen. Depois de tantos anos. De tantos anos em que você não respondeu às minhas mensagens. Tantos minutos e horas e dias e meses e anos em que fiquei pensando em você."

"Você precisa mesmo falar sobre isso aqui? Na frente do Rick?" A srta. Helen continuava sorrindo amigavelmente, mas sua voz titubeava.

"O Rick é um rapaz inteligente. É ele quem ganha ou perde no fim das contas. Então por que esconder as coisas dele? Ele precisa entender todo o contexto. Precisa entender do que se trata tudo isso."

Mais uma vez, Rick olhou para mim do outro lado do corredor, e mais uma vez eu tentei encorajá-lo com um sorriso que era, ao mesmo tempo, meu e de Josie.

"Mas do que se trata tudo isso, Vance?", a srta. Helen perguntou. "Será que é tão difícil assim? Eu só estou pedindo para que ajude meu filho. Se você não está disposto a fazer isso, podemos nos despedir educadamente e deixar por isso mesmo."

"Quem disse que eu não queria ajudar o Rick? Percebo que ele é um rapaz talentoso. Esses desenhos mostram um verdadeiro potencial. Eu tenho todos os motivos para acreditar que ele pode se sair bem na Atlas Brookings. O problema é *você* ter me pedido isso, Helen."

"Então eu não devia ter falado nada. Antes de eu falar, estava correndo tudo bem. Vi que vocês se entenderam, e o Rick falou com você com um respeito sincero. Mas aí eu interferi, e agora temos um problema."

"Sem dúvida temos um problema, Helen. Um problema que completa vinte e sete anos. Vinte e sete anos em que você se recusa a se comunicar comigo. Eu não estava assediando a sua mãe naquela época, Rick. Não quero que você pense isso. No começo, eu fiquei, bem, digamos que meu tom tenha sido um tanto passional. Mas eu nunca assediei a sua mãe, nunca fiz ameaças, nunca atribuí a ela a culpa de nada. Eu insisti. Está correto, Helen? Estou descrevendo os acontecimentos de forma justa?"

"Bastante justa. Você era persistente, mas nunca ocorreu nada desagradável. Mas, Vance, precisamos mesmo tratar disso na frente do Rick?"

"Tudo bem. Vou respeitar a sua vontade. Talvez seja melhor eu não dizer mais nada. De repente é melhor você começar a falar, Helen."

"Senhor? Eu não sei o que aconteceu no passado. Mas se o senhor acredita que é inapropriado pedir que…"

"Só um minuto, Rick", o sr. Vance disse. "Eu quero ajudar você. Mas acho que está na hora de darmos à sua mãe a oportunidade de se explicar."

Por alguns segundos, nenhum deles disse nada. Olhei na direção do Gerente da Lanchonete, me perguntando se ele tinha escutado alguma coisa, mas ele mirava fixamente a escuridão que havia para além de suas janelas, e não havia nenhum sinal de que tivesse ouvido nada que despertasse seu interesse.

"Eu admito", a srta. Helen disse, "que agi mal com você, Vance. Eu reconheço. Mas eu também agi mal comigo mesma, e com todo mundo. Você não deveria achar que foi algo pessoal. Eu distribuí meu comportamento horrível de forma universal."

"Pode até ser. Mas eu não era qualquer um. Fazia cinco anos que tínhamos uma vida juntos…"

"Sim. E quero pedir perdão por isso. Às vezes, Vance — e Rick também, não me importo em dizer isso na sua frente —, eu queria poder fazer uma fila com todas as pessoas que tratei de forma inaceitável, colocá-las todas numa fila bem longa. Aí eu iria de uma em uma, sabe, como um monarca faria, apertando a mão de cada pessoa, olhando cada uma nos olhos e dizendo: Sinto muito, eu fui uma pessoa horrível, não fui?"

"Fantástico. Então agora eu preciso entrar numa fila. Para ter a honra de receber o pedido de desculpas de sua majestade."

"Céus, como eu me expressei mal. Só estou tentando explicar como... como eu me sinto. Eu sei que falando assim soa terrível. Mas, quando olho para trás, para as coisas que aconteceram, é tão intenso e penso que seria bom se existisse alguma solução desse tipo. Se eu fosse uma rainha, aí sim eu poderia..."

"Mãe, sério, eu sei o que você está querendo dizer. Mas talvez não seja a melhor forma..."

"Você já *foi mesmo* uma espécie de rainha, Helen. Uma linda rainha. E achava que podia fazer o que bem quisesse impunemente. Eu fico um pouco triste, mas também um pouco feliz. Em ver que você não saiu impune. Que tudo isso te alcançou e que você teve que pagar um preço no fim das contas."

"E que preço eu paguei, Vance? Você se refere ao fato de eu ser pobre? Porque eu não ligo muito para isso, não, viu?"

"Você pode não se incomodar com o fato de ser pobre, Helen, mas você se tornou frágil. E eu acho que isso te incomoda bem mais."

A srta. Helen ficou em silêncio por muitos segundos mais, enquanto o sr. Vance continuou a encará-la com olhos grandes. Finalmente ela disse: "Sim. Você tem razão. Desde a época em que você me conheceu, eu me tornei... frágil. Tão frágil que corro o risco de me despedaçar se bater um vento mais forte. Eu perdi minha beleza, não por culpa do tempo, mas por causa dessa fragilidade. Mas, Vance, Vance, querido. Você não me perdoaria nem um pouco? Não poderia ajudar o meu filho? Vance. Eu te ofereceria qualquer coisa, tudo, mas não há nada em que eu consiga pensar em te oferecer. Nada, nada mesmo, além dessa súplica. Então eu estou implorando, Vance, para você ajudar o Rick".

"Mãe, por favor... Para com isso. Nunca que..."

"Você está vendo a minha situação, Rick. Eu não sei exatamente do que a sua mãe está falando. Ela disse que quer pedir desculpas, mas a que ela se refere? É tudo muito vago. Acho que talvez isso funcione melhor, Helen, se formos mais específicos."

"Eu só estou pedindo, Vance, para você ajudar o meu filho. Tem como ser mais específica que isso?"

"Estou falando dos detalhes, Helen. Por exemplo, naquela noite na casa do Miles Martin. Você sabe a qual noite me refiro."

"Sei, sei. Quando eu falei para todo mundo que você ainda não tinha lido o Relatório Jenkins..."

"Você bem que conseguiu se divertir às minhas custas, Helen. E sabia o que estava fazendo..."

"Então, Vance, eu peço desculpas por aquela noite. Eu estava descontrolada, eu queria me vingar. Eu queria..."

"Outro detalhe. Fora de ordem, estou sorteando acontecimentos dessa lista ao acaso. Aquela mensagem de voz que você me mandou naquele hotel. Em Portland, no Oregon. Você acha que aquilo não foi cruel?"

"Foi muito cruel. Foi uma mensagem aviltante, e eu não me esqueci dela. Eu... consigo ouvir aquela mensagem dentro da minha cabeça até hoje, ela me invade quando eu menos espero. É só eu ter um momento de paz que lá estou eu, na minha cabeça, pegando o telefone e deixando aquela mensagem de novo, só que dessa vez eu a modifico. Eu edito para não ser tão horrível. Como nunca cheguei a escutar a mensagem, só me ouvi falando aquelas coisas, às vezes sinto que ainda dá tempo de corrigir. Eu não consigo evitar, é uma pegadinha que a minha cabeça faz comigo, depois eu volto a me sentir uma pessoa detestável. Acredite, Vance, eu me penitenciei muito por causa daquela mensagem. E você precisa lembrar que, naquela época, eu não sabia apagar uma mensagem depois de ter gravado..."

"Mãe, para com isso. Senhor? Acho que isso não está fazendo muito bem pra minha mãe. Ela anda numa fase ótima, mas…"

A srta. Helen encostou no braço de Rick para silenciá-lo. "Vance, estou pedindo desculpas", ela prosseguiu. "Estou implorando. Estou dizendo que não agi da maneira correta com você e, se você quiser, eu te prometo que vou me penitenciar, e vou continuar me penitenciando, até conseguir me retratar com você."

"Mãe, vamos embora. Isso não está te fazendo bem."

"Se você quiser, Vance, podemos combinar de nos encontrar de novo. Daqui a dois anos neste mesmo lugar, digamos. E aí você descobriria se eu mantive minha promessa. Você poderia me examinar e ver se estou me penitenciando o suficiente…"

"Chega, Helen. Se o Rick não estivesse aqui, eu diria o que acho dessa ideia."

"Senhor? Eu não quero que faça nada pra me ajudar. Não quero mais nenhum envolvimento com isso."

"Não, Rick, você não sabe o que está falando", a srta. Helen disse. "Não ouça o que ele diz, Vance."

O sr. Vance se pôs de pé e disse: "Preciso ir".

"Mãe, se acalma, por favor. Nada disso é tão importante assim."

"Você não sabe o que está falando, Rick! Vance, espera um pouco! Não podemos nos despedir desse jeito. Você adorava donuts. Não quer comer um agora?"

"Eu concordo com o Rick. Isso não está te fazendo bem, Helen. É melhor eu ir embora. Rick? Eu gostei dos desenhos e gostei de você. Se cuida. Tchau, Helen."

O sr. Vance saiu andando pelo corredor que separava as duas mesas sem olhar para nenhum de nós, depois passou pela porta de vidro e se perdeu na escuridão. A srta. Helen e Rick continuaram sentados lado a lado, olhando para o vazio do tampo da mesa diante deles. Então Rick disse: "Klara, vem aqui sentar com a gente".

"Eu fico me perguntando", a srta. Helen disse.

Rick se aproximou dela um pouco mais, envolvendo seus ombros com os braços. "O que você fica se perguntando, Mãe?"

"Eu fico me perguntando se isso foi o suficiente. Se ele ficou satisfeito."

"Sinceramente, Mãe... Se eu soubesse que metade disso ia acontecer hoje, eu não teria vindo, mas de jeito nenhum."

Eu me acomodei no lugar que o sr. Vance tinha desocupado, mas nem a srta. Helen nem Rick levantaram a cabeça para me olhar. Observei a srta. Helen e pensei em como ela e o sr. Vance haviam um dia amado um ao outro, sido apaixonados um pelo outro. E me perguntei se existira um tempo em que a srta. Helen e o sr. Vance eram gentis um com o outro, assim como Josie e Rick são hoje. E se era possível que, um dia, Josie e Rick também se tratariam com tanta crueldade. Eu me lembrei do Pai no carro, falando sobre o coração humano, e sobre sua complexidade, e o vi em pé no pátio, bem na frente do Sol baixo, sua silhueta e sua sombra de fim de tarde se entrelaçando numa única forma alongada no momento em que levantou o braço e desatarraxou a tampa protetora do bocal da Máquina Cootings, e eu, parada atrás dele, esperando ansiosamente, segurando a garrafa plástica de água mineral que continha a preciosa solução.

"O que acabou de acontecer aqui?", a srta. Helen perguntou. "O que o Vance vai fazer? Ele vai ajudar? Ele pelo menos podia ter falado se vai ou não."

"Com licença", eu disse. "Minha intenção não é fomentar uma esperança inoportuna. Mas, pelo que pude observar, acredito que o sr. Vance decidirá ajudar Rick."

"Você acha mesmo?", a srta. Helen perguntou. "Por quê?"

"Posso estar enganada. Mas acredito que o sr. Vance considera muito a srta. Helen e vai decidir ajudar Rick."

"Ah, mas que robô mais querido! Espero que você esteja certa, espero mesmo. Não sei do que mais eu teria sido capaz."

"Mãe, ele que se dane. Eu vou ficar bem de qualquer jeito."

"Ele não estava tão feio quanto eu tinha imaginado", a srta. Helen observou, olhando na direção da rua escura e vazia. "Na verdade, até que ele estava bem-apessoado. Só queria que ele tivesse dito. Se vai ajudar ou não."

A Mãe deve ter encontrado nossa mesa sem dificuldade quando parou no meio-fio do nosso lado da lanchonete. Mas reduziu o farol e continuou dentro do carro, talvez na intenção de dar privacidade, embora pudesse ver que o sr. Vance já tinha ido embora.

Mas quando saímos da lanchonete, entramos no carro e começamos a avançar pela noite, notei que ela estava nervosa por ter deixado Josie sozinha no Apartamento da Amiga — e ansiosa para me levar até lá o mais rápido possível, antes de levar Rick e a srta. Helen até seu hotel modesto. A Mãe tinha perguntado: "Como foi?", assim que entramos no carro, mas depois que a srta. Helen respondeu: "Não tão bem, vamos ver o que acontece", houve pouca conversa, e cada um se perdeu em seus pensamentos.

À noite ficava ainda mais difícil de distinguir o Apartamento da Amiga dos outros vizinhos. A Mãe me conduziu pelos degraus corretos, e, no mais alto deles, eu me virei e olhei para o carro que esperava sob a luz do poste. Nesse momento, pude ver as formas da srta. Helen e de Rick lá dentro, e me perguntei o que estariam dizendo um ao outro, agora a sós.

O Apartamento da Amiga estava exatamente como o tínhamos deixado quando saímos para ir à casa do sr. Capaldi, a não ser pelo fato de estar escuro, é claro. Do hall de entrada, consegui ver o Lounge Principal e os desenhos noturnos que recaíam sobre o sofá no qual Josie tinha esperado a chegada do Pai. Seu livro ainda estava no tapete, no mesmo lugar onde ela o deixara cair, num canto palidamente iluminado.

A Mãe fez um sinal em direção ao corredor, dizendo com voz suave: "Ela já deve estar num sono profundo, então não faça barulho quando entrar. Se alguma coisa preocupar você, me liga. Volto em vinte minutos".

Ela estava prestes a sair de novo, e eu não queria que Rick e a srta. Helen se atrasassem para chegar ao hotel modesto, mas eu disse em voz baixa:

"Talvez agora possamos ter mais esperança."

"Como assim?"

"De manhã, quando o Sol voltar. Podemos ter esperança."

"Certo. Acho que ajuda, isso de você sempre se manter otimista." Ela se aproximou da porta. "Não acende nenhuma luz. Nem lá dentro, porque pode incomodar a Josie." Então a Mãe ficou estranhamente imóvel, em pé na semiescuridão, com o nariz quase encostado na superfície da porta. Sem se virar, disse: "Hoje mais cedo, eu e a Josie tivemos uma conversa que acabou tomando um rumo estranho. Acho que nós duas estávamos cansadas. Se ela acordar e disser alguma coisa esquisita pra você, não dê muita atenção. Ah, e não esquece. Não usa essa tranca, senão não consigo entrar de volta. Boa noite".

Entrei no Segundo Quarto com cuidado e encontrei Josie dormindo profundamente. O cômodo era mais estreito do que o quarto em casa, mas o teto era mais alto, e, como Josie tinha deixado a cortina aberta pela metade, havia formas recaindo sobre o guarda-roupa e a parede ao lado dele. Fui até a janela e olhei a noite lá fora para verificar o trajeto que o Sol poderia fazer pela manhã e descobrir se seria fácil para ele nos visitar. Como o próprio quarto, a janela era alta e estreita. As costas de dois edifícios grandes ficavam tão próximas que era surpreendente, e consegui decifrar canos de esgoto que criavam linhas verticais e janelas que se repetiam, em sua maioria vazias ou apagadas por persianas. Entre os dois prédios, vi a rua que ficava mais adiante e pude deduzir que, pela manhã, ela se tornaria movimentada. Mesmo naquele momento, havia um fluxo contínuo de veículos que cruzavam o vão. Acima do pedaço de rua havia uma coluna de céu noturno, e estimei que o Sol não teria nenhuma dificuldade em derramar sua nutrição especial por aquele espaço, por mais estreito que fosse. Também me dei conta de que era muito importante que eu permanecesse alerta e estivesse pronta ao primeiro sinal para abrir toda a persiana.

"Klara?" Josie se mexeu atrás de mim. "A Mamãe também voltou?"

"Ela não vai demorar. Só foi levar Rick e a srta. Helen de volta para o hotel."

Ela pareceu retornar ao sono. Mas, passados alguns instantes, ouvi as cobertas se mexerem de novo.

"Eu nunca deixaria nada de ruim acontecer com você." Sua respiração ficou mais espaçada e pensei que ela tinha voltado a dormir. Então ela disse com uma voz mais clara: "Nada vai mudar".

Agora ela estava mais desperta, então perguntei: "A Mãe discutiu alguma nova ideia com você?".

"Eu não acho que foi uma *ideia*. Eu falei pra ela que nada daquilo iria acontecer."

"Eu me pergunto o que foi que a Mãe sugeriu."

"Ela já não te falou disso? Não foi nada. Só umas coisas sem sentido que passam pela cabeça dela."

Eu me perguntei se ela diria mais alguma coisa. Então o edredom se mexeu de novo.

"Ela estava tentando... me oferecer uma coisa, eu acho. Ela disse que poderia pedir demissão do emprego e ficar comigo o tempo todo. Se eu quisesse. Que poderia virar a pessoa que fica sempre comigo. Ela faria isso se eu realmente quisesse, abriria mão do emprego, mas aí perguntei: o que aconteceria com a Klara? E ela, tipo, não iríamos mais precisar da Klara, porque *ela* ficaria comigo o tempo todo. Dava pra perceber que ela ainda não tinha pensado direito em nada disso. Mas ficou perguntando sem parar, como se eu tivesse que decidir, aí no fim eu disse pra ela, olha, Mãe, isso não ia dar certo. Você não quer perder o seu emprego e eu não quero perder a Klara. E meio que foi isso. Não vai rolar e a Mamãe concordou."

Depois disso ficamos em silêncio por algum tempo, Josie escondida nas sombras, eu em pé diante da janela.

"Talvez", eu disse depois de uma pausa, "a Mãe tenha pensado que, se ela ficasse com Josie o tempo todo, Josie se sentiria menos solitária."

"Quem disse que me sinto solitária?"

"Se isso fosse verdade, se Josie realmente fosse se sentir menos solitária com a Mãe, eu iria embora bem contente."

"Mas quem disse que eu me sinto solitária? Eu não me sinto solitária."

"Talvez todos os humanos sejam solitários. Ou pelo menos possam se tornar."

"Olha, Klara, isso foi só uma ideia de merda que a Mamãe inventou. Hoje mais cedo eu perguntei pra ela do retrato, e ela acabou se embananando toda e veio com essa ideia. Só que não chegava a ser uma ideia, não era nada. Então será que a gente pode deixar isso pra lá?"

Ela ficou quieta de novo, depois adormeceu. Decidi que, se

ela acordasse de novo, eu deveria dizer alguma coisa que a preparasse para o que poderia acontecer pela manhã, ou pelo menos para garantir que ela não fizesse nada para impedir a ajuda especial dele. Mas então, talvez porque eu estivesse no quarto com ela, seu sono foi ficando cada vez mais profundo, e depois de algum tempo eu me afastei da janela para ficar ao lado do guarda-roupa, de onde eu sabia que conseguiria ver os primeiros sinais do retorno do Sol.

Estávamos todos sentados nas mesmas posições da jornada de ida. Por conta da altura dos encostos dos bancos, eu só conseguia ver a Mãe parcialmente enquanto ela dirigia, e quase não via a srta. Helen, a não ser quando ela olhava para trás para dar mais ênfase ao que estava dizendo. Em dado momento — ainda estávamos no lento trânsito matutino da cidade —, a srta. Helen se virou para nós desse jeito e disse:

"Não, Ricky, querido, eu não quero que você fale mais nada de desagradável sobre ele. Você não o conhece nem um pouco e não entende. E como poderia?" Depois seu rosto se afastou, mas sua voz prosseguiu: "Creio que eu mesma tenha falado muitas coisas ontem à noite. Mas agora pela manhã me dei conta de como fui injusta. Que direito eu tenho de esperar alguma coisa dele?".

A srta. Helen pareceu dirigir esta última pergunta à Mãe, mas a Mãe se mostrava muito distante. Enquanto nos conduzia por outro cruzamento, a Mãe murmurou: "O Paul não é assim tão ruim. Acho que às vezes eu exijo demais dele. Ele não é um cara ruim. Hoje estou com pena dele".

"É engraçado", a srta. Helen disse, "mas hoje acordei mais esperançosa. Acho que ainda é bem possível que o Vance ajude de qualquer forma. Ele ficou bastante alterado ontem à noite, mas, assim que se acalmar e refletir, ele pode muito bem decidir ser uma boa pessoa. É que ele gosta, sabe, de cultivar uma imagem de si mesmo, de se apresentar como uma pessoa muito boa."

Rick se remexeu ao meu lado. "Eu já falei, Mãe. Não quero mais ter nenhuma relação com aquele homem. E você também não devia querer."

"Helen", a Mãe disse, "será que isso está adiantando de alguma coisa? Ficar andando em círculos desse jeito? Não é melhor esperar e ver o que vai acontecer? Pra que ficar se torturando? Vocês dois fizeram o melhor que podiam."

Josie, que estava do outro lado de Rick, pegou sua mão e entrelaçou os dedos com os dela. Ela sorriu para Rick com um ar encorajador, mas também, pensei, um pouco triste. Rick retribuiu o sorriso, e eu me perguntei se os dois estariam trocando mensagens secretas só com o olhar.

Voltei a me virar para a janela ao meu lado, apoiando a testa no vidro. Eu tinha observado e esperado desde os primeiros sinais do amanhecer. Mas, embora os primeiros raios do Sol tivessem entrado direto no Segundo Quarto pelo vão entre os prédios, nem por um segundo confundi aquilo com sua nutrição especial. Eu lembrei, é claro, que devia ser grata, como sempre, mas não tinha conseguido afastar a decepção da minha mente. Depois, durante o café da manhã adiantado, e no momento de fazer as malas, e enquanto a Mãe andava pelo Apartamento da Amiga verificando o sistema de segurança, permaneci observando e esperando. E agora, inclinando-me para a frente e olhando para além de Rick e Josie, eu via o Sol, ainda em sua ascensão matinal, brilhando por entre os prédios altos à medida que passávamos por eles. Nesse momento, pensei no Pai, fechando a porta daquele mesmo carro, olhando para além de mim em direção ao pátio e à Máquina Cootings, dizendo: "Não se preocupe, eu consegui ouvir. Um barulho de uma coisa espumando.

Isso diz tudo. Aquele monstro não vai mais andar por aí". E, logo depois, seu rosto se avultando diante do meu, a voz perguntando: "Tudo bem com você? Consegue ver os meus dedos? Quantos dedos está vendo?", e voltei a experimentar, como tinha acontecido a manhã inteira, uma onda de ansiedade, pensando que o Sol talvez não cumprisse a promessa que fizera no celeiro do sr. McBain.

"Escuta, Rick", a Mãe disse. "Independentemente do que aconteceu ontem à noite, o seu trabalho, o seu *portfólio*, foi elogiado. Você tem que ficar feliz com isso. É mais um motivo para você acreditar em si mesmo."

"Mãe, por favor...", Josie disse. "O Rick não precisa de um sermão desses agora." Os adultos não conseguiram ver, mas ela apertou a mão de Rick com ainda mais força e, mais uma vez, sorriu para ele. Ele retribuiu o olhar de Josie e disse:

"Eu agradeço, sra. Arthur. A senhora é sempre gentil comigo. Obrigado."

"Impossível saber", a srta. Helen disse. "Impossível saber em se tratando do Vance."

Fazia alguns instantes que eu notara o edifício alto que agora se aproximava do meu lado. Ele possuía algumas características em comum com o Edifício RPO, mas, se havia alguma diferença, era o fato de ser ainda mais alto, e como o trânsito tinha ficado mais lento, pude observá-lo com muita atenção. O Sol lançava seus raios sobre a frente do edifício, e uma parte dele tinha se tornado uma espécie de espelho do Sol, devolvendo um reflexo intenso de sua luz matinal. As muitas janelas do prédio haviam sido dispostas em fileiras, verticais e horizontais, mas mesmo assim o efeito final era de desordem, as fileiras com frequência se alinhando de um jeito torto, às vezes até se sobrepondo umas às outras. No interior de algumas das janelas, vi funcionários de escritório andando, às vezes chegando bem perto do vidro para olhar a rua lá embaixo. Mas era muito difícil enxergar qualquer coisa em muitas das janelas, por conta de uma névoa cinza que passava flutuando por elas, e então, no instante seguinte, quando a Mãe fez o carro avançar um pouco, eu vi, por um vão entre veículos vizinhos, a Máquina, parada em seu próprio espaço, protegida dos carros que vinham na direção dela pelas barreiras dos homens da manutenção. A Máquina bombeava Poluição por seus três tubos, e as iniciais de seu nome — as letras C-O-O — estavam gravadas na lataria. E, mesmo enquanto sentia a decepção invadir minha mente, fui capaz de observar que aquela não era a mesma máquina que eu e o Pai tínhamos destruído no pátio. A lataria tinha um tom diferente de amarelo, e suas dimensões eram um pouco maiores — e sua capacidade de gerar Poluição estava à altura da primeira Máquina Cootings.

"Agora espera pra ver o que acontece, Helen", a Mãe disse. "Talvez haja outras opções para o Rick, de qualquer forma." Passamos pela Nova Máquina Cootings e a névoa de poluição cinza atingiu o para-brisa, de forma que a Mãe, percebendo aquilo, resmungou entre os dentes: "Olha isso. Como é que eles não são punidos?".

"Mesmo se tiver, Mãe", Josie disse, "você me deixaria estudar nessas universidades?"

"Não sei por que você e o Rick precisam estudar na mesma universidade", a Mãe disse. "Por acaso vocês já são casados? Pessoas jovens vão pra lugares de todos os tipos e ainda podem manter contato."

"Mãe, será que a gente tem que falar disso agora? O Rick não merece ouvir isso."

Eu me virei para olhar pelo vidro traseiro. O edifício alto continuava visível, mas outros veículos tinham escondido a Nova Máquina Cootings. Nesse momento, eu soube por que o Sol não tinha agido e, por um instante, posso ter deixado meus ombros se curvarem e minha cabeça pender para a frente. Josie, debruçando-se, olhou para mim.

"Viu, Mãe", ela disse, "você também deixou a Klara chateada. Ela já estava chateada, depois de descobrir que a loja dela tinha se mudado. Agora a gente precisa falar de coisa boa."

PARTE CINCO

Josie começou a perder as forças onze dias depois de voltarmos da cidade. De início, essa fase não pareceu pior do que as
outras, mas depois surgiram novos sintomas, como respiração
estranha e o fato de ela ficar semiacordada de manhã, com os
olhos abertos, mas inexpressivos. Se durante um desses ataques
eu falasse com ela, ela não respondia, e a Mãe adquiriu o hábito
de ir ao quarto de manhã bem cedo todos os dias. E se Josie estivesse em seu estado semidesperto, a Mãe ficava em pé ao lado da
cama, repetindo baixinho: "Josie, Josie, Josie", como se isso fosse
parte de uma música que ela estivesse decorando.

Havia dias melhores, em que Josie se sentava na cama e
conversava, e até recebia aulas particulares em seu oblongo, mas
havia outros em que ela só dormia por horas a fio. O dr. Ryan
passou a fazer visitas diárias e já não sorria. A Mãe começou a ir
para o trabalho cada vez mais tarde pela manhã, e ela e o dr.
Ryan tinham conversas longas no Espaço Aberto, com as portas
de correr fechadas.

Havia sido acordado, durante os dias melhores logo depois

de nossa ida à cidade, que eu ajudaria Rick com seus estudos, então ele visitou a casa muitas vezes nesse período. Mas, à medida que Josie piorava, ele perdeu o interesse pelas lições e passou a ficar no corredor, esperando ansiosamente que a Mãe ou Melania Empregada Doméstica o chamassem para entrar no quarto. Mesmo quando isso acontecia, só permitiam que ele permanecesse no máximo por alguns minutos, em pé, não longe do batente da porta, olhando a figura adormecida de Josie. Uma vez, enquanto ele a observava de forma zelosa, Josie abriu os olhos e sorriu, dizendo:

"Oi, Rick. Desculpa. Hoje estou cansada demais pra desenhar."

"Não tem problema. Continua descansando, que você vai ficar bem."

"E os seus pássaros, Rick?"

"Meus pássaros estão bem, Josie. Estão se saindo bem."

Isso foi tudo o que conseguiram dizer antes de os olhos de Josie se fecharem de novo.

Nessa ocasião, Rick pareceu tão abatido que eu o acompanhei pela escada e saí com ele pela porta da frente. Então ficamos juntos no cascalho, olhando o céu cinza. Percebi que ele queria conversar, mas, talvez por saber que era possível nos ouvirem do quarto, ele continuou em silêncio, cutucando as pedras com a ponta do calçado esportivo. Então perguntei: "Será que Rick gostaria de andar um pouco comigo?", e fiz um gesto em direção ao portão de porta-retratos.

Quando chegamos ao primeiro campo, notei que a grama estava mais amarela do que naquela tarde em que atravessamos o campo para chegar ao celeiro do sr. McBain. Andamos devagar pela primeira parte da trilha informal, e de vez em quando o vento separava a grama ao meio, permitindo um vislumbre da casa de Rick à distância.

Chegamos a um ponto em que a trilha informal se abria e se tornava uma espécie de cômodo ao ar livre, e ali Rick parou e se virou para ficar de frente para mim, a grama farfalhando à nossa volta.

"A Josie nunca tinha ficado tão mal", ele disse, olhando para o chão. "Você sempre disse que havia motivo pra termos esperança. Ficou repetindo isso como se houvesse um motivo *especial*. Então me fez criar esperança também."

"Sinto muito. Talvez Rick esteja bravo. Na verdade, eu também me decepcionei. Mesmo assim, ainda acredito que há motivo para ter esperança."

"Para com isso, Klara. Ela está ficando cada vez pior. O médico, a sra. Arthur, você pode ver. Eles praticamente perderam as esperanças."

"Mesmo assim, ainda creio haver esperança. Que a ajuda possa vir de um lugar que os adultos ainda não levaram em consideração. Mas agora precisamos fazer algo bem rápido."

"Não sei do que você está falando, Klara. Deve ter a ver com essa coisa importante que você não pode contar pra ninguém."

"Para falar a verdade, desde que voltamos da cidade, eu venho tendo dúvidas. Eu estava esperando e hesitando, na esperança de que a ajuda especial chegasse independentemente de qualquer coisa. Mas agora acredito que a única opção seja voltar e me explicar. Se eu fiz um acordo especial… Mas não devo falar mais sobre isso. Preciso que Rick confie em mim mais uma vez. Preciso ir novamente até o celeiro do sr. McBain."

"Então você quer que eu te leve de novo?"

"Eu preciso ir o quanto antes. Se Rick não puder me levar, vou tentar ir sozinha."

"Peraí, é claro que vou ajudar. Eu não sei como isso poderia beneficiar a Josie, mas se você diz que sim, é claro que eu ajudo."

"Obrigada! Então não podemos perder tempo, precisamos

ir hoje no fim da tarde. E como da última vez, temos que chegar lá bem na hora em que o Sol estiver descendo para seu descanso. Rick precisa me encontrar aqui, neste mesmo local, às sete e quinze. Você poderia fazer isso, por favor?"

"Pode ter certeza."

"Obrigada. Tem mais uma coisa. Quando chegar ao celeiro, eu vou, é claro, pedir desculpas. O erro foi meu, subestimei a dificuldade da minha missão. Mas também preciso de alguma coisa a mais, algo além a oferecer em troca. Por isso devo perguntar a Rick agora, mesmo que com isso roube privacidade. Você precisa me dizer se o amor que existe entre Rick e Josie é verdadeiro, se é um amor real e duradouro. Eu preciso saber. Porque, se a resposta for sim, poderei negociar, independentemente do que aconteceu na cidade. Então pense com cuidado, por favor, Rick, e me diga a verdade."

"Eu não preciso pensar. Eu e a Josie crescemos juntos e somos parte um do outro. E temos o nosso plano. Então é claro que o nosso amor é verdadeiro e é pra sempre. E pra nós não vai fazer nenhuma diferença se um foi elevado e o outro, não. Essa é a sua resposta, Klara, e não existe nenhuma outra possível."

"Obrigada. Agora tenho algo muito especial. Então, por favor, não se esqueça de me encontrar aqui de novo às sete e quinze. Bem aqui neste lugar."

Agora que estava mais acostumada a andar nas costas de Rick, eu muitas vezes esticava um dos braços para ajudar a abrir caminho por entre a grama. A grama não estava só mais amarela do que na nossa última jornada, também estava mais suave e maleável, e até as nuvens de insetos de fim de tarde se chocavam delicadamente contra o meu rosto quando as atravessávamos. Dessa vez, os campos jamais ficaram subdivididos, e assim que passamos pelo terceiro portão de porta-retratos tive uma visão clara do celeiro do sr. McBain à minha frente, o alaranjado céu aberto acima dele — e o Sol já próximo ao topo do triângulo do telhado.

Quando chegamos à área de grama cortada, pedi para Rick parar e me pôr no chão. Depois, enquanto ficamos em pé observando o Sol descer mais e mais, a sombra do celeiro se esticou na nossa direção, como tinha acontecido da última vez, cobrindo a grama e seu desenho de trama. Quando o Sol foi para trás da estrutura do telhado do celeiro, lembrei que era muito importante não tomar mais privacidade do que o necessário, e pedi para Rick me deixar sozinha.

"O que tem ali dentro?", ele perguntou, mas, antes que eu pudesse esboçar qualquer reação, ele tocou meu ombro com delicadeza e disse: "Vou ficar esperando. No mesmo lugar da última vez".

Então ele se foi, e eu fiquei sozinha, esperando o Sol ressurgir abaixo do nível do telhado e lançar seus últimos raios para mim através do celeiro. Nesse momento me ocorreu não só que o Sol poderia estar bravo por conta do meu fracasso na cidade, mas também que essa tinha tudo para ser minha última chance de implorar por sua ajuda especial — e pensei no que poderia acontecer com Josie se eu falhasse. O medo invadiu minha mente, mas, em seguida, lembrei que ele era extremamente generoso e segui em direção ao celeiro do sr. McBain sem hesitar.

Como da outra vez, uma luz alaranjada preenchia todo o celeiro, e no começo foi difícil enxergar meu entorno. Mas logo reconheci os blocos de feno empilhados à minha esquerda e notei que a parede baixa que eles formavam se tornara ainda mais baixa. Havia as mesmas partículas de feno capturadas pelos raios do Sol, mas, em vez de flutuarem delicadamente pelo ar, elas agora se moviam agitadas, como se pouco antes um dos blocos de feno tivesse despencado no chão duro e se desintegrado. Quando ergui o braço para encostar nessas partículas flutuantes, percebi que meus dedos lançavam sombras que se esticavam até chegar à entrada do celeiro.

Para além dos blocos de feno estava a verdadeira parede do celeiro, e fiquei contente ao ver as Prateleiras Vermelhas da nossa velha loja ainda presas a ela, embora nessa tarde elas estivessem tortas, visivelmente inclinadas em direção aos fundos da estrutura. As xícaras de cerâmica continuavam em sua fila ordenada, mas também havia sinais de confusão: um pouco adiante na mesma prateleira, por exemplo, vi um objeto que, sem dúvida, era o liquidificador de Melania Empregada Doméstica.

Lembrei que, da última vez que havia esperado pelo Sol, eu me sentara numa cadeira dobrável de metal, e me virei para o outro lado do celeiro, esperando ver novamente não só a cadeira, como também o nicho da frente da nossa loja — e talvez até um AA com postura altiva dentro dele. O que de fato vi foram os raios do Sol passando diante de mim, seguindo uma trajetória quase horizontal, da entrada dos fundos até a da frente. Era quase como se eu estivesse olhando os carros que passavam por uma rua movimentada, e, quando consegui lançar meu olhar até o outro lado, descobri que ele tinha sido subdividido em várias caixas de dimensões irregulares. Só depois de alguns segundos é que avistei a cadeira dobrável — ou melhor, diversas partes dela distribuídas entre várias das caixas — e, lembrando o conforto que ela me trouxera da última vez, comecei a andar em sua direção. Mas, assim que me aproximei dos raios do Sol, me ocorreu que, se eu quisesse chamar sua atenção antes que ele seguisse seu caminho, precisaria agir rápido. Então comecei a formar palavras dentro da minha mente, ainda que continuasse em pé sob aquela luz intensa.

"Você deve estar muito cansado, e peço desculpas por incomodá-lo. Você deve lembrar que estive aqui uma vez, no verão, quando você foi tão generoso e me ofereceu alguns minutos do seu tempo. Agora ouso retornar para falar sobre o mesmo assunto de extrema importância."

Essas palavras mal haviam se formado quando me veio à mente a lembrança do dia do encontro de interação de Josie, e da mãe furiosa entrando no Espaço Aberto e gritando: "O Danny tem razão! Você nem devia estar aqui!". Quase simultaneamente, percebi que havia, em uma das caixas à minha direita, coisas escritas em letras rabiscadas de desenho animado iguais às que eu tinha visto em um edifício da cidade quando estava no carro. A despeito disso, deixei mais palavras malformadas fluírem pela minha mente.

"Eu sei que não tenho o direito de vir aqui dessa maneira. E que o Sol deve estar bravo comigo. Eu o decepcionei, fui incapaz de acabar com a Poluição. Na verdade, agora sei que fui muitíssimo insensata em não cogitar que pudesse haver uma segunda máquina horrível permitindo que a Poluição continue de forma ininterrupta. Mas o Sol estava observando o pátio naquele dia, então ele deve saber o quanto eu me esforcei, e o quanto me sacrifiquei, e que o fiz com prazer, mesmo que agora minhas habilidades possam não ser mais as mesmas. Você deve ter visto que o Pai também ajudou e fez o melhor que pôde, mesmo sem saber nada sobre o acordo generoso selado com o Sol, porque ele viu minha esperança e depositou sua fé nela. Eu peço sinceras desculpas por ter subestimado a dificuldade da minha missão. O erro foi meu e de mais ninguém, e, embora o Sol tenha razão em estar bravo comigo, estou pedindo que ele acredite que Josie é totalmente inocente. Assim como o Pai, ela nunca soube do meu acordo com o Sol, e continua não sabendo. Agora ela está ficando cada dia mais fraca. Eu vim aqui hoje porque nunca me esqueci de como o Sol pode ser muito generoso. Que bom seria se ele pudesse oferecer sua grande compaixão a Josie, como fez naquele dia com o Mendigo e seu cachorro. Que bom seria se ele enviasse a Josie sua nutrição especial, da qual ela necessita com tanta urgência."

À medida que essas palavras passavam pela minha cabeça, pensei no boi horrendo que vimos na subida para Morgan's Falls, em seus chifres e olhos frios, e na impressão que tive naquele momento, de que algum grande erro tinha sido cometido ao permitirem que uma criatura tão cheia de raiva ficasse solta na grama ensolarada. Ouvi a voz da Mãe, em algum lugar atrás de mim, gritar: "Não, Paul, não agora e não dentro da porcaria do carro!", e vi a mulher solitária sentada sozinha na lanchonete do sr. Vance, ignorada até pelo Gerente da Lanchonete, encostando a testa na janela em direção à rua escura lá fora, e me ocorreu que aquela mulher era muitíssimo parecida com Rosa. Mas percebi que eu não podia me dar o direito de ficar distraída, que era provável que o Sol fosse embora a qualquer momento, e então deixei mais pensamentos brotarem em minha mente, agora sem moldá-los em palavras formais.

"Eu não me importo em ter perdido meu fluido precioso. Eu teria dado mais sem pestanejar, teria dado tudo, se isso garantisse que você ofereceria ajuda especial a Josie. Como você sabe, desde que eu estive aqui da última vez, tomei conhecimento da outra forma de salvar Josie, e se esta fosse a única opção, eu me esforçaria ao máximo. Mas ainda não estou certa de que a outra opção funcionaria, mesmo que eu me esforçasse muito, então agora meu desejo mais profundo é que o Sol mostre sua grande gentileza mais uma vez."

A mão que eu vinha estendendo enquanto atravessava os raios do Sol entrou em contato com alguma coisa rígida, e percebi que estava me agarrando à armação da cadeira dobrável de metal. Senti alegria por tê-la encontrado novamente, mas não me sentei por receio de que parecesse um desrespeito. Em vez disso, eu me apoiei atrás da cadeira, segurando o encosto com as duas mãos.

Os raios do Sol que vinham dos fundos do celeiro eram intensos demais para olhar de frente, então, embora pudesse parecer grosseiro, mais uma vez fixei meu olhar nas formas flutuantes à minha direita, talvez desejando entrever Rosa sentada na mesa solitária da lanchonete. Mas agora o desenho do Sol havia recaído sobre o nicho da frente, iluminando-o momentaneamente, e vi ali não um AA, mas uma grande fotografia oval afixada na parede. Ela mostrava um campo verde num dia ensolarado, salpicado de ovelhas, e reconheci em primeiro plano as quatro ovelhas especiais que eu havia visto de relance quando estava no carro da Mãe voltando de Morgan's Falls. Elas pareciam ainda mais mansas do que eu lembrava, dispostas como estavam numa fileira cuidadosa, as cabeças baixas para partilhar da grama. Essas criaturas tinham me enchido de felicidade naquele dia, ajudando-me a apagar da memória o boi horrendo, e fiquei contente em revê-las, ainda que fosse só na fotografia oval. Mas havia algo de errado: apesar de as quatro ovelhas estarem enfileiradas exatamente na mesma formação que eu vira do carro, ali elas estavam suspensas de maneira estranha, como se não se apoiassem na superfície do solo. Por conta disso, quando elas se inclinavam para comer, a boca não alcançava a grama, e isso conferia a essas criaturas, tão felizes naquele dia, um clima de tristeza.

"Por favor, não vá ainda", eu disse. "Por favor, me conceda só mais um momento. Sei que fui incapaz de realizar o serviço que lhe prometi na cidade e que não tenho o direito de pedir mais nada de você. Mas estou me lembrando de como você ficou encantado naquele dia em que a sra. Xícara de Café e o Homem Casaco Impermeável se reencontraram. Você ficou tão encantado que não conseguiu disfarçar. Por isso, sei que é muito importante para você que pessoas que se amam possam estar juntas, mesmo depois de muitos anos. Sei que o Sol sempre quer o bem delas, e talvez até as ajude a se encontrarem. Então, por favor, considere o caso de Josie e Rick. Eles ainda são muito jovens. Caso Josie venha a falecer agora, eles ficarão separados para sempre. Se você pudesse oferecer a ela sua nutrição especial, como eu o vi fazer pelo Mendigo e por seu cachorro, Josie e Rick poderiam seguir juntos pela vida adulta, exatamente como desejaram no desenho gentil. Eu mesma posso atestar que o amor que há entre os dois é forte e duradouro, exatamente como o amor da sra. Xícara de Café e do Homem Casaco Impermeável."

Nesse momento, alguns passos à frente do nicho, notei um pequeno objeto triangular caído no chão. Por um instante, pensei que se tratasse de uma das fatias pontiagudas de torta que o Gerente da Lanchonete exibia em seu balcão transparente. E me lembrei da voz cruel do sr. Vance dizendo: "Se você não quer ser favorecido, por que eu estou sentado aqui na sua frente?", e da srta. Helen rebatendo: "Nós estamos, *sim*, pedindo que ele exerça favorecimento. É evidente que estamos". Só então percebi que o triângulo no chão não era uma fatia de torta, mas um canto do livro de Josie, aquele que ela tinha deixado cair do sofá no Apartamento da Amiga enquanto esperava o Pai. Na verdade, não era nada triangular, e apenas pareceu ter essa forma porque só aquele canto estava se projetando para fora das sombras. À esquerda do nicho da frente, caixas flutuavam e se sobrepunham como se o vento do fim de tarde as atingisse. Vi em várias delas o lampejo de cores vivas, e notei que elas continham, mesmo que só em segundo plano, o mostruário de garrafas que eu vira brevemente na nova vitrine da loja. As garrafas eram iluminadas em cores contrastantes, e em determinadas caixas também pude ver partes do letreiro que dizia ILUMINAÇÃO EMBUTIDA. A essa altura, eu sabia que meu tempo estava acabando, por isso prossegui.

"Sei que o favorecimento não é desejável. Mas, se o Sol for abrir alguma exceção, sem dúvida as pessoas mais merecedoras são jovens que vão se amar pelo resto da vida. Talvez o Sol se pergunte: 'Como podemos ter certeza? O que crianças sabem sobre o amor verdadeiro?'. Mas eu os observei com atenção, e estou certa de que é verdade. Eles cresceram juntos, e um se tornou parte do outro. O próprio Rick me disse isso hoje mesmo. Eu sei que falhei na cidade, mas, por favor, demonstre sua gentileza mais uma vez e ofereça sua ajuda especial a Josie. Amanhã, ou talvez depois de amanhã, por favor, faça uma visita a ela e ofereça a nutrição que você deu ao Mendigo. É o que lhe peço, embora isso possa caracterizar favorecimento e eu tenha falhado na minha missão."

Os raios de fim de tarde do Sol tinham começado a esvanecer, deixando os primórdios da escuridão dentro do celeiro. Embora eu estivesse tentando me manter de frente para a entrada dos fundos, por onde sua luz chegava, eu me dera conta havia pouco tempo de uma outra fonte de luz que estava atrás de mim, acima do meu ombro direito. A princípio, imaginei que se tratasse de uma nova manifestação do mostruário das garrafas coloridas, mas conforme a luz do Sol no celeiro continuou diminuindo, essa nova fonte de luz se tornou mais difícil de ignorar. Nesse momento, eu me virei para vê-la e me surpreendi ao notar que o próprio Sol, longe de partir, tinha invadido por completo o celeiro do sr. McBain e se acomodado, quase ao nível do chão, entre o nicho da frente e a abertura frontal do celeiro. Essa descoberta foi tão inesperada — e a presença do Sol no canto inferior, tão ofuscante — que, por um breve momento, corri o risco de ficar desorientada. Depois, minha visão se reajustou e, ordenando minha mente, percebi que o Sol não estava de forma alguma dentro do celeiro, mas que algum objeto refletor tinha sido deixado lá por acaso e agora mostrava o reflexo dele nos últimos instantes de sua descida. Em outras palavras, alguma coisa estava se comportando como espelho do Sol de forma muito similar à das janelas do RPO e de outros edifícios. Quando me aproximei da superfície refletora, a luz perdeu intensidade, mas se manteve brilhante e alaranjada em meio às sombras que a cercavam.

Só quando eu já estava postada diante do objeto refletor é que sua natureza se tornou clara. O sr. McBain — ou um de seus amigos — tinha deixado apoiadas nessa parede várias folhas de vidro retangulares empilhadas umas sobre as outras. Talvez o sr. McBain estivesse enfim planejando fazer alguma coisa a respeito das paredes que faltavam, e talvez tivesse decidido criar janelas. Fosse como fosse, eu vi refletida nos retângulos de vidro — estimei que eram sete ao todo, apoiados quase na vertical — a face do Sol de fim de tarde. Eu me aproximei ainda mais, quase falando as palavras em voz alta.

"Por favor, ofereça sua generosidade especial a Josie."

Olhei fixamente para as folhas de vidro. O reflexo do Sol, ainda que continuasse num tom alaranjado intenso, já não era ofuscante, e, quando examinei mais a fundo a face do Sol emoldurada pelo retângulo externo, comecei a entender que eu não estava diante de uma só imagem; que, na verdade, havia uma versão diferente da face do Sol em cada uma das superfícies de vidro, e que o que a princípio eu havia encarado como uma imagem unificada eram, na verdade, sete imagens sobrepostas umas às outras conforme meu olhar penetrava da primeira folha até a última. Embora sua face no vidro externo fosse ameaçadora e indiferente, e a que vinha logo atrás dessa fosse ainda mais hostil, as duas seguintes eram mais delicadas, mais gentis. Havia mais três folhas atrás dessas, e, mesmo que fosse difícil ver o que havia nelas, por estarem mais atrás, não pude deixar de estimar que essas faces teriam expressões bem-humoradas e gentis. De todo modo, qualquer que fosse a natureza das imagens em cada folha de vidro, quando eu as encarava como um conjunto, o efeito era o de uma só face, mas com uma variedade de contornos e emoções.

Continuei a olhar intensamente, e então todas as faces do Sol começaram a esvanecer juntas, e a luz de dentro do celeiro do sr. McBain foi ficando mais fraca, e eu já não conseguia ver sequer o triângulo do livro de Josie, ou as ovelhas esticando a boca na direção da grama inalcançável. Eu disse: "Obrigada por me receber mais uma vez. Sinto muito por não ter conseguido realizar o serviço que lhe prometi. Por favor, considere meu pedido". Mas, mesmo dentro da minha mente, proferi essas palavras em voz baixa, porque eu sabia que o Sol havia partido.

Nos dias que se seguiram, o dr. Ryan e a Mãe ficavam muitas vezes no Espaço Aberto debatendo se Josie devia ou não ir para um hospital, e ainda que suas vozes discordassem entre si — eu conseguia ouvi-los através das portas de correr —, no fim eles sempre pareciam concordar que um lugar assim só faria com que Josie piorasse. Apesar disso, toda vez que o dr. Ryan aparecia, eles se dirigiam ao Espaço Aberto e voltavam a ter a mesma discussão.

Rick vinha todos os dias e ficava sentado no quarto, vigiando Josie, quando era a vez de a Mãe e Melania Empregada Doméstica descansarem. A essa altura, ambos os adultos já tinham deixado de praticar os horários tradicionais e dormiam só quando o cansaço tomava conta. Minha própria presença, ainda que bem-vinda, era, por algum motivo, considerada insuficiente, embora a Mãe soubesse que era provável que eu detectasse sinais de perigo antes de todos. Fosse como fosse, conforme os dias iam passando, a Mãe e Melania Empregada Doméstica ficaram tão cansadas que todos os seus movimentos confirmavam esse fato.

Então, seis dias depois da minha segunda visita ao celeiro do sr. McBain, o céu ficou estranhamente escuro depois do café da manhã. Digo "depois do café da manhã", mas, àquela altura, a rotina doméstica tinha sido tão alterada que já não se tomavam cafés da manhã, nem se fazia nenhuma outra refeição, nos horários habituais. Naquela manhã em especial, a sensação de desorientação foi agravada pela escuridão do céu, e a chegada de Rick foi uma das poucas coisas a nos lembrar que ainda não era noite.

À medida que a manhã avançava, o céu se tornou ainda mais escuro, as nuvens, mais densas, depois o vento ficou muito forte. Uma parte solta de edifício começou a golpear os fundos da casa, e quando olhei pela janela da frente do quarto, as árvores da parte mais alta da estrada estavam se curvando e sacudindo.

Mas Josie continuou dormindo, alheia a tudo, com a respiração superficial e acelerada. Na metade daquela manhã escura, enquanto Rick e eu estávamos juntos vigiando Josie, Melania Empregada Doméstica apareceu, com os olhos quase fechados de cansaço, e disse que era sua vez de ficar de guarda. Então observei Rick descendo a escada à minha frente, os ombros pesados de tristeza, e então se sentando no degrau mais baixo. Por ter decidido que era melhor lhe dar privacidade por alguns instantes, eu tinha passado por ele e ido até o hall quando a Mãe saiu do Espaço Aberto. Ela vestia o mesmo robe de tecido preto e fino que usara a noite toda e que exibia a fragilidade de seu pescoço, e passou andando rápido como se precisasse tomar o café de sempre. Mas, diante da porta da cozinha, ela se virou e passou a encarar Rick, sentado no último degrau. Rick levou um instante para perceber que a Mãe o observava, mas, ao se dar conta, abriu um sorriso corajoso.

"Sra. Arthur, como vai?"

A Mãe continuou olhando para ele. Depois disse: "Vem aqui", e entrou na cozinha. Rick me lançou um olhar intrigado enquanto se levantava. Apesar de a Mãe não ter me convidado, achei melhor segui-lo.

A cozinha parecia diferente por conta do céu escurecido lá fora. A Mãe não tinha acendido nenhuma luz e, quando chegamos, olhava pelas grandes janelas na direção da estrada que costumava tomar para ir ao trabalho. Rick parou perto da Ilha, parecendo indeciso, e eu fiquei ao lado do refrigerador para dar privacidade. Daquela posição eu conseguia ver as grandes janelas e, para além da figura da Mãe, a rodovia que se erguia à distância e as árvores que balançavam.

"Eu queria te perguntar uma coisa", a Mãe disse. "Você não se incomoda, né, Rick?"

"Fique à vontade, sra. Arthur."

"Eu gostaria de saber se, neste momento, você está se sentindo como se fosse o vencedor. Como se você tivesse ganhado."

"Não entendi, sra. Arthur."

"Eu sempre te tratei bem, não tratei, Rick? Eu espero que sim."

"Sem dúvida. A senhora sempre foi muito gentil. E uma ótima amiga pra minha mãe."

"Então eu estou te perguntando. Estou te perguntando, Rick, se você acha que foi o vencedor disso tudo. A Josie se arriscou. Tá, fui eu que joguei os dados por ela, mas a gente sempre soube que seria ela, e não eu, quem iria ganhar ou perder. Ela apostou alto, e se o dr. Ryan estiver certo, em breve corre o risco de perder. Mas você, Rick, você não se arriscou. Então é isso que eu estou te perguntando. O que é que você sente agora? Será que você está realmente se sentindo como se fosse o vencedor?"

A Mãe tinha dito tudo isso enquanto olhava o céu escuro, mas, nesse instante, ela se virou para encarar Rick.

303

"Porque se você estiver achando que saiu vencedor, Rick, eu queria que você parasse pra pensar no seguinte. Primeiro. O que exatamente você acha que ganhou nessa situação? Eu pergunto isso porque tudo na Josie, desde o momento em que peguei ela no colo pela primeira vez, tudo nela me comunicava sua vontade de viver. A Josie se empolgava com o mundo. Por isso, eu soube desde o início que não poderia tirar a chance dela. Ela exigia um futuro que estivesse à altura do espírito dela. É isso que eu quero dizer quando digo que ela apostou alto. Mas e você, hein, Rick? Você acha mesmo que foi tão esperto assim? Você acredita que, dos dois, você é que saiu ganhando? Porque, se for esse o caso, eu imploro que você se pergunte o seguinte. O que foi que você ganhou? Olha só. Olha só o seu futuro." Ela acenou em direção à janela com uma das mãos. "Você não arriscou nada e o que ganhou é quase nada, é mesquinho. Você pode até estar se sentindo o máximo agora. Mas eu vou te falar, você não tem nenhum motivo pra achar isso. Nenhum motivo."

Enquanto a Mãe falava, alguma coisa se inflamou no rosto de Rick, algo perigoso, até que ele ficou com uma expressão muito similar à que tinha revelado durante o encontro de interação, quando havia desafiado os meninos que queriam me arremessar para o outro lado do cômodo. Então ele deu um passo na direção da Mãe, e de repente ela também pareceu alarmada.

"Sra. Arthur", Rick disse. "Quase sempre, nas últimas vezes que vim aqui, a Josie não estava bem o suficiente pra conversar. Mas na última quinta ela estava num dia bom, e fiquei sentado bem perto da cama pra conseguir ouvir tudo. E ela falou que queria me passar um recado. Um recado pra senhora, sra. Arthur, mas um recado que ela não se sentia pronta pra que a senhora ouvisse. O que eu quero dizer é que ela me pediu pra guardar essa mensagem pra ela até chegar a hora certa. Bem, acho que agora talvez seja a hora certa."

Os olhos da Mãe ficaram grandes e cheios de medo, mas ela não disse nada.

"A mensagem da Josie", Rick prosseguiu, "é mais ou menos a seguinte. Ela disse que, independentemente do que acontecer agora, de como tudo isso acabar, ela ama a senhora e sempre vai amar. Ela se sente muito grata por ter a senhora como mãe, e em nenhum momento quis ter outra. Foi isso que ela disse. E tem mais. Sobre essa questão de ser elevada. Ela quer que a senhora saiba que ela não teria agido nem um pouco diferente. Se ela pudesse fazer tudo de novo, e se dessa vez a decisão dependesse dela, ela disse que faria exatamente o que a senhora fez, e que a senhora sempre vai ser a melhor mãe que ela poderia ter. Foi mais ou menos isso. Como eu disse, ela não queria que eu passasse esse recado antes de chegar a hora certa. Então estou torcendo para que eu tenha tomado a decisão correta, sra. Arthur, ao contar isso agora."

A Mãe ficou encarando Rick com um olhar sem expressão, mas, enquanto ele falava, eu tinha visto uma coisa — uma coisa que poderia ser muito importante — através das grandes janelas atrás dela, e agora, aproveitando a pausa que Rick tinha feito, eu levantei a mão. A Mãe me ignorou e continuou encarando Rick.

"É um recado e tanto", ela disse, por fim.

"Com licença", eu disse.

"Meu Deus", a Mãe disse, com um suspiro baixo. "É um recado e tanto."

"Com licença!" Dessa vez eu quase gritei, e tanto a Mãe quanto Rick se viraram em minha direção. "Lamento interrompê-los. Mas alguma coisa está acontecendo lá fora. O Sol está saindo!"

A Mãe olhou de relance para as grandes janelas, depois para mim. "Pois é. Mas e daí? O que deu em você, querida?"

"Precisamos subir. Precisamos ir até Josie agora mesmo!"

A Mãe e Rick me olhavam com expressões intrigadas, mas,

quando eu disse isso, eles pareceram assustados, e, enquanto eu me virava em direção ao hall, ambos passaram correndo por mim, de forma que eu me vi subindo a escada atrás deles.

Eles talvez não tivessem entendido por que eu tinha gritado daquele jeito e talvez pensassem que Josie corria perigo. Então, quando entraram no quarto às pressas, é possível que tenham ficado aliviados ao vê-la adormecida como estava antes, com a respiração estável. Ela estava deitada de lado, como muitas vezes ficava, com o rosto quase todo escondido pelo cabelo que caía sobre ele. Não havia nada de inesperado a respeito da própria Josie, mas o quarto era outra história. Os desenhos do Sol estavam recaindo sobre várias partes da parede, do piso e do teto com uma intensidade incomum — um triângulo de um alaranjado forte sobre a cômoda, uma linha curva clara que atravessava o Sofá Botão, barras brilhantes ao longo do carpete. Mas Josie, em sua cama, estava no escuro, assim como várias outras partes do quarto. Então as sombras começaram a se mover e eu percebi — quando minha visão se ajustou — que estavam sendo lançadas por Melania Empregada Doméstica, que, diante da janela da frente, manuseava as persianas e as cortinas. A persiana já estava totalmente fechada, e ela puxava as cortinas por cima dela para criar uma segunda camada, e mesmo assim a luz afiada conseguia entrar pelos cantos para criar as formas espalhadas pelo quarto.

"Desgraça de Sol!", Melania Empregada Doméstica exclamou. "Vai embora, desgraça de Sol!"

"Não, não!" Eu me aproximei rapidamente de Melania Empregada Doméstica. "Precisamos abrir, abrir tudo! Precisamos ajudar o Sol a fazer seu melhor!"

Eu tentei tirar o material da cortina das mãos dela, e, embora de início ela não quisesse soltar, logo cedeu com um olhar surpreso. A essa altura, Rick tinha surgido ao meu lado e, aparentemente chegando a uma conclusão intuitiva, também se debruçou para abrir a persiana e as cortinas.

Então a nutrição do Sol entrou no quarto com tanta abundância que eu e Rick demos um passo para trás, quase perdendo o equilíbrio. Melania Empregada Doméstica, cobrindo o rosto com as mãos, repetiu: "Desgraça de Sol!". Mas não tentou mais bloquear a nutrição.

Eu havia me afastado da janela, mas não sem antes notar que, lá fora, o vento estava mais forte do que nunca, e que não só as árvores estavam balançando como havia muitos funis e pirâmides minúsculos — que pareciam ter sido desenhados com lápis apontados — voando rapidamente de um lado para outro pelo céu. Mas o Sol tinha rompido as nuvens escuras, e todos de repente — como se tivéssemos recebido uma mensagem secreta — nos viramos para Josie.

O Sol a iluminava, e toda a cama, num meio disco implacavelmente alaranjado, e a Mãe, que estava mais próxima da cama, precisou levar as mãos ao rosto. Rick agora parecia deduzir, de alguma forma, o que estava ocorrendo, mas o que me surpreendeu foi que tanto a Mãe quanto Melania Empregada Doméstica também davam a impressão de terem captado a essência do acontecimento. Assim, nos instantes seguintes, todos permanecemos em nossas posições fixas enquanto o Sol focalizava Josie com ainda mais intensidade. Nós observamos e aguardamos, e mesmo quando, em determinado momento, o meio disco alaranjado parecia estar prestes a pegar fogo, nenhum de nós fez nada. Então Josie se revirou na cama e, com olhos apertados, levantou uma das mãos.

"Oi. Que luz é essa, hein?", ela disse.

O Sol continuou iluminando Josie, incansável, e ela se virou até ficar de barriga para cima, apoiada nos travesseiros e na cabeceira da cama.

"O que está acontecendo?"

"Como você está se sentindo, querida?", a Mãe perguntou num sussurro, encarando Josie como se estivesse com medo.

Josie voltou a se jogar nos travesseiros até estar quase olhando para o teto. Mas era visível que havia uma nova força na forma como ela se movimentava.

"A persiana emperrou, por acaso?", ela perguntou.

A parte solta da estrutura da casa continuava batendo em algum lugar, e, quando olhei de novo pela janela, a escuridão ainda se espalhava pelo céu. Então, enquanto continuávamos observando, os desenhos do Sol esvaneceram, e o que restou foi Josie deitada em meio ao cinza de uma manhã nublada.

"Josie?", a Mãe disse. "Como você está se sentindo?"

Josie olhou para ela com uma expressão cansada, virando-se na cama para nos ver melhor. A Mãe, ao perceber isso, se lançou para a frente, talvez com a intenção de fazer Josie se deitar de novo. Mas enquanto se aproximava de Josie ela pareceu mudar de ideia e passou a ajudá-la a encontrar uma posição mais confortável.

"Você parece melhor, querida", a Mãe disse.

"Então, o que está acontecendo?", Josie perguntou. "Por que está todo mundo aqui? O que vocês tanto olham?"

"Oi, Josie", Rick falou de repente, com a voz cheia de empolgação. "Você tá com uma cara horrível."

"Obrigada. Você também está ótimo." Então ela disse: "Sabem de uma coisa? Eu me sinto mesmo um pouco melhor. Só um pouco tonta".

"É o suficiente", a Mãe disse. "Vai com calma. Quer beber alguma coisa?"

"Água, talvez?"

"O.k., não vamos tirar nenhuma conclusão precipitada", a Mãe disse. "É melhor darmos um passo de cada vez."

PARTE SEIS

A nutrição especial do Sol se mostrou tão eficaz para Josie quanto havia sido para o Mendigo, e, depois da manhã do céu escuro, ela não só ficou cada vez mais forte como deixou de ser criança e se tornou um adulto.

Conforme as estações — e os anos — se passavam, os veículos do sr. McBain cortaram a grama alta em todos os três campos, deixando-a com uma cor marrom-clara. O celeiro agora parecia mais alto e seus contornos, mais delineados, mas o sr. McBain ainda não tinha construído paredes adicionais, e nas tardes sem nuvens, à medida que o Sol se dirigia a seu lugar de descanso, eu ainda conseguia vê-lo afundando do outro lado do celeiro antes de entrar no chão e desaparecer aos poucos.

Josie dava o melhor de si em suas aulas particulares, e houve muitas discussões sobre qual universidade ela frequentaria. Tanto Josie quanto a Mãe tinham opiniões ferrenhas sobre esse assunto, mas era raro mencionarem Atlas Brookings — agora que Rick não queria mais estudar lá. O Pai parecia discordar das ideias de ambas, e certa vez apareceu na casa para expor seus argumentos de forma mais enfática. Foi a única vez que o vi fazer uma visita à casa, e, embora eu mesma tenha ficado feliz em revê-lo, todos sabíamos que, ao fazer isso, ele havia infringido uma regra.

A própria Josie passou a sair de casa com frequência muito maior durante esse período, às vezes por vários dias de uma vez, para visitar outros jovens adultos ou para participar de retiros. Essas viagens, eu sabia, eram uma parte importante dos preparativos para a faculdade, mas ela preferia não falar muito sobre isso comigo, de forma que meu conhecimento sobre as viagens permaneceu muito limitado.

Rick continuou fazendo visitas frequentes nos dias que se seguiram à recuperação de Josie, mas, conforme o tempo passava, e sem dúvida a partir do momento em que o sr. McBain cortou a grama, ele começou a ir cada vez menos. Isso aconteceu em parte pelo fato de Josie passar tanto tempo longe de casa, mas Rick também se tornara ocupado com seus projetos. Ele tinha comprado um carro, que batizou de "Sucata", e sempre dirigia até a cidade para encontrar seus novos amigos. Rick preferia deixar a Sucata na área do cascalho porque, segundo ele, era mais fácil começar sua jornada ali do que tentar abordar o trajeto estreito e tortuoso a partir de sua própria casa. Então, cada vez mais, era a presença da Sucata, e não de Josie, que trazia Rick até nós, e foi lá, sobre o cascalho, que conversei com ele pela última vez.

Tanto Josie quanto a Mãe estavam fora de casa naquela manhã, e, quando o ouvi andando lá fora, não vi motivos para não sair e cumprimentá-lo. Ele não estava apressado para sair como de costume, então conversamos por vários minutos enquanto uma brisa leve soprava ao redor, Rick apoiado na lataria da Sucata, eu em pé não muito longe dali. O céu estava nublado naquela manhã, e talvez por isso Rick tenha se recordado daquele dia.

"Você se lembra, Klara", ele perguntou, "daquela manhã

em que o tempo ficou muito estranho, e o Sol entrou com tudo no quarto da Josie?"

"Claro. Eu nunca vou me esquecer daquela manhã."

"Eu tenho pensado muito nisso. Parece até que foi naquele momento que a Josie começou a melhorar. Posso estar muito enganado. Mas, quando penso naquela época, essa é a sensação que dá."

"Sim. Eu concordo."

"Você se lembra daquele dia? Todo mundo estava tão exausto. E desesperado. Aí, de repente, tudo mudou. Eu sempre quis te perguntar, mas parecia que você não queria falar disso. Eu sempre quis perguntar se o que aconteceu naquela manhã, aquele tempo estranho e tal, se teve alguma coisa a ver com aquelas outras coisas. Você sabe. Eu te carregando pelos campos, o tal acordo secreto que você fez. Na época eu pensei que era só, sei lá, superstição de AA. Uma coisa pra dar sorte pra gente e tal. Mas hoje em dia eu fico me perguntando se não tinha mais coisa envolvida."

Ele me observava com atenção, mas eu não disse nada por um longo tempo.

"Infelizmente", eu disse em dado momento, "eu não ouso tocar nesse assunto, mesmo hoje em dia. Foi um favor tão especial, e se eu falar sobre isso com qualquer pessoa, até com Rick, meu medo é que a ajuda que Josie recebeu seja tomada de volta."

"Então para agora mesmo. Não diz mais nada. Não quero dar nenhuma brecha, por menor que seja, pra ela ficar doente de novo. Mas os médicos sempre falam que, depois que você passa do estágio pelo qual ela passou, você não corre mais risco."

"Mesmo assim, precisamos tomar cuidado, porque o caso de Josie foi muito especial. Mas já que Rick tocou nesse assunto, talvez eu deva mencionar uma questão relacionada a isso que tem me preocupado."

"E o que seria, Klara?"

"Rick e Josie ainda tratam um ao outro com gentileza. Mas agora estão preparando futuros tão diferentes."

Ele se virou para a parte mais alta da estrada, a mão brincando com o espelho retrovisor da Sucata. "Acho que eu sei o que você quer dizer", ele disse. "Eu me lembro daquele dia, da segunda vez que fomos ao celeiro. E, antes de irmos, você ficou muito séria e perguntou se o nosso amor era verdadeiro. O amor entre mim e a Josie. E acho que eu te disse que era real, mesmo. Real e eterno. Então imagino que você esteja preocupada com isso."

"Rick está correto. Me traz ansiedade ver Rick e Josie fazendo planos tão separados."

Ele revolveu o cascalho com o pé num movimento delicado. Então disse: "Olha. Eu não quero que você fale nada que possa pôr a saúde da Josie novamente em risco. Mas vou dizer o seguinte. No momento em que você passou adiante a informação de que eu e a Josie nos amávamos, era verdade. Ninguém pode dizer que você enganou ou iludiu as pessoas. Mas, agora que não somos mais crianças, temos que desejar o melhor um para o outro e seguir cada um o seu caminho. Não tinha como funcionar, isso de eu ir pra universidade, pra tentar competir com aquele pessoal elevado. Agora eu tenho os meus planos, e é assim que tem que ser. Mas não era uma mentira, Klara. E, de algum jeito engraçado, continua não sendo mentira".

"Eu me pergunto o que Rick quer dizer com isso."

"Acho que estou querendo dizer que eu e a Josie sempre estaremos juntos em certo sentido, num sentido mais profundo, mesmo se a gente sair pelo mundo e nunca mais se ver. Eu só posso falar por mim. Mas, quando eu estiver longe, sei que sempre vou continuar procurando alguém exatamente como ela. Igual à Josie que eu conhecia, pelo menos. Então nunca foi uma enganação, Klara. Não sei com quem você estava negociando naquela época, mas, se pudessem ver o meu coração, e o coração da Josie, eles saberiam que você não estava tentando passar a perna em ninguém."

Depois disso, ficamos lá no cascalho, sem falar por um tempo. Pensei que a qualquer momento ele endireitaria a postura e entraria na Sucata. Mas Rick perguntou, com uma voz mais leve:

"Você soube alguma notícia da Melania? Falaram que ela foi morar em Indiana."

"Acreditamos que ela esteja na Califórnia. Quando tivemos notícias dela pela última vez, ela estava tentando ser aceita numa comunidade lá."

"No começo eu morria de medo daquela mulher. Mas acabei me acostumando com ela. Espero que esteja bem. E que encontre um lugar seguro. Mas e você, Klara? Você vai ficar bem? Digo, quando a Josie partir pra fazer faculdade."

"A Mãe é sempre muito gentil comigo."

"Olha, se algum dia você precisar da minha ajuda, é só avisar, o.k.?"

"Sim. Obrigada."

Sentada aqui neste chão duro, tenho pensado novamente no que Rick disse naquela manhã, e acredito que ele está correto. Já não tenho mais medo de que o Sol possa se sentir traído ou iludido ou pense em se vingar. Na verdade, é possível que, quando fiz meu apelo, ele já soubesse que Josie e Rick estavam destinados a se separar, e mesmo assim tenha entendido que, apesar de tudo, o amor deles seria duradouro. Quando ele fez aquela pergunta — se crianças eram mesmo capazes de entender o significado do amor —, acredito que ele já sabia a resposta e apenas mencionara essa questão para o meu bem. Penso até que, naquele momento, ele talvez estivesse pensando na sra. Xícara de Café e no Homem Casaco Impermeável — afinal de contas, tínhamos falado deles logo antes. Talvez o Sol supusesse que, passados tantos anos, e depois de muitas mudanças, Josie e Rick poderiam se reencontrar, como acontecera com a sra. Xícara de Café e o Homem Casaco Impermeável.

À medida que os dias de universidade de Josie se aproxima-vam, houve visitas frequentes de outros jovens adultos à casa. Eram mulheres e, em geral, vinham uma de cada vez, embora eventual-mente viessem em duplas. Em certas ocasiões, eram trazidas por um motorista contratado, ou dirigiam seus próprios carros, mas a essa altura os jovens adultos nunca eram acompanhados pelos pais. A duração média das visitas era de duas noites, às vezes três, e eu sabia quando uma dessas visitas estava prestes a ocorrer porque, um ou dois dias antes, a Nova Empregada Doméstica levava um futon ou uma cama dobrável para o quarto de Josie.

Foi por causa dos visitantes jovens adultos que descobri o Quartinho de Depósito. Durante essas visitas não havia, é claro, espaço para que eu permanecesse no quarto, e de qualquer forma eu entendia que minha presença não era tão apropriada quanto antigamente. Se Melania Empregada Doméstica ainda estivesse conosco, acredito que ela teria pensando num plano e sugerido um lugar para eu ficar, mas, na atual situação, eu mesma encon-trei o cômodo, no patamar superior. "Ninguém disse que você tem que se esconder", Josie dissera, mas não pensou em nenhum plano alternativo, e foi assim que eu passei a ocupar o Quartinho de Depósito.

Eram semanas agitadas, e mesmo quando Josie não tinha nenhuma visita eu a ouvia andando apressada pela casa, gritando com a Mãe ou com a Nova Empregada Doméstica. Então, certa tarde, a porta do Quartinho de Depósito se abriu e de repente Josie estava olhando para dentro com um sorriso.

"Então", ela disse, "é aqui que você anda passando o tempo. Como vão as coisas?"

"Tudo bem, obrigada."

Josie esticou os braços, com uma mão apoiada em cada vertical do batente da porta. Ela olhava para dentro do cômodo com uma postura encurvada, como se temesse bater a cabeça no teto inclinado. Seu olhar examinou rapidamente os vários itens guardados, depois recaiu sobre a única janela do cômodo, uma janela pequena que ficava no alto da parede.

"Você consegue olhar por aquilo ali?", ela perguntou.

"Infelizmente é muito alta. A finalidade dela é proporcionar ventilação, não uma vista."

"Vamos ver se é isso mesmo."

Josie deu mais alguns passos, ainda com a cabeça inclinada, seu olhar se movendo para todo lado. Então ela começou a trabalhar, erguendo um item, empurrando outro, criando novas pilhas onde antes não havia nenhuma. Em dado momento, sem conseguir prever seus movimentos rápidos, quase trombei com ela, e ela riu alto.

"Klara! Fica ali. Ali, ó. Estou tentando fazer uma coisa."

Não demorou muito para ela liberar um espaço logo abaixo da pequena janela e, depois, empurrar um baú de madeira até o espaço. Então ela ergueu e levou até lá um caixote de plástico com uma tampa bem encaixada e o pousou com cuidado em cima do baú.

"Pronto." Ela deu um passo para trás, satisfeita com o que tinha feito, embora o resto do cômodo tivesse ficado bastante desorganizado. "Experimenta, Klara. Só toma cuidado. O segundo degrau é bem alto. Vai, quero que você tente."

Saí do canto em que estava e abordei sem dificuldade os dois degraus que ela tinha criado, até ficar em pé sobre a tampa do caixote de plástico.

"Não se preocupa, essas coisas são bem resistentes", ela disse. "É só encarar como se fosse o chão. Pode confiar, é seguro."

Ela riu de novo e continuou me observando, então eu sorri e, em seguida, olhei pela pequena janela. A vista era parecida com a velha vista da janela dos fundos do quarto de Josie, dois andares abaixo. A trajetória tinha se alterado, é claro, e uma parte do telhado se intrometia no lado direito do meu campo de visão. Mas consegui ver o céu cinza que se estendia por sobre os campos de grama cortada até chegar ao celeiro do sr. McBain.

"Você devia ter me falado antes", Josie disse. "Eu sei como você adora olhar lá pra fora."

"Obrigada. Muito obrigada."

Por um instante, ficamos nos olhando com sorrisos gentis. Depois, ela observou ao redor, notando os itens espalhados pelo chão.

"Cara, que bagunça! O.k., prometo que vou arrumar tudo. Mas agora preciso ir fazer uma coisa. Não vai arrumar isso sozinha. Eu resolvo isso mais tarde, tá bem?"

A Mãe, assim como Josie, passou a interagir menos comigo nesse período e às vezes não olhava para mim nem quando me encontrava pela casa. Compreendi que era uma fase agitada e também que minha presença talvez trouxesse à tona lembranças difíceis. Mas houve uma ocasião em que ela me dedicou atenção especial.

Josie tinha saído nesse dia, mas, como era fim de semana, a Mãe estava em casa. Eu tinha ficado no Quartinho de Depósito quase a manhã inteira, mas, quando ouvi vozes lá embaixo, saí no patamar superior. Então logo me dei conta de que o homem que estava falando com a Mãe no corredor era o sr. Capaldi.

Fiquei surpresa, porque fazia muito tempo que o sr. Capaldi não era mencionado. Ele e a Mãe conversavam num tom descontraído, mas, conforme prosseguiam, pude ouvir a tensão invadindo a voz da Mãe. Depois escutei seus passos e a vi de cabeça erguida, olhando para mim três andares abaixo.

"Klara", ela chamou. "O sr. Capaldi está aqui. Você se lembra dele, é claro. Venha dar oi pra ele."

Então, enquanto eu descia com cuidado, ouvi a Mãe dizer: "O acordo não era esse, Henry. Não foi isso o que você disse".

Ao que o sr. Capaldi respondeu: "Eu só quero explicar pra ela. Só isso".

O sr. Capaldi estava mais gordo do que da última vez que eu o vira, naquele dia em seu edifício, e os cabelos ao redor de seus ouvidos tinham ganhado um tom de cinza mais claro. Ele me cumprimentou de maneira calorosa, depois se dirigiu ao Espaço Aberto à nossa frente, dizendo: "Só queria pedir sua opinião sobre algumas coisas, Klara. Você seria de grande ajuda pra gente".

A Mãe nos seguiu sem dizer nada até o Espaço Aberto. O sr. Capaldi se sentou no sofá modular, recostando-se nas almofadas, e tal postura relaxada me lembrou do menino Danny, no encontro de interação, sentado no mesmo sofá com uma perna esticada. Em contraste com a atitude do sr. Capaldi, a Mãe continuou em pé com uma postura muito ereta no centro do cômodo, e, quando o sr. Capaldi sugeriu que eu me sentasse, ela disse:

"Acho que a Klara prefere ficar em pé. Vamos agilizar, Henry."

"Por favor, Chrissie. Isso não é motivo de estresse."

Ele então abandonou a postura relaxada, inclinando-se para a frente na minha direção.

"Você deve se lembrar, Klara, de como sempre fui fascinado por AAS. Sempre vi vocês como nossos amigos. Uma fonte vital de educação e iluminação. Mas, como você sabe, existem pessoas que têm receio em relação a vocês. Pessoas que têm medo, que ficam ressentidas."

"Henry", a Mãe disse, "vá direto ao ponto, por favor."

"O.k. É o seguinte. Klara, a questão é que existe uma inquietação crescente e generalizada a respeito dos AAs no momento. As pessoas estão falando que vocês ficaram inteligentes demais. Estão com medo porque não conseguem mais compreender o que se passa na cabeça de vocês. Elas conseguem ver o que vocês fazem. Aceitam que as suas decisões, suas recomendações, são sensatas e confiáveis, e quase sempre estão corretas. Mas as pessoas não gostam de não saber como vocês chegam a essas decisões. Essa repercussão negativa, esse preconceito, vem daí. Então é preciso lutar contra isso. Precisamos falar pra elas, o.k., vocês estão preocupadas porque não entendem como os AAs pensam, então vamos dar uma olhada lá dentro. Vamos praticar a engenharia reversa. Vocês não gostam da ideia de uma caixa-preta selada. Sem problemas, vamos abri-la. Quando conseguirmos ver o que há dentro dela, as coisas não só vão ficar bem menos assustadoras como vamos aprender. Aprender coisas novas e incríveis. E é aí que você entra, Klara. Nós, que estamos do seu lado, estamos procurando ajuda, procurando voluntários. Já conseguimos abrir algumas caixas-pretas, mas sem dúvida precisamos abrir muitas outras. Vocês, AAs, são magníficos. Estamos descobrindo coisas que nunca imaginamos serem possíveis. É por isso que estou aqui hoje. Eu nunca esqueci você, Klara. Sei que você nos será especialmente útil. Você nos ajudaria, por favor?"

Ele estava olhando fixamente para mim, então eu disse: "Eu gostaria de ajudar. Desde que Josie e sua mãe não se incomodem…".

"Espera um pouco." A Mãe contornou a mesa de centro com agilidade até estar em pé ao meu lado. "Isso não tem nada a ver com o que falamos por telefone, Henry."

"Eu só queria pedir pra Klara, só isso. É uma oportunidade de ela fazer uma contribuição duradoura…"

"A Klara merece mais que isso."

"Talvez nesse ponto você tenha razão, Chrissie. E talvez eu tenha entendido tudo errado. Mesmo assim, agora que eu estou aqui, com a Klara bem diante de mim, será que você me permite perguntar pra ela?"

"Não, Henry, eu não permito. A Klara merece mais. Ela merece ter seu lento desvanecer."

"Mas a gente tem uma missão. A gente tem que resistir a esse ataque…"

"Então vá resistir em outro lugar. Vá procurar alguma outra caixa-preta pra escarafunchar. Deixe a nossa Klara em paz. Deixe ela ganhar o lento desvanecer que ela merece."

A Mãe se colocara à minha frente, como se quisesse me defender do sr. Capaldi, e, já que em sua reação furiosa ela havia se posicionado de forma apressada, a parte de trás de seu ombro agora quase tocava meu rosto. Em decorrência disso, eu não só fiquei muito consciente do tecido liso de sua blusa escura como me vi relembrando o momento em que ela havia se aproximado e me abraçado na parte da frente do carro, daquela vez em que estacionamos ao lado do café Nossa Carne É Moída Aqui. Tentando desviar da Mãe com o olhar, vi o sr. Capaldi sacudir a cabeça e voltar a se recostar nas almofadas do sofá.

"É impossível não achar", ele disse, "que você continua com raiva de mim, Chrissie. Que você está com raiva de mim há muito tempo. E isso é injusto. Naquela época, foi *você* que veio *me* procurar. Lembra? E eu fiz o melhor que pude pra te ajudar, só isso. Eu fico feliz que, no final, as coisas tenham dado certo com a Josie. Fico muito feliz mesmo. Mas isso não é motivo pra você me tratar assim o tempo todo."

Os últimos dias antes da partida de Josie foram repletos tanto de tensão quanto de empolgação. Se Melania Empregada

Doméstica ainda estivesse conosco, talvez tudo corresse de forma mais tranquila. Mas a Nova Empregada Doméstica costumava deixar suas tarefas para realizar na última hora, e depois tentava fazer várias delas ao mesmo tempo, o que contribuía para a atmosfera de nervosismo. Senti que era importante não me intrometer e fiquei no Quartinho de Depósito por longos períodos, em pé sobre a plataforma que Josie tinha feito para mim, olhando os campos pela janela pequena, ouvindo os ruídos pela casa. Então, certa tarde, dois dias antes da partida, ouvi os passos de Josie no patamar alto, e ela apareceu na soleira da porta.

"Oi, Klara. Por que você não desce e vem um pouco até o quarto? Digo, se você não estiver ocupada, claro."

Então eu desci com ela e mais uma vez me vi no velho quarto. Muitos detalhes haviam mudado. Além da cama de Josie, havia agora uma segunda cama permanente para seus visitantes, enquanto o Sofá Botão tinha sido removido. Diversos detalhes menores também haviam mudado — por exemplo, nesse momento Josie estava sentada numa nova cadeira de escritório com rodinhas, de forma que, se quisesse, conseguia se mover sem precisar se levantar. Mas os desenhos do Sol na parede estavam exatamente como eu me lembrava das muitas tardes que havíamos passado lá juntas. Eu me sentei na beirada da cama de Josie, e conversamos com alegria por algum tempo.

"Todo mundo com quem eu converso fala que não tem medo de ir pra universidade", Josie disse em dado momento. "Mas você não faz ideia, Klara, como muitos deles estão morrendo de medo. Eu também tenho um pouco de medo, não vou fingir que não. Mas quer saber? Não vou deixar o medo me atrapalhar. Fiz uma promessa solene pra mim mesma. Será que eu já te disse isso? Todo mundo tem que estabelecer algumas metas oficiais. Duas metas em cada uma das cinco categorias. Eu precisei preencher um formulário sobre isso, mas trapaceei, porque escolhi as minhas metas secretas, nada a ver com as que eles colocam no formulário. Caramba, eles não iam gostar nem um pouco da minha lista *verdadeira*! E a Mamãe também nunca vai ficar sabendo!" Ela riu, animada. "Nem você, Klara. Eu *não* vou contar pra você quais são as minhas metas secretas. Mas se você ainda estiver aqui quando eu voltar pro Natal, eu te conto quantas delas eu consegui atingir."

Essa foi uma das poucas vezes que Josie se referiu à minha possível partida nesse período. E voltou a mencioná-la na manhã em que por fim foi embora de carro com a Mãe.

Conforme eu sabia, ela tinha esperança de que Rick fosse se despedir. Mas aconteceu de ele estar a muitos quilômetros de distância naquele dia, encontrando seus amigos para conversar sobre seus dispositivos de armazenamento de dados difíceis de detectar. Então restamos apenas eu e a Nova Empregada Doméstica, que ficou na área do cascalho, observando Josie e a Mãe acondicionarem a última mala no carro da Mãe.

Depois, quando a Mãe já estava a postos atrás do volante, Josie voltou, vindo em minha direção, a cautela que nunca abandonara seu caminhar fazendo seus pés afundarem de forma ruidosa nas pedrinhas a cada passo. Ela parecia animada e forte, e, antes de me alcançar, ergueu os braços como se tentasse criar o maior Y possível. Então ela me puxou para um abraço que durou muitos instantes. Ela se tornara mais alta que eu, então precisou se inclinar um pouco, apoiando o queixo no meu ombro esquerdo, e seu cabelo longo e volumoso cobriu parte da minha visão. Quando se afastou, ela estava sorrindo, mas pude perceber também alguma tristeza. Foi então que ela disse:

"Acho que talvez você não esteja mais aqui quando eu voltar. Você foi incrível, Klara. De verdade."

"Obrigada", eu disse. "Obrigada por ter me escolhido."

"Não foi nem um pouco difícil." Então ela me deu um segundo abraço, dessa vez mais breve, e voltou a se afastar. "Tchau, Klara. Fica bem."

"Tchau, Josie."

Ela acenou alegremente mais uma vez ao entrar no carro — o aceno era dirigido a mim, e não à Nova Empregada Doméstica. Em seguida, o carro seguiu pela estrada, passando pelas árvores que o vento balançava e subindo o monte, exatamente como eu e Josie o tínhamos visto fazer tantas vezes antes.

Nesses últimos dias, algumas das minhas lembranças começaram a se sobrepor de maneiras curiosas. Por exemplo, às vezes a manhã de céu escuro em que o Sol salvou Josie, a viagem a Morgan's Falls e a lanchonete iluminada que o sr. Vance escolheu me vêm à mente fundidas num único cenário. A Mãe aparece em pé de costas para mim, observando a névoa da cachoeira. Eu, no entanto, não a observo do banco de madeira para piquenique, e sim da minha mesa na lanchonete do sr. Vance. E ainda que o sr. Vance não esteja visível, consigo ouvir suas palavras cruéis vindo do outro lado do corredor. Enquanto isso, acima da Mãe e da cachoeira, as nuvens escuras se reuniram, as mesmas nuvens escuras que se reuniram na manhã em que o Sol salvou Josie, e pequenos cilindros e pirâmides passam voando com o vento.

Sei que não se trata de desorientação porque, se quiser, sempre consigo distinguir uma lembrança da outra, e devolver cada uma delas ao seu devido contexto. Além disso, mesmo quando tais memórias combinadas me vêm à mente, continuo consciente de suas bordas grosseiras — como se elas tivessem sido criadas por uma criança impaciente que corta com os dedos em vez de usar a tesoura — que separam, digamos, a Mãe na cachoeira e minha mesa na lanchonete. E se eu examinar com atenção as nuvens escuras, consigo perceber que não estão, na verdade, na escala correta em relação à Mãe na cachoeira. Mesmo assim, às vezes tais memórias combinadas preenchem minha mente de forma tão vívida que, por longos momentos, eu me esqueço de que estou, na realidade, sentada aqui no Pátio, neste chão duro.

O Pátio é grande, e, do lugar especial em que estou, o único objeto alto que consigo ver é o guindaste de construção ao longe. O céu é muito amplo e aberto, e se eu e Rick estivéssemos atravessando novamente os campos do sr. McBain — principalmente agora, que a grama foi cortada —, o céu talvez estivesse assim. O céu aberto me permite observar a jornada do Sol sem nenhum obstáculo, e mesmo nos dias nublados eu sempre sei onde ele está lá no alto.

Quando cheguei aqui, achei o Pátio descuidado, mas hoje em dia valorizo sua organização. A primeira impressão, logo me dei conta, se devia ao fato de vários dos objetos daqui terem uma identidade descuidada — com os restos de cabos cortados saltando para fora ou grades amassadas. Mas basta uma observação mais atenta para perceber o quanto os trabalhadores do Pátio se esforçaram para posicionar cada peça de máquina, caixote ou fardo em fileiras bem-ordenadas, de forma que um visitante que ande pelos longos corredores que foram criados — mesmo que esse visitante precise tomar cuidado para não tropeçar em alguma haste ou fio — consiga visualizar os objetos um por um.

Por conta do céu aberto e da ausência de objetos altos, eu logo percebo a presença de qualquer visitante no Terreno. Vejo suas silhuetas mesmo quando estão muito longe e não passam de pequenas formas se movendo por entre as fileiras. Mas os visitantes são raros, e quando ouço vozes humanas, elas geralmente são as dos trabalhadores do terreno quando chamam uns aos outros.

Às vezes acontece de pássaros descerem do céu, mas eles logo descobrem que não tem muita coisa de seu interesse no

Terreno. Há não muito tempo, um bando de pássaros escuros desceu numa formação elegante para se empoleirar em alguma máquina que estava à minha frente, não muito longe, e por um instante pensei que poderiam ser os pássaros de Rick, enviados para me observar. É claro que não eram os pássaros de Rick, e sim pássaros naturais, e eles permaneceram calmamente empoleirados na máquina por um tempo, sem se mexer nem um pouco, mesmo quando o vento bagunçava suas penas. Depois, saíram voando todos de uma vez.

Mais ou menos na mesma época, um trabalhador do Terreno muito gentil parou diante de mim e me disse que havia três AAs na Parte Sul, e dois no Anel. Se eu quisesse, disse, ele poderia me transportar para uma dessas duas áreas. Mas eu lhe disse que estava satisfeita com meu lugar especial, e ele assentiu e seguiu seu caminho.

Alguns dias atrás, houve um episódio bastante especial.

Embora eu não possa andar de um lugar a outro, posso virar a cabeça facilmente para ver tudo ao meu redor. Por isso, eu estava ciente havia algum tempo da visitante de casaco comprido se movendo atrás de mim. Em dado momento, quando me virei, a silhueta estava à meia distância, e percebi que se tratava de uma mulher com uma bolsa semelhante a uma cartucheira presa a uma alça. Sempre que ela se debruçava para examinar um item no chão, a bolsa balançava diante dela. Como ela estava atrás de mim, não pude observá-la com atenção e, por algum tempo — talvez outra lembrança tivesse se manifestado —, simplesmente parei de pensar nela. Depois ouvi um barulho, e a visitante de casaco comprido de repente estava parada à minha frente. Mesmo antes de ela se agachar para ver meu rosto, eu reconheci a Gerente, e a felicidade preencheu minha mente.

"Klara. É a Klara *mesmo*, não é?"

"Sim, sou eu", disse, olhando para cima e sorrindo para ela.

"Klara. Que ótimo. Só um minuto. Vou pegar alguma coisa para me sentar."

Ela voltou, arrastando um pequeno caixote de metal que fazia um ruído desagradável quando passava pelo chão irregular. Quando ela o posicionou diante de mim e se sentou, apesar do céu aberto atrás dela, pude ver seu rosto com clareza.

"Eu estava torcendo para te encontrar aqui. Uma vez, quase um ano atrás, encontrei algo aqui neste terreno e, por um instante, pensei que fosse você, Klara. Mas não era. Mas desta vez é você com certeza. Estou tão contente."

"Fico feliz em rever a Gerente."

Ela continuou sorrindo para mim. Então disse: "Eu me pergunto o que você pode estar pensando agora. Me vendo depois de todo esse tempo. Deve ser tão confuso".

"Sinto apenas felicidade em rever a Gerente."

"Então me conta, Klara. Você ficou esse tempo todo... Até você vir pra cá, quero dizer... Você ficou esse tempo todo com as pessoas que te levaram da loja? Desculpe perguntar, mas eu já não tenho acesso fácil a essas informações."

"Sim, claro. Eu fiquei com Josie o tempo todo. Até ela ir para a universidade."

"Então foi bem-sucedido. Um lar bem-sucedido."

"Sim. Acredito que ofereci um bom serviço e impedi que Josie ficasse solitária."

"Tenho certeza disso. Tenho certeza de que ela mal conheceu o significado da solidão com você lá."

"Espero que sim."

"Sabe, Klara... De todos os AAs de que tomei conta, você sem dúvida foi uma das mais extraordinárias. Você tinha ideias tão incomuns. E habilidades de observação. Percebi logo no início. Fico tão contente em saber que tudo correu bem. Porque nunca se sabe, mesmo com habilidades extraordinárias como as suas."

"A Gerente ainda toma conta de AAs?"

"Não. Ah, não. Isso acabou algum tempo atrás." Ela olhou ao redor do Terreno, depois voltou a sorrir para mim. "É por isso que gosto de vir aqui de tempos em tempos. Às vezes vou ao terreno no Memorial Bridge. Mas gosto mais daqui."

"A Gerente vem… só para procurar AAs da loja dela?"

"Não só. Eu gosto de colecionar pequenos souvenires." Ela apontou para a bolsa. "Eles não permitem que a gente leve nada muito grande. Mas não se importam com os objetos menores. Os funcionários daqui me conhecem. Mas você tem razão. Toda vez que venho aqui, fico torcendo para me deparar com um dos meus velhos AAs."

"Alguma vez a senhora encontrou Rosa?"

"A Rosa? Sim, na verdade. Eu encontrei ela aqui, ah, deve fazer pelo menos dois anos. As coisas não correram tão bem com a Rosa como correram com você."

"Então ela não gostou do adolescente dela?"

"Não foi bem isso. Mas você não precisa se preocupar. Não pense na Rosa. Me conta de você. Você tinha habilidades tão especiais. Espero que sua criança tenha valorizado essas habilidades."

"Acho que ela valorizou. Todas as pessoas da casa eram muito gentis comigo. Consegui aprender tantas coisas."

"Eu me lembro do dia em que elas vieram e te escolheram. A senhora quis te testar primeiro, pediu pra você andar como a filha dela. Isso me deixou preocupada. Depois que você foi embora, fiquei pensando nisso."

"Não havia motivo para a Gerente se preocupar. Foi o melhor lar para mim. E Josie foi o melhor adolescente."

Por um instante, a Gerente continuou em silêncio, olhando para mim e sorrindo. Então prossegui:

"Fiz o que pude para oferecer o melhor a Josie. Tenho pensado muito nisso. E, se fosse necessário, eu não tenho dúvida de que poderia ter continuado a Josie. Mas foi muito melhor como tudo aconteceu, apesar de Rick e Josie não estarem juntos."

"Você deve ter razão, Klara. Mas como assim 'continuar a Josie'? O que você quer dizer?"

"Gerente, eu fiz tudo o que pude para aprender a Josie e, se fosse necessário, eu teria me esforçado ao máximo. Mas acho que não teria dado tão certo. Não porque eu não fosse capaz de atingir a precisão. Mas, por mais que eu me esforçasse, hoje acredito que sempre haveria alguma coisa fora do meu alcance. A Mãe, Rick, Melania Empregada Doméstica, o Pai. Eu nunca alcançaria o que eles sentiam por Josie dentro do coração. Hoje tenho certeza disso, Gerente."

"Bem, Klara, eu fico feliz que você sinta que as coisas deram certo."

"O sr. Capaldi acreditava que não havia nada de especial dentro de Josie, nada que não pudesse ser continuado. Ele disse à Mãe que havia procurado sem parar e não tinha encontrado nada. Mas hoje eu acredito que ele procurou no lugar errado. Havia, *sim*, algo muito especial, mas não dentro de Josie. Era dentro das pessoas que a amavam. É por isso que hoje eu acho que o sr. Capaldi estava errado e que eu não teria conseguido. Então estou contente por ter tomado a decisão que tomei."

"Tenho certeza de que você está certa, Klara. É o que eu sempre quero ouvir quando encontro meus AAs de novo. Que vocês estão felizes por tudo ter corrido bem. Que não têm arrependimentos. Você sabia que há alguns B3s aqui, lá daquele lado? Eles não vieram da nossa loja, mas, se você quiser companhia, posso pedir para os funcionários mudarem você de lugar."

"Não, obrigada, Gerente. A senhora continua gentil como sempre. Mas gosto deste local. E eu tenho as minhas memórias para revisitar e organizar."

"Talvez seja a melhor decisão. Eu não diria isso na loja, mas nunca consegui sentir pelos B3s o que eu sentia pela sua geração. Muitas vezes penso que os clientes sentiam algo parecido. Nunca criavam vínculos com eles, apesar de todas as melhorias técnicas dos B3s. Estou tão feliz por ter te encontrado hoje, Klara. Pensei tantas vezes em você. Você foi uma das melhores que eu tive."

Ela se levantou, e sua bolsa voltou a balançar diante dela.

"Antes que a senhora vá, Gerente, eu devo lhe reportar mais uma coisa. O Sol foi muito generoso comigo. Ele sempre foi generoso comigo, desde o início. Mas quando eu estava com Josie, uma vez, ele foi especialmente generoso. Eu queria que a Gerente soubesse."

"Sim. Não tenho dúvida de que o Sol sempre foi bom com você, Klara."

Ao dizer isso, a Gerente se virou para o céu aberto que estava atrás dela, levando uma das mãos aos olhos, e por um instante olhamos o Sol juntas. Então ela se virou para mim novamente e disse: "Preciso ir. Bem, Klara... Até mais".

"Até mais, Gerente. Obrigada."

Ela esticou o braço para pegar o caixote de metal no qual estava sentada e o arrastou de volta para sua posição original, fazendo o mesmo ruído desagradável. Depois saiu andando pelo longo corredor entre as fileiras, e era perceptível que ela não andava mais como fazia na loja. A cada dois passos, ela se inclinava para a esquerda, de forma que tive receio de que seu longo casaco encostasse no chão sujo daquele lado. Quando estava à meia distância, ela parou e se virou, e pensei que talvez ela fosse me lançar um último olhar. Mas ela estava olhando para longe, na direção do guindaste de construção no horizonte. E então continuou a se afastar.

1ª EDIÇÃO [2021] 3 reimpressões

ESTA OBRA FOI COMPOSTA EM ELECTRA PELO ESTÚDIO O.L.M./ FLAVIO PERALTA
E IMPRESSA EM OFSETE PELA GEOGRÁFICA SOBRE PAPEL PÓLEN DA
SUZANO S.A. PARA A EDITORA SCHWARCZ EM MAIO DE 2024

A marca FSC® é a garantia de que a madeira utilizada na fabricação do papel deste livro provém de florestas que foram gerenciadas de maneira ambientalmente correta, socialmente justa e economicamente viável, além de outras fontes de origem controlada.